HARD CASE CRIME

In der Reihe »Hard Case Crime« bei Rotbuch sind bislang erschienen:

HCC-001 Allan Guthrie: *»Abschied ohne Küsse«*
HCC-002 Lawrence Block: *»Abzocker«*
HCC-003 Ken Bruen & Jason Starr: *»Flop«*
HCC-004 Christa Faust: *»Hardcore Angel«*
HCC-005 Richard Aleas: *»Tod einer Stripperin«*
HCC-006 Donald E. Westlake: *»Mafiatod«*
HCC-007 Mickey Spillane: *»Das Ende der Straße«*

Christa Faust

Hardcore Angel

Übersetzt von Almuth Heuner

HARD CASE CRIME

Rotbuch Verlag

ISBN 978-3-86789-048-9

Deutsche Erstveröffentlichung, 1. Auflage

Titel der Originalausgabe: »Money Shot«

Typographie und Satz: Andreas Fack, Berlin
Druck und Bindung: CPI Moravia Books GmbH

Ein Verlagsverzeichnis schicken wir Ihnen gern:
Rotbuch Verlag GmbH
Neue Grünstraße 18
10179 Berlin
Tel. 01805/30 99 99
(0,14 Euro/Min. aus dem deutschen Festnetz,
abweichende Preise für Mobilfunkteilnehmer)

www.rotbuch.de

Für Richard S. Prather
Worte sind unsterblich

1

Wenn im Kino jemand von den Toten aufersteht, dann sieht das ziemlich einfach aus. Im wirklichen Leben dagegen dauert es ganz schön lange, bis du auch nur die Augen aufkriegst. Und du verbringst eine halbe Ewigkeit damit, deinen linken Mittelfinger so weit nach unten zu krümmen, dass du an den Strick um deine Handgelenke kommst. Es dauert noch länger, bis dir klar wird, dass das kalte, harte Ding, das dir in die Wange sticht, der Griff eines Starthilfekabels ist. Diese Art von Action reißt im Kino niemanden vom Hocker. Und erst diese Stellen, die sich ewig hinziehen und bei denen das Publikum wahrscheinlich pinkeln geht oder sich Popcorn holt, weil es so aussieht, als würde nichts passieren und du wärst tatsächlich schon krepiert. Nach einer Weile fragst du dich selbst, ob du eigentlich noch lebst. Du fragst dich auch, was wohl passiert, wenn du in den öligen Lumpen in deinem Mund kotzt, der mit Isolierband zugeklebt ist, oder wie lange es wohl dauert, bis dich jemand vermisst. Ansonsten blutest du alles voll, bist damit beschäftigt, nicht wieder ohnmächtig zu werden, und machst dir heftig Gedanken über das Kabel, die enge stickige Dunkelheit, die kratzige Teppichauskleidung unter und das unlackierte gewölbte Blech über dir. Das alles deutet unmissverständlich auf deinen aktuellen Aufenthaltsort hin, nämlich den Kofferraum eines alten, nicht besonders gepflegten Autos. So ging's jedenfalls mir.

Bestimmt fragen Sie sich, warum jemand so ein nettes Mädchen wie mich im Kofferraum eines beschissenen Honda Civic da draußen in der Industriewüste östlich der Innenstadt von Los Angeles für tot hat liegen lassen. Oder wir haben uns schon mal getroffen, und Sie fragen sich jetzt, wieso mir das nicht schon früher passiert ist.

Ich heiße Gina Moretti, aber Sie kennen mich wahrscheinlich als Angel Dare. Keine Sorge, von mir erfährt Ihre Frau nichts. Mit zwanzig habe ich meinen ersten Porno gedreht, aber vor der Kamera habe ich so getan, als ob ich erst achtzehn wäre. Das war im ersten Film der inzwischen berühmten Amateurporno-Serie *Brand Spankin' New* von Marco Pole. Meine Szene war nur eine von den fünf, aus denen der Film bestand, aber ich stahl allen anderen die Show, keine Frage. Viel mehr gibt's dazu nicht zu sagen. Ich weiß, wie ich meine Stärken am besten einsetze. Keine vierzehn Tage später hatte ich einen Vertrag bei *Vixen Video* in der Tasche. Bevor ich nur Piep sagen konnte, liefen im *Playboy*-Kanal weichgezeichnete Centerfold-Videos von mir, für die ich mehr Kohle bekam, als ich in einem Jahr zu Hause verdient hätte. Es war die klassische Aschenputtelgeschichte vom einfachen Mädchen zum Pornostar, aber anders als viele meiner Kolleginnen ließ ich die Finger von Drogen, sparte jeden Cent und war wieder raus aus dem Geschäft, bevor meine Möse total ausgeleiert war.

Zu blöd nur, dass ich nicht im Ruhestand bleiben konnte. Wie ein Profiboxer oder ein Juwelendieb ließ ich mich jedes Mal wieder überreden, wenn mir ein Pornodreh angeboten wurde. Als ich dieses Mal Sam Hammer zusagte, konnte ich ja nicht ahnen, dass ich in einem Kofferraum landen würde.

Sam war ein sehr alter Freund von mir. Er gehörte zu den wenigen wirklich anständigen Kerlen, die es in dem Geschäft noch gab. So eine Art Mischung aus Weihnachtsmann und John Holmes. Er ging inzwischen ziemlich auf die sechzig zu, ein stämmiger, gut gelaunter Typ mit silbergrauem

Pferdeschwanz und einem gepflegten Bart. Auf seinem Sofa konnte man immer pennen, sich an seiner Schulter ausheulen, er pumpte einem etwas, wenn das Geld auf dem Konto mal knapp war, und er kannte auch immer jemanden, der einem billig das Klo reparierte. Ich würde ja sagen, dass er für mich wie ein Vater war, aber wir hatten ein paar Szenen zusammen gedreht, als er noch vor der Kamera stand, und deshalb würde das merkwürdig klingen. Auch wenn es schon Ewigkeiten her war. Beim Drehen war er immer ganz Kavalier gewesen, locker, respektvoll und zuverlässig wie ein Uhrwerk. Und das war keine Selbstverständlichkeit, bevor Viagra sozusagen zum Rückgrat des Geschäfts wurde. Damals, als die Action tatsächlich noch durch weibliche Kunstgriffe am Laufen gehalten werden musste, da war ein Typ wie Sam, der auf Zuruf konnte, Gold wert. Jetzt werfen sich die Typen Viagra und Cialis ein, als wär's *Tictac*, und spritzen sich Caverject direkt in ihr bestes Stück, um einen hoch zu kriegen. Besser lieben dank Chemie.

Bei Sam-Hammer-Drehs war immer etwas los. Und alles war sehr locker. Sam war mit Busti Keaton verheiratet, die mit ihren echten hundert Zentimetern Oberweite der Star der *Topsy-Turvy*-Filme und von *Kampfstern Gazongas* gewesen war. Sie brachte immer Unmengen von selbst gekochtem Essen mit und kümmerte sich darum, dass niemand am Set schwitzte oder fror oder sich unwohl fühlte. Ich habe eine Menge Pornos gemacht, die einfach nur Jobs waren oder schlimmer. Hammer-Drehs waren nie wie Arbeit. Eher wie große, glückliche Grillfeste am Sonntagnachmittag, wo eben zufällig auch gefilmt wurde, wie Leute Sex miteinander hatten.

Sam hätte leicht den Sprung nach Hollywood schaffen können. Er hatte ein gutes Auge für Bildkomposition und schrieb selbst kluge Drehbücher, bei denen man gar nicht auf die Idee kam, die Vorlauftaste zu drücken. Aber wir wussten alle, dass er das Valley nie verlassen würde. Pornos zu drehen war Sams Leben. Er hatte einfach viel zu gern nackte Mädchen um sich, als dass er seriös werden konnte. Die meisten Pornoregisseure sind einfach nur abgehalfterte Dilettanten, die beim Dreh dauernd 'ne Nase ziehen oder das Handy am Ohr haben. Sam war nicht so. Seine Begeisterung steckte an.

Er rief mich an einem dieser Tage an, die einem so vorkommen, als stehe die Vierzig quasi vor der Tür. An solchen Tagen muss ich die ganze Zeit in den Spiegel gucken und zwanghaft das, was ich da heute sehe, mit dem Bild der makellosen Zwanzigjährigen vergleichen, die für die digitale Unsterblichkeit auf Marco Pole herumhüpfte. Ich bin jetzt besser in Form als je zuvor, gehe sechsmal die Woche ins Sportstudio und mache Kickboxen gegen den Stress. Doch alle Bauchpressen der Welt können die Auswirkungen der Schwerkraft oder Krähenfüße nicht rückgängig machen und erst recht nicht verhindern, dass ich eine Tönung benutzen muss, die »100 % Grauabdeckung« verspricht. Verstehen Sie mich nicht falsch, ich habe ein recht gesundes Ego, aber ich leite *Daring Angels*, eine hochklassige Pornomodel-Agentur draußen in Van Nuys, und all diese atemberaubenden Neunzehnjährigen um mich herum machen mich fertig. Da kommt sich selbst eine scharfe Braut wie ich manchmal wie altes Eisen vor.

Als Sam also anrief, stand ich oben ohne vor dem Ganzkörperspiegel neben dem Schreibtisch und betrachtete mein Profil. Ich bin sehr stolz darauf, dass ich mir nie die Titten habe machen lassen. Ich habe einfach zu viele schöne Frauen gesehen, die sich mit grauenvollen Frankenstein-Implantaten ruiniert haben. Doch an diesem Tag wog ich meine beiden Prachtstücke in den Händen und fragte mich, ob sie nicht doch vielleicht eine kleine chirurgische Auffrischung vertragen könnten.

Ich rief meine Empfangsdame, persönliche Assistentin und überhaupt Mädchen für alles ins Büro. Zu Zeiten von *Deep Throat* war Didi ein Star gewesen, auch wenn man es ihr heute nicht mehr ansah. Sie war zweiundfünfzig, rund eins fünfzig groß und hatte das schlichte, freundliche Gesicht, das jeden an die Lieblingslehrerin von früher erinnert. Doch hinter diesem jugendfreien Äußeren steckte eine Porno-Veteranin der alten Schule, die über Sex redete wie andere Leute über das Wetter. Sie hatte eine volle, vibrierende Telefonsex-Stimme, und fast jeden Tag wollte sich einer der Männer, die eigentlich wegen der Mädchen anriefen, mit ihr verabreden. Oft sagte sie Ja, und vielleicht machten ja einige gleich kehrt, wenn sie dann auftauchte. Doch die Kerle, die dageblieben sind, haben es am Ende des Abends bestimmt nicht bedauert. Didi war vermutlich das Beste, was mir je passiert war. Ich will gar nicht daran denken, wie ich *Daring Angels* ohne sie managen sollte.

Sie kam herein und hatte an einem Arm ihre Glitzervinyltasche hängen und den anderen bereits in ihrer pinkfarbenen Lederjacke.

»Was gibt's, Chefin?«, fragte sie. »Ich bin schon mit einem Fuß aus der Tür. Ich treffe mich heute Abend noch mit einem echt scharfen Kerl.« Sie warf einen Blick auf meine nackten Brüste und verdrehte die Augen. »Wirst du wohl sofort damit aufhören! Du brauchst *kein* Tittentuning.«

Ich grinste. »Hau schon ab, Didi. Wir sehen uns morgen.«

Sie warf mir eine Kusshand zu und verschwand. Ich drehte mich wieder zum Spiegel um. Ich wusste ja, dass sie recht hatte, aber trotzdem ...

Ich fuhr zusammen, als mein Telefon plötzlich seinen elektronischen Piepton von sich gab. Irgendwie hatte ich das Gefühl, als hätte mich jemand bei etwas Verbotenem erwischt.

»Daring Angels«, meldete ich mich.

»Angel, meine Süße.« Ich brauchte Sams vertrautes Brummen nur zu hören, und schon hatte ich bessere Laune. »Wie geht's dir, meine Schönste?«

»Nie besser als jetzt«, antwortete ich, drehte dem Spiegel den Rücken zu und griff nach dem Push-up-BH, der über der Stuhllehne hing. »Und dir?«

»Das Übliche«, sagte er. »Weißt schon. Schmuddelfilme drehen und so.«

»Und Georgie?« Ich klemmte den Hörer zwischen Wange und Schulter und hakte den BH über meinem Brustkorb zu.

Georgie war Busti Keatons wirklicher Name. Ich hätte die

winzige Pause bemerken müssen und die Anspannung in seiner Stimme, als er viel zu schnell antwortete.

»Prima, ihr geht's echt gut. Hör mal, Angel, ich muss dich um einen Gefallen bitten.«

»Immer, Sam«, sagte ich, zerrte den BH herum, steckte die Arme durch die Träger und schob alles an seinen Platz. Ich betrachtete mein Spiegelbild. Schon viel besser.

»Ich drehe gerade mit Jesse Black«, erzählte Sam. »Eins der neuen Mädchen hat mich sitzen lassen, und wir haben die Location nur noch zwei Stunden.«

Ich nickte und rief den Terminkalender in meinem Laptop auf.

»Okay«, sagte ich, während ich die Buchungen überflog. »Zandora Dior und Kyrie Li sind beide auswärts tanzen, aber Sirena, Coco Latte und Roxette DuMonde sind frei. Oder ich hätte da auch diese Neue, Molly May. Sie ist umwerfend, ein echter Rotschopf – nicht nur oben, sondern auch im Schritt. Typ nettes kleines Mädchen von nebenan, aber sie sieht auch aufgehübscht gut aus. Allerdings nur normale Oberweite. Oder ist es ein Tittenstreifen? Mit mehr Vorbau hab ich zurzeit nur Bethany Sweet, und sie ist heute nicht frei.«

»Also, eigentlich«, meinte Sam, »will Jesse dich.«

»Red keinen Quatsch.« Ich drehte mich mit einem nervösen Lachen wieder zu dem verräterischen Spiegel um. »Du weißt doch, dass ich in Rente bin.«

»Angel, bitte. Ich brauch wirklich deine Hilfe. Jesse droht schon, dass er mir auch noch abspringt, und ich hab ihm versprochen, dass ich ihm jedes Mädchen besorge, das er haben will. Und er will eben Angel Dare. Er meint, er hätte mit deinen Filmen laufen gelernt, und dass du sein Lieblingsstar bist, seit er fünfzehn ist.«

Sie müssen wissen, dass Jesse Black derzeit wohl das schärfste neue männliche Talent im Geschäft war. Er war einundzwanzig, sah aus wie ein Hollywoodstar, und was er unterhalb der Gürtellinie zu bieten hatte, war der Stoff von Legenden. Die Augen blauer als blau. Dieses unwiderstehliche Bad-Boy-Grinsen. Sicher die Hälfte der Frauen, die sich im letzten halben Jahr bei mir beworben hatten, wollte nur deshalb ins Pornogeschäft einsteigen, weil sie mit Jesse Black zusammenarbeiten wollten. Und jetzt wollte genau dieser Jesse Black mit mir arbeiten.

»Das kommt ein bisschen kurzfristig«, sagte ich und war in Gedanken bereits schamlos mit den Details von Jesse Blacks berühmter Anatomie beschäftigt.

»Kein AV«, antwortete Sam. »Nur eine einfache schnelle Boy-Girl-Nummer mit einem Facial. Du kriegst von mir fünfzehn und kommst aufs Cover. Wie in alten Zeiten.«

Es war ein verlockendes Angebot, das musste ich zugeben. Einfach dort auftauchen, plus Jesse Black, plus Sam aushelfen, plus leicht verdiente fünfzehnhundert Dollar und ein Coverbild als Balsam für mein angeknackstes Ego. Der Beweis dafür, dass ich es immer noch draufhatte. Sam würde mich schnell weichklopfen, aber ein bisschen musste ich den Schein noch wahren.

»Ich hab kein aktuelles Testergebnis«, sagte ich. »Das Letzte ist fast sieben Monate alt.«

»Kannst du mir bis Montag zufaxen«, sagte Sam. »Hör mal, wie wär's mit zwei Riesen?«

»Sam, ... ich ...«

»Na gut, zweieinhalb, und du sagst Ja. Ich sitz hier echt in der Klemme, Angel. Meine drei letzten Filme sind gefloppt, und wenn ich das hier auch noch versiebe, schmeißen die mich bei *Blue Moon* raus. Aber mit Angel Dare und Jesse Black auf dem Cover hab ich 'ne sichere Sache in der Hand.«

Er klang schon fast verzweifelt. Bei jedem anderen wäre ich wahrscheinlich hart geblieben, aber Sam war immer für mich da gewesen. Und er hatte nie Fragen gestellt.

»Okay, Sam«, sagte ich. »Jesse weiß, dass ich es nur mit Gummi mache?«

»Klar«, sagte Sam. »Kein Problem. Weißt du was, ich lass dich jetzt mal mit ihm reden, okay?«

»Warte mal«, sagte ich, aber es war schon zu spät.

»Angel?«, sagte eine neue Stimme. »Ist da Angel Dare?«

»Wie sie leibt und lebt«, sagte ich. »Jesse?«

»Ja«, sagte er. »Angel Dare, wow. Ich kann's noch gar nicht fassen.«

»Ich bin's wirklich«, sagte ich und hatte keine Ahnung, was ich sonst noch sagen sollte.

»Mann, du bist echt so scharf«, sagte er. »Ich hab mir das Video von *Double Dare* mindestens zweimal neu kaufen müssen. Diese Szene mit dir und Nina Lynn in der Dusche.« Er atmete mit einem kurzen Stöhnen aus. »Verdammt heiß.«

»Danke«, sagte ich und studierte noch einmal mein Spiegelbild. Zu Zeiten von *Double Dare* hatte der kleine Jesse vermutlich noch gedacht, dass Mädchen eklig wären. Es war schon seltsam, dass ein Junge wie er wirklich scharf auf mich sein sollte. »Du siehst auch verdammt gut aus, Kleiner.«

»Machst du mit?«, fragte er. »Bitte sag Ja. Dann würde meine geilste Fantasie Wirklichkeit. Ich und Angel Dare.«

»Na ja ...«, sagte ich.

»Ich besorg's dir gut, Angel«, sagte er, und seine Stimme klang heiser und ernsthaft, wie bei meinem allerersten Freund. »Ich versprech's dir.«

»Gibst du mir noch mal Sam?«, sagte ich.

Ich hörte hastiges Geraschel, und dann war wieder Sam am Apparat.

»Komm schon, Angel«, sagte er. »Gönn's dem Jungen doch. Der bespringt mich gleich, wenn du nicht bald hier auftauchst.«

Ich seufzte und nahm einen Stift.

»Gib mir die Adresse.«

2

Die Location war eine der traurigen alten Villen in Bel Air. Auf den ersten Blick wirkte das Haus immer noch ziemlich großspurig, aber es hatte schon bessere Zeiten gesehen. Hier in L. A. ist Geld so trügerisch, und ein großes historisches Anwesen ist wie eine alternde Geliebte, deren Fetisch die plastische Chirurgie ist. Man hat einfach mehr davon, sich ein billiges, schickes Haus neu zu kaufen, statt das alte dauernd zu renovieren. Sonst bleibt einem irgendwann nichts anderes übrig, als die Villa für Pornoaufnahmen zu vermieten, damit man das löchrige Dach decken lassen kann.

Zwei verwachsene Granatapfelbäume bewachten das offene Tor. Der Boden unter ihnen sah aus wie ein Schlachtfeld aus zermatschten dunkelroten Früchten, die unter den Reifen meines schwarzen Minis knirschten und zerplatzten. Als ich die großzügig geschwungene Auffahrt hinauffuhr, sah ich mich schon dauernd nach Norma Desmond aus *Sunset Boulevard* um, die ihren Lieblingsschimpansen in dem verwilderten Rosengarten begrub. Es ging mir aber sofort besser, als ich Sams rote 84er Corvette mit dem Wunschkennzeichen HAMRXXX sah. Sie stand neben einer wuchtigen Holztür, die gut in ein mittelalterliches spanisches Verlies hätte führen können. Ich stellte mich hinter Sams Corvette und nahm mein altes Setköfferchen vom Beifahrersitz. Vor der Corvette standen ein paar andere, mir unbekannte Wagen, ein unauffälliger Mittelklasse-Mietwagen und ein aufgemotzter schwarzer Ferrari, der bestimmt Jesse gehörte. »Käuflicher Schwanz« stand dem Schlitten förmlich auf die Kühlerhaube geschrieben. Direkt vor dem Ferrari parkte der verbeulte blaue Honda Civic, mit dem ich schon bald so innige Bekanntschaft schließen würde.

Ich habe seitdem so viel über diese paar Minuten in der Auffahrt nachgedacht und mich gefragt, warum ich nicht sofort Verdacht geschöpft hatte, warum ich einfach reingeschneit war wie ein kaum volljähriges Dummchen aus der Provinz. Ich rede mir ein, dass alles so gekommen war, weil ich Sam vertraute, weil er seit zwanzig Jahren mein Freund war. Aber wenn ich ehrlich bin, war das nur teilweise der Grund. Ich hatte schlicht und einfach das weibliche Äquivalent eines Ständers. Alles Blut aus meinem Gehirn war zwischen meine Beine geströmt. Seit einem halben Jahr war ich so mehr oder weniger mit dem Bassisten einer Rockabillyband zusammen, aber das war mittlerweile reichlich öde geworden, und ich war dabei, mich nach was Neuem umzusehen. Seit drei Wochen hatte ich keinen Sex mehr gehabt. Jetzt war ich total im Hormonnebel, mein Gehirn hatte sich verabschiedet beim Gedanken an Jesses schlanken, muskulösen einundzwanzigjährigen Körper. So rannte ich mit der Möse voran in die Falle.

Die Räder meines Köfferchens holperten über das geborstene Pflaster, und das einsame Geräusch hallte unpassend laut in dem verlassenen Hof wider. Die Tür war nicht abgeschlossen. Ich dachte, dass sie vielleicht gerade Dialog oder mit O-Ton drehten, deshalb klopfte ich nicht, sondern schlich hinein.

Als Erstes fiel mir auf, dass nirgends Möbel standen. Der Raum war riesig, mit einer Decke wie eine Kathedrale. Spanische Fliesen auf dem Boden und ein wuchtiger schmiedeeiserner Kronleuchter an einer Kette, wie gemacht für Zorro, um sich über die Bösewichter hinwegzuschwingen. Die großen Fenster waren mit milchiger Folie zugehängt, die die Nachmittagssonne weich und gedämpft durchscheinen ließ. Es roch nach frischer Farbe.

»Angel?«, ertönte Sams Stimme vom oberen Ende einer elegant geschwungenen Treppe herab. »Bist du's?«

»Ja«, antwortete ich und spähte die Treppe hinauf.

»Wir sind hier oben«, sagte Sam.

Ich schob den Teleskopgriff meines Köfferchens zusammen und trug es die Treppe hinauf. Glücklicherweise war es klein und fast leer. Sam hatte gemeint, ich bräuchte nur Dessous und hohe Absätze, deshalb war ich kurz bei mir vorbeigefahren und hatte mir ein paar Garnituren und Strümpfe zur Auswahl geschnappt. Seit Jahren hatte ich meine Setkoffer nicht mehr auf Abruf parat, in denen alles säuberlich in verschließbare Plastiktüten verpackt und beschriftet war mit *Fetisch*, *Schlampe* oder *MvN* für »Mädchen von Nebenan«.

»Sam?«, rief ich, als ich oben angekommen war.

»Hier hinten.« Sams Stimme ertönte vom Ende eines langen Korridors.

Ich sah eine halb offene Tür, hinter der es hell erleuchtet war, und ging darauf zu. Keine dicken gelben Kabel waren am Boden festgeklebt, die umliegenden Zimmer waren nicht voller kichernder Mädchen, die ihre Implantatnarben überpuderten und sich falsche Wimpern anklebten. Niemand stand herum, rauchte oder hatte ein Handy am Ohr. Nur dieser lange, leere Korridor. Ich bilde mir ein, dass ich in diesen Sekunden so langsam anfing, mich ein bisschen zu wundern, aber ich machte nicht kehrt. Ich schob einfach die Tür weiter auf und ging hinein.

Das Zimmer am Ende des Korridors war leer bis auf ein großes schmiedeeisernes Bett mit einer kahlen, plastikumhüllten Matratze. Sam stand an der gegenüberliegenden Wand neben einem leeren Kamin. Zwei weitere Männer waren da, die ich nicht kannte, aber ich bekam auch nicht viel von ihnen mit, weil direkt neben der Tür Jesse stand und zum Anknabbern aussah mit den verwuschelten dunklen Haaren und dem blauäugigen Schlafzimmerblick. Er war schon startklar. Seine

Lederhosen hingen so tief auf den schmalen Hüften, dass man das Schamhaar hätte sehen können, wenn er nicht rasiert gewesen wäre. Sein glatter, schlanker Oberkörper war nackt und schimmerte vor Schweiß, der die symmetrische Perfektion jedes Muskels hervorhob. Er trat auf mich zu, ließ einen anerkennenden Blick über meinen Körper schweifen und lächelte.

»Angel Dare«, sagte er. »Wow. Du siehst umwerfend aus. Das wird 'ne tolle Sache.«

Er griff nach unten und packte sein berühmtestes Accessoire durch das enge Leder hindurch. Dann schlug er mir ins Gesicht.

3

Ich verlor nicht sofort das Bewusstsein, aber es tat höllisch weh, und alles wurde rot und verschwommen. Ich spürte grobe Hände auf mir, die mir die Klamotten herunterzerrten und mich auf rutschiges, zerknittertes Plastik warfen. Kratzige Seile wurden mir um Hand- und Fußgelenke gebunden, und mein erster, halb betäubter Gedanke war: *Bondage, spinnen die? Man kann doch nicht Bondage und Sex in derselben Szene drehen!*

Dann konzentrierte sich der Schmerz auf ein fieses Pochen in Wangenknochen und Schläfe auf meiner linken Seite, und ich konnte wieder sehen. Ich bemühte mich, den ersten Schock schnell zu überwinden, damit ich herausfinden konnte, in was für eine Scheiße ich mich nun wieder hineingeritten hatte. Mir hätte klar sein müssen, dass hier etwas nicht stimmte, sobald Sam mir diese Bel-Air-Adresse gegeben hatte. Wenn es sich vermeiden lässt, dreht niemand aus der Pornoszene außerhalb von Beverly Hills, um keinen Preis.

Soweit ich das erkennen konnte, lag ich auf dem Rücken und war schlampig und unoriginell mit ausgestreckten Armen und Beinen gefesselt. Bluse und BH waren unters Kinn hochgeschoben und der Rock bis zur Taille zerrissen. Ich hatte keine Ahnung, was mit meinem Slip passiert war. Jesse stand links neben mir mit dem hirnlosen Gesichtsausdruck, den Männer immer haben, wenn sie Taschenbillard spielen. Hinter ihm stand einer der beiden Fremden. Dümmlich und mit ausdruckslosem Blick, einer Hautfarbe wie gekochte Kartoffeln und dem Körperbau eines Nashorns auf Steroiden. Er trug enge Lederhandschuhe und hatte die Hände nicht in den Taschen. Er hielt Sam am Arm gepackt wie ein unartiges Kind, das bestraft werden soll.

»Sie haben Georgie«, sagte Sam mit kaum hörbarer Stimme. »Tut mir leid.«

Das Nashorn knuffte Sam wie nebenbei an den Kopf, was Sam umgehauen hätte, wenn der Typ ihn nicht festgehalten hätte.

»Verdammt!«, sagte Sam.

»Schnauze«, sagte das Nashorn freundlich, als ob er ein Bier bestellte.

Sam kniff die Augen zu und ließ den Kopf hängen.

Ich war drauf und dran, etwas wirklich Dummes von mir zu geben, das die Mutter des Nashorns betraf, als der andere Typ von rechts in meinem Gesichtsfeld erschien. Da wusste ich, dass das Nashorn noch das Geringste meiner Probleme war.

Dieser Typ gehörte zu den Leuten, die man erst wahrnimmt, wenn sie einen direkt ansprechen. Unsichtbar, ein Typ wie hundert andere. Mittelgroße Statur, braune Haare, unscheinbare Gesichtszüge über einem unscheinbaren Hemd und einer unscheinbaren Krawatte. Aber wenn man so einen Typen dann doch wahrnimmt, wenn man ihm einmal in die Augen gesehen und hinter die Fassade des Unscheinbaren, Alltäglichen geblickt hat, dann weiß man, dass der Kerl ein wirklich böser Mensch war. Er verströmte so starke Alphamännchen-Schwingungen, dass sich alle anderen Männer im Raum ihm ohne Zögern unterordneten. Keine Frage, er war der Boss.

»Wo ist die Kohle?«, fragte er.

Ich machte mir noch nicht mal die Mühe zu fragen, *Welche Kohle?* Ich blinzelte nur stumm und wütend zu ihm empor und fragte mich, was es mich wohl kosten würde, damit ich hier wieder heil rauskam.

Der Boss wies mit dem Kinn auf mich.

»Frag sie«, sagte er.

Jesse lächelte und verpasste mir eine saubere Rechte in den Bauch.

Ein paar panische Sekunden lang war ich mir sicher, dass ich gleich aufs Bett kotzen würde. Mein Körper wollte sich unbedingt zusammenrollen, doch da meine Glieder festgebunden waren, blieb ich ausgebreitet liegen und konnte nur warten, bis die Welle brennender Übelkeit, die in mir hochstieg, sich wieder legte.

»Ich weiß nicht, von was Sie reden«, sagte ich oder versuchte es zumindest. Heraus kam eine Art atemloses Keuchen ohne Konsonanten.

»Da ist ein Mädchen in dein Büro gekommen mit etwas, das ihr nicht gehört«, sagte der Boss. »Ein Aktenkoffer. Sie ist ohne den wieder weg. Er ist weder in deinem Büro noch in deinem Haus. Wo ist er?«

Siedend heiß fiel mir alles wieder ein. Dieses Mädchen. Die besorgte Blondine mit dem Dracula-Akzent, die kurz vor der Mittagspause in meinem Büro aufgetaucht war, etwa sechs Stunden vor Sams Anruf. Die nach einem meiner Models, Zandora Dior, gefragt hatte.

»Lia« – so stellte sie sich vor – saß auf der anderen Seite meines Schreibtischs und wirkte viel zu klein in ihrem riesigen *Lakers*-T-Shirt.

Der Blick aus ihren großen grünen Augen wich meinem aus, und sie war angespannt und hatte es offensichtlich eilig. Ihre blonden Strähnchen hatten sicher eine ganze Menge gekostet, und ihre langen falschen Fingernägel schimmerten neu. Insgesamt wirkte sie jedoch schlaff und unterernährt, und sie hatte eine unreine Haut mit Pickeln um den winzigen Rosenknospenmund. Sie trug zwar kein Make-up, aber ich fand, dass sie mit etwas Schminke noch gut auf Schulmädchen machen könnte, um etwa sechs Monate lang zu drehen. Das T-Shirt war so lang wie ein Minikleid und bedeckte ihren engen schwarzen Rock, sodass es so aussah, als hätte sie am Morgen vergessen, sich einen Slip überzustreifen. Der Aktenkoffer stand zwischen ihren großen Füßen. Ich nahm ihn nur am Rande wahr.

»Haben Sie einen Ausweis?«, hatte ich sie gefragt und sie taxiert, bis zu den blassen Kinderbeinen und den teuren hochhackigen Schuhen hinunter, die viel zu schick waren für das T-Shirt. Für mich signalisierte diese Kombination Stress und Ärger. »Ich kann nicht mal Probeaufnahmen mit Ihnen machen, wenn Sie keinen amerikanischen Führerschein haben.«

»Ich suche keine Arbeit«, sagte sie. »Ich suche Lenuta Vasilescu. In den Filmen heißt sie Zandora Dior.«

Ich betrachtete sie noch einmal von oben bis unten und fragte mich, worum es hier eigentlich ging.

»Zandora ist auf einem Job«, sagte ich.

Lia runzelte die Stirn, als hätte sie keine Ahnung, was ich meinte.

»Sie ist nicht in der Stadt, sie tanzt auswärts«, erklärte ich. »Auf Tour.«

»Wann ist sie wieder da?«, fragte Lia.

»Montag«, antwortete ich.

»Ach«, sagte Lia, sah auf den Aktenkoffer hinunter und legte die dünnen Finger auf ihrem Schoß ineinander wie ein Kind. »Kann ich bitte ihre Telefonnummer haben? Als Kinder, wir waren Freundinnen in Brasov. Es ist sehr wichtig. Ich muss schnell mit ihr reden.«

Spontan beschloss ich, ihr zu helfen – vielleicht, weil sie Zandoras wirklichen Namen kannte oder weil sie so offensichtlich auch Rumänin war oder vielleicht auch, weil sie so klein und verzweifelt aussah, wie ein Vogel mit gebrochenem Flügel. Für kein Geld der Welt hätte ich ihr Zandoras private Handynummer gegeben, aber ich würde die Kleine auch nicht rauswerfen, wie sie so dasaß und mir gleich in Tränen ausbrach.

»Soll ich ihr etwas ausrichten?«, fragte ich.

»Es ...« Die Kleine schluckte schwer und sah weg. »Es ist privat.«

»Ich sag Ihnen mal was«, antwortete ich. »Schreiben Sie ihr doch einen Brief mit Ihrer Telefonnummer und allem. Den kann ich dann dem Klub faxen, in dem Zandora heute ihren Auftritt hat, und dann kann sie Sie zurückrufen.«

»Na gut«, sagte Lia. Mir war klar, dass sie damit nicht glücklich war, aber keine Zeit hatte, weiter darüber zu diskutieren. »Kann ich Papier haben?«

Ich gab ihr ein weißes Blatt aus meinem Drucker und einen violett glitzernden *Daring-Angels*-Stift. Sie beugte sich über meinen Schreibtisch und schrieb schnell und verkrampft, als ob sie die Worte in Stein meißeln wollte. Ganz offensichtlich schrieb sie mehr als nur eine Nummer auf. Genauer gesagt, sah nichts in ihrem Brief wie eine Telefonnummer aus. Es war ein dicht gedrängter Absatz in einer mädchenhaft verschnörkelten Handschrift voller seltsamer Häkchen und Kringel. Sogar von meinem Platz aus konnte ich erkennen, dass die auf dem Kopf stehenden Buchstaben nicht Englisch waren.

Es kam mir ein bisschen komisch vor, dass ich Zandora einen Brief faxen sollte, den ich nicht lesen konnte, doch es war ja nur ein Brief. Selbst wenn es sich als durchgeknallter Stalkerscheiß oder was auch immer entpuppte, Zandora musste ja nicht darauf antworten. Schließlich gab ich dem Mädchen nicht Zandoras Privatnummer, und ich sagte ihr auch nicht, an welchen Klub ich diesen geheimnisvollen Brief faxte. Aber all das sollte die nervöse Blondine so zufriedenstellen, dass sie mein Büro verließ. Ihre Art, sich wie ein verletzter Vogel aufzuführen, machte nämlich langsam auch mich nervös. Mir kam es so vor, als müsste ich nach Katzen Ausschau halten.

Während ich schnell ein Deckblatt für das Fax kritzelte und alles dem *Eye Candy* in Vegas faxte, stand Lia auf und schwebte wie ein Geist hinüber zum Fenster. Dort starrte sie durch die Jalousie auf die öde, menschenleere Vesper Avenue hinunter. Sie blieb dort stehen, während das Fax piepte und ratterte und die Blätter einzog und unten wieder ausspuckte.

Als sie sich wieder zu mir umdrehte, hatte ihre Körpersprache sich subtil verändert. Sie war jetzt eigenartig steif, fast formell, wie eine pflegeleichte Ehefrau auf dem Laufsteg. Sie drehte den Kopf auf dem langen Hals und zeigte mir ein ausdrucksloses Gesicht. Ihr Blick ging ins Leere.

»Wo ist die Toilette?«, fragte sie.

»Am Empfang vorbei und dann rechts«, erklärte ich. »Didi zeigt sie Ihnen.«

Sie nickte, nahm ihren Brief aus der Faxablage, ließ die Kombischlösser des Aktenkoffers aufschnappen und öffnete ihn gerade weit genug, um das Blatt hineingleiten zu lassen. Ich konnte nicht erkennen, was noch darin war, und es interessierte mich auch nicht besonders, aber die Ziffernkombination für das Schloss fiel mir doch auf. 666. Komisch, ich hätte nie gedacht, dass sie ein Death-Metal-Fan war.

Ich betrachtete ihren schmalen Rücken, als sie die Tür öffnete. Vielleicht kam es mir ja in diesem Moment doch merkwürdig war, dass sie statt einer Handtasche über der Schulter wie ein Geschäftsmann einen Aktenkoffer mit sich herumtrug, oder vielleicht war ich auch einfach nur froh, dass sie ging. Sie bedankte sich nicht und sagte auch noch nicht mal Auf Wiedersehen.

Keine paar Minuten später standen zwei Kerle in meinem Büro.

»Sie können da nicht einfach reingehen«, sagte Didi noch, aber es war schon zu spät.

Der Erste, der durch die Tür kam, ein wieseliger, angespannter Typ, war eindeutig aus dem Ostblock – tief gebräunt, gekleidet wie ein armenischer Popstar und mehr als fünf Zentimeter kleiner als ich. Sein großer Kumpel, der in der Tür stehen blieb, war mehr ein Proll, blondes Haar mit beginnender Glatze, mit kalten blauen Augen und einer massigen, aber kräftigen Statur wie die Kerle, die Trucks mit den Zähnen wegziehen. Er war in Profischwarz gekleidet. Übles Profischwarz.

»Ich vermittle keine männlichen Talente«, sagte ich. »Versuchen Sie's mal bei *Eros* drüben am Sherman Way.«

»Sehr witzig«, sagte der wieselige Typ. Er war offenbar das Sprachrohr des Duos und sprach mit einem leichten Akzent, der dem von Lia ähnelte. »Wir suchen Lia.«

»Gerade verpasst«, sagte ich.

»Wir haben sie nicht aus dem Gebäude kommen sehen«, sagte das Wiesel und musterte mich mit einem Blick, als wollte er gleich mit mir in die Kiste hüpfen. Die Leute schauen einfach zu viel Fernsehen. »Was glauben Sie wohl, warum nicht?«

Aus der Toilette waren leise Schritte zu hören, und das Wiesel fuhr bei dem Geräusch herum wie ein hungriges Raubtier.

»Musste sie sich mal kurz die Lippen nachziehen?«, sagte er. »Ist sie deswegen noch nicht rausgekommen?«

»Hören Sie mal, ich kenne weder Sie noch Lia«, sagte ich. »Und ich will nichts zu tun haben mit ...«

Bevor ich den Satz beenden konnte, stürmte der prollige Typ durch den Empfang, an der empörten Didi vorbei, und trat die Toilettentür ein.

»He!«, rief Didi.

Die Toilette war leer. Auf dem Boden standen Lias teure Schuhe. Das Fenster stand offen, es war gerade so groß, dass ein dürres Mädchen sich durchquetschen konnte. Mein Büro war im ersten Stock. Der Sprung war machbar, obwohl sicher niemand gern Bekanntschaft mit dem harten Asphalt des benachbarten Parkplatzes schließen mochte. Besonders nicht barfuß. Da musste man schon sehr motiviert sein. Das war Lia offenbar gewesen.

»Hört mal, ihr dämlichen Ärsche«, sagte Didi und baute sich furchtlos wie ein wütender Jack-Russell-Terrier vor den Kerlen auf. »Ich weiß ja nicht, wofür ihr euch haltet, aber ihr habt genau drei Sekunden Zeit, euch zu verpissen, bevor ich die Cops rufe.«

Die beiden schienen sie kaum zu bemerken. Sie schoben sie einfach zur Seite und verschwanden ohne ein Wort.

»Was zum Teufel war das denn?«, fragte Didi mich.

»Keine Ahnung«, antwortete ich und regte mich erst mal

über das kaputte Schloss der Toilettentür auf. »Und ich will's auch gar nicht wissen.«

Natürlich hatte ich zu diesem Zeitpunkt noch keine Ahnung, wie recht ich behalten sollte. Und wie ich da so auf ein Bett gefesselt lag, klebrig vor Schweiß, der sich unter mir auf der Folie sammelte, umgeben von einer prächtigen Auswahl der miesesten Typen, da wollte ich es noch viel weniger wissen.

4

»Hört mal«, krächzte ich, so gut ich konnte. »Ich weiß überhaupt nichts über irgendwelches Geld. Dieses Mädchen ist bei mir im Büro erschienen und wieder verschwunden, als diese beiden Typen aufgetaucht sind. Mehr weiß ich nicht.«

»Fang noch mal ganz von vorne an«, sagte der Boss und zündete sich eine Zigarette an. »Erzähl mir alles, was sie dir gesagt hat.«

»Sie hat gar nichts gesagt«, sagte ich.

»Sie muss doch irgendwas gesagt haben«, meinte der Boss. »Was wollte sie? Doch wohl keinen Job.«

Woher wusste er das? Ich hatte immerhin selbst zuerst gedacht, dass Lia einen Job wollte. Ich hatte keine Ahnung, wie viel dieses Arschloch über das wusste, was in meinem Büro passiert war. Tappte er wirklich im Dunkeln, oder wollte er sich von mir nur seine Vermutungen bestätigen lassen?

»Sie wollte eins meiner Models sprechen«, sagte ich. »Sie hat erzählt, sie wären als Kinder Freundinnen gewesen.«

»Wollte sie Neuigkeiten austauschen?«, fragte der Boss. »Über die alten Zeiten plaudern?«

Ich zuckte mit den Schultern oder versuchte es zumindest. Es muss lustig ausgesehen haben, weil ich ja noch immer mit beiden Handgelenken ans Bett gefesselt war.

Der Boss nickte und studierte den Rauch, der von seiner Zigarette aufstieg. Dann nahm er einen tiefen Zug. Beim Ausatmen kamen drei Worte mit dem Rauch aus seinem Mund.

»Mit welchem Model?«

Ich schloss die Augen. Zandora war nicht gerade meine beste Freundin. Sie war eine hohlköpfige Tussi, die mehr Designersonnenbrillen besaß als Verstand, aber sie hatte es ganz bestimmt nicht verdient, dass dieser Typ sie aufs Korn nahm. Auf keinen Fall wollte ich sie oder jemand anderen in diese Scheiße hier mit hineinziehen. Ich nahm mir vor, ihren Namen nicht zu verraten, und klammerte mich an die Vorstellung, dass ich Zandora damit schützen würde. Ich musste wenigstens versuchen, tough zu sein, denn ich hielt mich nicht für eine Person, die schon nach zwei Nasenstübern klein beigab.

»Du willst hier einen auf tapfer machen«, sagte der Boss und zog wieder lange an der Zigarette. »Lass es sein.«

»Bitte, Angel«, sagte Sam mit einem verzweifelten Blick aus verdächtig glitzernden Augen.

»Schnauze«, sagte das Nashorn wieder und verpasste Sams Schläfe einen weiteren kurzen Haken.

Ich schwieg, kniff die Augen zusammen, sah zum Boss hoch und musterte ihn mit einem Ausdruck, von dem ich sehr hoffte, dass er tough wirkte. Er seufzte wie ein enttäuschter Lehrer und gab Jesse die Zigarette.

Jesse grinste breit und steckte sich die Zigarette in den Mundwinkel. Dann stieg er aufs Bett, setzte sich breitbeinig auf meine Hüften und legte mir die linke Hand um die Kehle. Seine Hände waren riesig. Ich spürte, wie sich Daumen und Zeigefinger in die weichen Stellen unter meinen Ohren bohrten, während der Handteller sich auf meine Luftröhre presste und mir die Luft abschnitt. Sein Gesicht hing nur wenige Zentimeter über meinem, und der Blick aus seinen blitzblauen Augen versank in meinem wie der eines Liebesromanhelden, während er mit der anderen Hand die Zigarette aus dem Mund nahm.

Als ich spürte, wie die Glut meiner Haut immer näher kam,

lösten sich sämltliche meiner toughen Pläne in Wohlgefallen auf.

»Zandora Dior«, krächzte ich atemlos.

»Verzeihung«, sagte der Boss und winkte Jesse zu, aufzuhören. »Könntest du das noch einmal sagen?«

Widerwillig ließ Jesse meinen Hals los, blieb aber auf mir sitzen. Er war schwer. Ich spürte, wie viel Spaß ihm das alles bereitete. Am liebsten hätte ich ihn hier auf der Stelle umgebracht.

»Zandora«, wiederholte ich, kaum deutlicher. »Zandora Dior.«

»Ah«, sagte der Boss. Er nahm seine Zigarette aus Jesses Fingern und zog wieder daran. Jesse sah aus, als hätte man ihm sein Lieblingsspielzeug weggenommen.

»Aber ich hab dem Mädchen Zandoras Nummer nicht gegeben«, sagte ich. »Ich hab ihr nur versprochen, dass ich Zandora ihre Handynummer geben würde, aber das hab ich nicht. Ich hab ihr die Nummer gar nicht gegeben.«

Die Worte waren mir kaum über die Lippen gekommen, da war mir klar, dass ich es versiebt hatte. Der Boss kniff die Augen zusammen. Jesse grinste wieder, breiter als vorher.

»Lia hat gar kein Handy«, sagte der Boss.

Jesse packte mich wieder an der Kehle. Er konnte wohl gar nicht genug davon kriegen. Ich kenne jede Menge Mädchen, die auf diese Atemkontroll-Nummer stehen, aber ich nicht.

»Fangen wir eben noch mal an«, sagte der Boss. »Ganz von vorn.«

Ich will Sie jetzt nicht mit den Einzelheiten langweilen, aber am Ende bekamen sie alles aus mir heraus. Alles. Den Brief, den Klub, an den ich ihn gefaxt hatte, wo Zandora in Vegas wohnte, alles. Ich hätte ihnen auch erzählt, wie ich einmal drei Dollar aus dem Schreibtisch von Schwester Mary Francis geklaut hatte, damals in der zweiten Klasse, wenn sie mich danach gefragt hätten. Nur das, was der Boss unbedingt von mir hören wollte, damit konnte ich nicht dienen. Das Arschloch fing einfach immer wieder von diesem Aktenkoffer voller

Geld an. Er war wohl überzeugt davon, dass ich entweder seine Kohle hatte oder wusste, wo sie war.

Meine Lippen brannten und fühlten sich geschwollen an, und ein Zahn schien lose zu sein. Ich war mir ziemlich sicher, dass meine Nase gebrochen war, und bekam kaum Luft. Meine Augen verwandelten sich in Veilchen und schwollen immer mehr zu. Vor lauter Blut und Schweiß konnte ich kaum noch etwas sehen. Zu diesem Zeitpunkt war ich schon am Heulen und hasste mich dafür. Hilflose, stumme Tränen liefen mir in die Ohren, als ich den Kopf zur Seite drehte und Blut auf die Folie spuckte.

»Bitte«, sagte ich. »Bitte.«

Inzwischen war noch jemand gekommen, den ich nur aus dem Augenwinkel sehen konnte, und der besprach sich jetzt mit dem Nashorn. Ich vermutete, es war der wieselige Typ, der in meinem Büro nach Lia gesucht hatte, war mir aber nicht sicher. Ich konnte mich schlecht konzentrieren, solange Jesse auf mir hing und mir die Luft abdrückte.

Auf meiner anderen Seite sah der Boss hoch und hob die Augenbrauen, wie um eine wortlose Frage zu bestätigen, die das Nashorn ihm gestellt hatte. Dann beugte er sich dicht an mein Ohr.

»Ich frag dich jetzt ein letztes Mal«, sagte er und gab Jesse ein Zeichen.

Jesse stieg von mir herunter und schmollte dabei wie ein getadeltes Kind, und dann trat das Nashorn vor und zerrte Sam mit sich, bis sie beide direkt neben dem Bett standen. Ich konnte immer noch nichts klar erkennen, aber dann bekam ich mit, dass das Nashorn eine Knarre in der Hand hielt. Es war verrückt, aber in dem Moment, als ich die Waffe sah, fiel mir als Erstes auf, dass es die gleiche Marke und das gleiche Modell war wie meine eigene, eine SIG P232, die ich nach einer ungemütlichen Begegnung mit einem überenthusiastischen Fan gekauft hatte. Ich hatte mir eine Menge blöder Sprüche deswegen anhören müssen von Freunden, die sich mit Schusswaffen besser auskannten und meine Kanone als »Mädchenknarre« bezeichneten. Sie hielten mir Vorträge über Mannstoppwirkung und darüber, dass die Kaliber .380 oder 9 mm »short« mit dem Standard-9er nicht mithalten konnte, aber mir gefiel einfach, wie sie mir in der Hand lag, besser als bei jedem anderen Modell, das ich ausprobiert hatte. In der Pratze des Nashorns sah sie aus wie ein Spielzeug. Ich fragte mich, ob sich irgendjemand traute, auch die als »Mädchenknarre« zu bezeichnen. Das alles wurde jedoch sofort Nebensache, als das Nashorn die Mündung an Sams Wangenknochen drückte.

»Verdammt«, sagte Sam und riss die Augen vor Angst weit auf. »Angel, bei Gott, sag's ihm doch endlich!«

»Wo ist das Geld, Angel?«, fragte der Boss.

Ein Schwall kaltes Adrenalin betäubte blitzartig den heftigen, mich keinen klaren Gedanken fassen lassenden Schmerz in meinem Körper, und plötzlich war ich völlig da und wach.

»Bitte«, sagte ich. »Ich hab doch gesagt, dass ich gar nichts über das Geld weiß. Warum sollte ich lügen? Sie müssen mir glauben.«

»Sam und du, ihr seid schon sehr lange gute Freunde, stimmt's?«, sagte der Boss. »Er ist ein anständiger Kerl? Mit Familie? Du willst doch nicht, dass deinem lieben, alten Freund Sam etwas passiert, oder?«

Da brach ich total zusammen. Ich schluchzte und heulte und bettelte, auch wenn ich mir geschworen hatte, dass es nie so weit kommen würde.

Das Nashorn schoss trotzdem auf Sam, zielte nach unten und verpasste Sam eine Kugel ins Knie. Sam brach schreiend zusammen. Einen erwachsenen Mann so schreien zu hören ist absolut grauenvoll. Besonders, wenn dieser Mann einer deiner besten Freunde ist.

Ich bin mir ziemlich sicher, dass ich in diesem Moment auch schon schrie. Das Nashorn zerrte Sam wieder hoch, sodass ich ihn sehen konnte, und schob ihm die stumpfe kleine Mündung der Waffe in den Mund.

»Und wie sieht's jetzt aus, Angel?«, fragte der Boss.

Ich konnte gar nicht aufhören zu schreien. Ich wollte lügen

und irgendetwas erfinden, wo das verdammte Geld versteckt war, alles, nur um diesem Wahnsinn ein Ende zu machen, aber offenbar hatte mich jegliche Sprache im Stich gelassen. In mir drin war etwas gerissen. Sie hatten mich total fertiggemacht, und ich glaube, das war ihnen auch klar.

»Ich glaube nicht, dass sie es weiß, Boss«, sagte das Nashorn. Er zog die Knarre aus Sams Mund und wischte sie an seinem Hemd ab.

Der Boss nickte nachdenklich. Das Nashorn ließ Sam zu Boden gleiten. Jesse war wieder auf dem Bett, und ich glaube, er fummelte wieder an mir herum, aber ich spürte kaum etwas. Mit dem Schreien hatte ich inzwischen aufgehört, aber ich fühlte auch nichts mehr. Ob Schock oder Überlastung oder was auch immer, mein Gehirn hatte beschlossen, dass es nun wirklich reichte. Es hatte seinen Hut genommen und sich mit Sack und Pack an einen unbekannten Ort verzogen. Ich wurde nicht wirklich ohnmächtig. Es rückte nur alles in weite Ferne, wie auf einem Fernsehschirm.

»Kümmere dich um den«, sagte der Boss zu dem Nashorn und deutete auf den jammernden Haufen, der einmal Sam gewesen war. Dann wandte er sich an Jesse. »Sie gehört ganz dir.«

5

An das heiße Date mit Jesse Black kann ich mich nur dunkel erinnern. Ein paar Bruchstücke sind mir im Gedächtnis geblieben. Ehrlich gesagt: Nach allem, was ich bis dahin durchgemacht hatte, bekam ich von Jesses kleinen Spielchen kaum was mit. Ich glaube, er schüttelte mich und beschwerte sich, dass ich wie ein toter Fisch war. Was hatte er denn erwartet? *Double Dare 2*?

Während Jesse schwitzte und fluchte und sein Ding abzog, schwebte ich irgendwo unter der Decke. Ab und zu sah ich mal nach unten, ob er endlich fertig war, aber die meiste Zeit dachte ich an Sam und Zandora und daran, wie ich die Burschen für das drankriegen könnte, was sie uns angetan hatten.

Irgendwann kam es mir so vor, als machte Jesse nur eine Pause, aber er stopfte mir einen Lumpen in den Mund und klebte Isolierband darüber. Ich bekam kaum Luft durch die zugeschwollene Nase, und die Panik holte mich aus meinem Dämmerzustand. Er machte mich vom Bett los, und es gab einen peinlichen Auftritt, als ich mich gegen ihn wehren wollte, doch meine lahmen Arme und Beine gehorchten mir nicht. Er grinste nur, fesselte mir Hände und Füße und hob mich hoch. Instinktiv wehrte ich mich gegen die Fesseln, zerrte mir aber nur die Muskeln dabei, und mir wurde schwarz vor Augen von dem brennenden, pochenden Schmerz in den Abschürfungen und Schnitten. Ich war wohl wirklich ein paar Minuten lang weggetreten, denn als Nächstes bekam ich mit, dass Jesse mich achtlos in den Kofferraum des Honda Civic fallen ließ und den Deckel zuknallte. Kurz darauf hustete der Motor und sprang an.

Die Fahrt war ein endloser Albtraum. Ich erstickte fast an Abgasen und knallte dauernd mit dem Kopf irgendwo an, wenn Loverboy ruckartig auf die Bremse stieg, was er für meinen Geschmack viel zu oft und völlig unnötig tat. Mein ganzer Körper tat wahnsinnig weh, überall pikste und stach es, als würde mich jemand mit Nadeln und Messern malträtieren. Ich schaffte es nur gerade eben so, bei Bewusstsein zu bleiben. Unterwegs versuchte ich, mir die bruchstückhaften Geräusche einzuprägen, ein Hubschrauber, Musik, Hundegebell, alles, was mir verraten konnte, wohin ich gefahren wurde, doch das Motorgeheul übertönte das meiste. Oder vielleicht hörte ich auch nichts wegen des Übelkeit erregenden Dröhnens in meinem Kopf.

Irgendwann hielten wir an, und der Motor erstarb. Ich hörte, wie die Tür geöffnet und geschlossen wurde, und dann Schritte auf Beton, die sich dem Kofferraum näherten.

Als der Kofferraumdeckel aufging, blinzelte ich hoch in den rechteckigen Breitwandausschnitt, der sich mir darbot. Jesse stand vor mir, umrahmt von dem natriumgelben Licht einer Straßenlaterne. Er trug jetzt ein schwarzes T-Shirt mit dem blutrünstigen Logo einer Band, von der ich noch nie gehört hatte. Sein Gesicht lag im Schatten, und er wirkte angespannt und nervös. Er hielt eine Knarre in der Hand.

Es gibt kaum etwas furchteinflößenderes als ein nervöser Mann mit einer Kanone. Er zielte auf mich, dann auf den Boden, dann wieder auf mich und wischte sich mit den Knöcheln der Hand über den Mund. Dann holte er tief Luft.

»Endstation für dich, du Schlampe«, sagte er.

Ganz offenbar hatte er diese ungemein harte Dialogzeile auf der ganzen Fahrt hierher geübt. Wo auch immer »hier« war.

Als Regisseurin hätte ich jetzt auf eine Wiederholung bestanden.

Er zielte wieder auf mich und hielt die Knarre dabei so dümmlich schräg wie die bösen Jungs in einem Rapper-Video. Mir pochte das Herz, als wäre ein Vogel in meinem Brustkorb gefangen. Meine Lider waren zugeschwollen und verklebt, aber ich würde es ihm nicht einfacher machen, indem ich wegsah oder die Augen schloss. Wenn er unbedingt seinen großen Gangsta-Auftritt haben und mir eine in meinen Schlampenarsch verpassen wollte, dann musste er das schon von Angesicht zu Angesicht tun und mir dabei in die Augen sehen.

Am Ende war es Jesse, der wegsah. Er wandte das Gesicht ab und kniff die Augen zu und hielt dabei den Arm ausgestreckt wie ein Kind, das eine Spritze bekommen soll. Dann drückte er ab.

Allein schon von dem Knall bekam ich fast einen Herzinfarkt. Am Schießstand hatte ich immer Ohrenschützer getragen, und obwohl allgemein bekannt ist, dass Schusswaffen laut sind, kann sich niemand vorstellen, was für einen Lärm sie wirklich machen. Wirklich klar wird einem das erst, wenn jemand aus kaum zwei Meter Entfernung auf einen schießt, während man in einem Kofferraum liegt. Mit klingenden Ohren spürte ich, wie der dritte oder vierte Schuss mich irgendwo am Brustkorb unter dem rechten Arm traf. Der Schmerz und der Schock waren überwältigend und brutal, und ich machte mir fast in die Scheißhosen vor Angst. Mikroskopisch kleine Zeitungsjungs rasten meine Nerven entlang und schrien: *Extrablatt! Extrablatt! Wir wurden angeschossen!*

Es heißt ja immer, dass man nicht in Panik geraten und sich nicht bewegen soll, wenn man angeschossen wurde. Man soll ruhig liegen bleiben und auf Hilfe warten. Dass man nur schneller stirbt, wenn man hysterisch wird. Ich wusste auch, dass ich mich so verhalten sollte, ich dachte das sogar klar und deutlich:

Lieg still und gerate nicht in Panik.

Natürlich funktioniert das nur, wenn derjenige, der dich angeschossen hat, mit dem Ballern aufgehört hat.

Aber Jesse pumpte immer noch wahllos Blei in den Kofferraum, wobei er blind ungefähr in meine Richtung zielte. Eine weitere Kugel streifte wie ein Peitschenschlag meinen Oberschenkel. Mein Körper bestätigte brav die hilfreiche Anweisung aus meinem Gehirn, ruhig zu bleiben, und flippte dann total aus. Bei alldem Zurückzucken und Herumwerfen muss ich mir den Kopf angestoßen haben, oder ich wurde einfach vor Schmerz und Schock ohnmächtig. Ich weiß nur noch, dass ich in dem dunklen Kofferraum aufwachte, mir mühsam alles wieder zusammenreimte und mich fragte, wo zum Teufel ich nun war. Und an dieser Stelle sind Sie in meine Story eingestiegen.

6

Nachdem mir also klar geworden war, dass ich in einem Kofferraum lag, erinnerte ich mich auch an den blauen Honda Civic, und danach fielen alle Puzzleteile an den richtigen Platz, von Jesse über Sam bis zu dem Mädchen mit dem Aktenkoffer.

Mir fiel auch wieder ein, dass ich angeschossen war oder dass es sich zumindest so anfühlte. Ganz offensichtlich war es kein guter Schütze gewesen, denn sonst würde ich mir jetzt keine Sorgen mehr deswegen machen. Trotzdem war eine Art medizinischer Hilfe wohl ziemlich dringend angesagt. Ich hatte den Eindruck, als bohrte jemand mit einer Gabel unter meiner rechten Achsel herum, und wenn ich tief Luft holte, tat es höllisch weh. Möglicherweise war auch mein rechter Arm getroffen, denn die Innenseite des Oberarms brannte bestialisch. Als ich die rechte Hand bewegte, steigerte sich der Schmerz von höllisch zu unerträglich. Deshalb ruckte und drehte ich den linken Arm immer wieder, bis sich die Knoten der Stricke an meinen Handgelenken lockerten. Es ging ziemlich einfach. Jesse war ein lausiger Seemann, den man besser nie an die Takelage ließ.

Sobald ich die Hände frei hatte, riss ich mir das Klebeband vom Mund. Ich spuckte den Knebel aus, und das bisschen, das ich noch im Magen hatte, kam gleich hinterher. Überwiegend war es säuerliches altes Blut. Immerhin kotzte ich mich nicht total voll, was in dem beengten Raum doch eine beachtliche Leistung darstellte.

Dann fummelte ich mit der Linken ungeschickt die Fußfessel auf. Meine Füße waren eiskalt und gefühllos, und als das Blut in sie zurückfloss, breitete sich ein stechender Schmerz in ihnen aus. Man sollte meinen, dass der Körper irgendwann einen Punkt erreicht, an dem die Schmerzen so stark sind, dass er ein Schild mit der Aufschrift ALLES BELEGT raushängt und keinerlei weitere Schmerzen hereinlässt. Doch offenbar war dem nicht so.

Jetzt war ich zwar nicht mehr gefesselt, saß aber immer noch in dem nach Kotze stinkenden Kofferraum fest. Der Civic stammte aus einer Zeit, in der noch niemand daran gedacht hatte, auch innerhalb von Kofferräumen Riegel zum Öffnen anzubringen. Mein einziger Ausweg war, die umklappbaren Rücksitze wegzutreten. Ich führte ein langes Gespräch mit meinen Beinen darüber, überhaupt irgendetwas zu treten. Zuerst wollten sie nichts davon hören, aber nachdem ich ihnen erklärt hatte, wie schwierig ihr Leben werden würde, wenn mein Herz aufhörte zu schlagen oder der schwere Blutverlust irgendwann sämtliche Gehirnfunktionen zum Erliegen brächte, fanden sie sich widerstrebend bereit, ihren Teil beizutragen, allerdings nur mit Murren und Knurren.

Für so eine beschissene Klapperkiste wie den Civic waren die Laschen an den Rücksitzen empörend stabil. Ich musste mich mit dem Rücken gegen die andere Seite des Kofferraums stemmen und brauchte meine ganze restliche Kraft für die Beine. Vor Anstrengung waberten rot schimmernde Flecke vor meinen Augen. Doch irgendwann klappte die Rücklehne auf der Beifahrerseite nach vorn, und ein schwaches gelbliches Leuchten erhellte meine kleine, dunkle Welt. Es tat mir in den Augen weh. Ich fühlte mich wie ein Morlock, als ich mich durch die Öffnung wand.

Jetzt konnte ich zwar meine Umgebung sehen, doch ich

hatte immer noch nicht den leisesten Schimmer, *wo* ich mich befand. Heruntergekommene Industriebrachen wie die um mich herum gab es überall in Südkalifornien. Sogar im ganzen Land gab es solche Gegenden, aber die Fahrt war mir nicht länger als eine halbe Stunde vorgekommen. Deshalb musste ich mich immer noch in oder in der Nähe von L. A. befinden.

Der Civic stand an der Rückseite eines Grundstücks hinter einer großen, leeren Lagerhalle mit kaputten Fenstern. Mir war so, als ob in der Nähe ein Zug vorbeifuhr, aber ich sah keine Schienen. Licht kam nur von Laternen, deren Masten mit Graffiti vollgeschmiert waren und die um die benachbarte Lagerhalle standen, die offenbar noch genutzt wurde. Auf der anderen Seite lag nur ein unkrautüberwuchertes leeres Grundstück.

Ich war so damit beschäftigt gewesen, mich aus dem Kofferraum zu befreien, dass ich das Gesamtbild aus den Augen verloren hatte. Jetzt, wo ich frei und am Leben war, rückte der nackte Überlebenswille wieder in den Hintergrund, und kalter Zorn packte mich. Die Wut war so intensiv, dass es fast ein Gefühl war, als hätte ich mich frisch verliebt. Ich war wütend darüber, dass man mir jede Kontrolle genommen und mich total eingeschüchtert hatte. Wütend darüber, dass mein schönes, angenehmes Leben zerfetzt worden war und blutend am Boden lag. Dass die Scheißkerle Sam und mir die Seele aus dem Leib geprügelt hatten, und das alles wegen etwas, das ich noch nicht mal kapierte. Ich wusste genau, was ich tun wollte. Ich wollte Jesse und das Nashorn und ihren Boss finden, dieses Arschloch mit dem unscheinbaren, nichtssagenden Gesicht. Ich wollte sie finden und umbringen.

Langsam öffnete ich die Beifahrertür und setzte die nackten Füße auf den dreckigen Beton, den Kopf voller wunderbarer Actionkino-Fantasien in Farbe, in denen ich mit einer .44er auf eigene Faust für Recht und Ordnung sorgte. In diesem Moment wurde mir dann klar, dass ich völlig nackt war.

Ich bin zwar alles andere als schüchtern, aber in so einem Viertel ohne einen Faden am Leib herumzulaufen war so ziemlich das absolute Gegenteil von einer guten Idee. Meine Rachepläne musste ich vorerst auf Eis legen, bis ich mir etwas zum Anziehen besorgt hatte.

Im Auto fand ich überhaupt nichts, noch nicht mal eine Landkarte oder eine alte Hamburger-Packung. Ich überlegte, ob ich die Vinylbespannung von den Sitzen reißen sollte, aber sie saß zu fest, und mein rechter Arm pochte vor Schmerzen, und ich wollte einfach nur schnell hier weg. Ich sah mich auf dem schmalen Grundstück nach irgendetwas um, das ich mir umhängen könnte. Da war nichts außer einem einzigen zerrissenen schwarzen Müllsack, zu mehr als der Hälfte gefüllt mit Zeug, über das ich lieber nicht nachdenken wollte. Ich leerte den Inhalt auf den Boden und wendete den Sack, sodass die nasse Seite nicht in Kontakt mit meiner Haut kommen würde. Der Gestank war entsetzlich. Ich riss den Boden auf, bis ich eine Art rockförmiges Gebilde in der Hand hatte, und zog die Plastikhülle mit spitzen Fingern an. Anstatt sie in der Taille festzubinden, zog ich sie wie ein Badehandtuch hoch bis knapp oberhalb meiner Brüste. Der Boden des Müllsacks bedeckte meinen Hintern, aber nur, wenn ich völlig aufrecht stand. Es war schlimm, nur unwesentlich besser als völlig nackt und viel, viel geruchsintensiver. Ich atmete flach durch den Mund und humpelte um die Lagerhalle herum zur Straße.

Das verblasste Schild an der rauen Backsteinfront des Gebäudes sagte mir gar nichts. *HW Equipment Ltd.* Über einer mehrfach verriegelten Tür war eine Hausnummer aufgesprüht. 23202. Kein Straßenname.

Die Lagerhalle stand fast am Ende einer Sackgasse in einem Block voller hässlicher Industrieruinen. Die Strecke bis zur nächsten Querstraße kam mir vor wie ein Marathonlauf. Als ich endlich eine gefunden hatte, verschwammen die Straßenschilder vor meinen Augen. East 37th und Saco Street. Beide waren mir unbekannt. Ich befand mich mitten im Nirgendwo.

An der Kreuzung entdeckte ich einen verrosteten Einkaufswagen. Er war vollgestopft mit aufgequollenen, verschimmelten Telefonbüchern und einer wahllos zusammengestellten Sammlung Schraubdeckelgläser, die offenbar Urin enthielten. Ein Besitzer war weit und breit nicht zu entdecken. Hier war sowieso überhaupt kein Mensch, soweit ich sehen konnte. Keine Penner, keine Nutten, keine Junkies, noch nicht einmal Autos. Gar nichts – als ob ich die letzte Frau auf Erden wäre und in meinem Kofferraum irgendwie den Weltuntergang verpasst hätte. In dem Einkaufswagen lag allerdings ein Hemd. Es war kariert, steif und nur ein bisschen weniger widerlich als der Müllsack, aber ich war außer mir vor Freude. Ich schlüpfte in das zerlumpte Ding und zog den Müllsack tiefer, sodass er einen längeren Rock ergab. Wenn ich jetzt noch ein Paar Schuhe fand, war mein Outfit komplett.

Ich entschloss mich spontan, den Einkaufswagen mitzunehmen. Es war eine enorme Erleichterung, meine geschundenen Knochen auf den Griff zu stützen, während ich die einsame Straße hinunterhinkte. Und falls ich doch einem menschlichen Wesen begegnen sollte, war der Einkaufswagen die beste Tarnung der Welt. Einkaufswagen haben die Macht, einen in jeder größeren Stadt Amerikas unsichtbar zu machen. Hört man einen Einkaufswagen die Straße entlangrattern, sieht man sofort woanders hin. *Penner*, sagt man sich. Nicht hingucken, sonst bettelt er oder sie mich gleich an.

Ich lief die Straße entlang, und mir war, als würde ich doch noch sterben, bevor ich endlich eine Telefonzelle fand. War es nicht wirklich am besten, wenn ich mich einfach aufs Pflaster legte? Mich hielt nur der Gedanke daran aufrecht, wie Jesse Blacks freches Grinsen durch ein sauber gezieltes Blei-Facial ausgelöscht wurde.

Schließlich erspähte ich ein Hinweisschild auf einen winzigen mexikanischen *Mercado* ein Stück die Straße hinunter. Der *Mercado* war geschlossen, aber neben der Tür hing ein öffentliches Telefon an der Wand. Es war völlig zugeklebt mit Aufklebern, die für Taxis, Begleitdienste und Telefonkarten mit Sonderkonditionen für Mittel- und Südamerika warben. Erstaunlicherweise funktionierte das Ding sogar.

Ich tippte die Notrufnummer auf dem schmierigen Tastenfeld ein. Eine Frauenstimme fragte nach der Art meines Notfalls. Ich erklärte, dass ich angeschossen worden war, und gab ihr die Adresse des *Mercado*. Sie bat mich, in der Leitung zu bleiben, und versicherte, dass Hilfe unterwegs sei.

Als ich das hörte, wollte mein Körper auf der Stelle wieder ohnmächtig werden. Auftrag erledigt, oder etwa nicht? Jetzt musste ich nur noch in aller Ruhe auf die Kavallerie warten. Doch mein Gehirn weigerte sich, alles, was passiert war, einfach so beiseitezuschieben. Es versuchte immer noch, sich einen Reim auf all den Irrsinn zu machen. Ich dachte an die tapfere kleine Didi, die diesen Idioten im Büro klargemacht hatte, wo es langging, und plötzlich hatte ich Angst um sie. Ich musste wissen, ob es ihr gut ging.

Obwohl ich ein sehr gutes Gedächtnis für Nummern und Adressen habe, dauerte es eine Weile, bis mir mit meinem matschigen Gehirn die Nummer meiner eigenen Telefonkreditkarte eingefallen war. Sobald ich sie wieder wusste, rief ich bei Didi zu Hause und auf ihrem Handy an. Niemand meldete sich. Das jagte mir erst recht einen Schrecken ein, denn Didi ging immer ans Telefon, zu jeder Tages- und Nachtzeit. Selbst wenn sie auf der Toilette saß oder mit einem ihrer intimen Rendezvous beschäftigt war. Und nein, ich wollte keine Nachricht hinterlassen. Was ich sagen wollte, war nur für ihre Ohren bestimmt. Panische Angst drückte mir die wunden Rippen zusammen und machte das Atmen noch schwerer. Von einem Notarztwagen war nichts zu sehen. Ich hielt den Gedanken einfach nicht aus, dass Didi etwas passieren könnte. Ich brauchte jemanden, der sich vergewissern sollte, dass mit ihr alles in Ordnung war. Mir fiel nur ein Mensch ein, der wach, gewillt und in der Lage dazu war. Ich rief Malloy an.

Lalo Malloy war neu bei *Daring Angels*, seit unser treuer Begleitschutz Joe Saturnino geheiratet und nach Florida gezogen war. Ich heuere immer stundenweise einen Kerl an, der meine Mädchen zu Auftritten bei neuen Produktionsfirmen fährt und dort während des Drehs dabei ist. Mir ist ein älterer Mann lieber, der zuverlässig und erwachsen genug ist und nicht gleich völlig hirnlos wird, wenn die Mädchen sich ausziehen. Allerdings muss er doch eindrucksvoll genug wirken, damit niemand bei meinen Models auf dumme Gedanken kommt. Ich zahle einen kleinen Stundenlohn, und die Mädchen runden das mit einem Trinkgeld auf. Keine schlechte Gage für einen Teilzeitjob.

Malloy war früher bei den Cops gewesen, genau wie Joe, doch er wirkte mehr wie ein Schläger. Er war fast eins neunzig groß, hatte breite Schultern und einen Bauch, überhaupt war er ziemlich stämmig. Aus graubraunen Augen musterte er die Welt mit dem wortlosen Blick eines knallharten Typen. Sein kurz geschorenes Haar war silbrig, und das Gesicht darunter sah aus wie ein Fahndungsbild, das nach den Angaben entsetzter Opfer gezeichnet worden war. Sein linkes Ohr war leicht ramponiert, was allen unmissverständlich klarmachte, dass er sich mit Schlägereien auskannte. Sein Aussehen qualifizierte ihn wunderbar für den Job, und Joe hatte ihn mit glühenden Worten empfohlen. Damals beim LAPD waren sie Kollegen gewesen und hatten beide den Dienst unter nicht gerade schmeichelhaften Umständen quittiert. Ich fragte nicht danach, und sie erzählten auch nichts.

»Lalo ist in Ordnung«, hatte Joe gesagt, als er uns einander vorstellte. Er grinste und mimte einen Fausthieb auf Malloys kompakte Schulter. »Auch wenn er ein Hispamick ist.«

»Was ist er?«, fragte ich.

»Sein Vater war ein Mick, ein Ire«, erklärte Joe. »Und die Mama ist Mexikanerin. Also ist er ein Hispamick.«

Malloy schien den Witz weder amüsant noch nervig zu finden. Er zuckte nur die Schultern und schob seine großen Hände in die Taschen.

Seit zwei Monaten kutschierte er schon meine Mädchen herum, und ich kannte ihn eigentlich überhaupt noch nicht. Er war ziemlich unzugänglich. Tauchte auf, erledigte den Job und ging wieder. Zuverlässig, aber nicht zum Plaudern aufgelegt. Es kam mir schon sehr komisch vor, dass ich ihn mitten in der Nacht anrufen sollte, aber mir fiel niemand sonst ein. Ich verwählte mich mehrmals, bevor ich endlich die richtige Nummer hatte. Beim ersten Klingeln hob er ab.

»Malloy«, sagte er, als ob sein Apparat immer noch bei der Mordkommission stünde.

Ich wusste überhaupt nicht, was ich ihm sagen sollte.

»Malloy«, sagte ich und stotterte, als hätte ich das Sprechen verlernt. »Hier ist ... Ich ...«

»Ich ruf zurück«, sagte er abrupt und legte auf.

Verblüfft starrte ich auf den schmutzigen blauen Hörer in meiner Hand und legte ihn dann langsam zurück auf die Gabel. Ich lehnte mich auf den Griff des Einkaufswagens und war vielleicht auch ein paar Minuten weggetreten, aber dann klingelte das Telefon und erschreckte mich so, dass ich heftig zusammenzuckte. Es tat weh.

»Malloy?«, flüsterte ich in die Muschel.

»Angel«, antwortete er. Im Hintergrund hörte ich Verkehrslärm. Offenbar hatte er die Nummer meiner Telefonzelle auf seinem Display gesehen und war dann runter zu einem öffentlichen Apparat gegangen. »Kannst du mir mal verraten, was zum Teufel eigentlich los ist?«

Plötzlich war ich mir sicher, dass ich gleich zusammenklappen würde. Was zum Teufel *war* denn nun eigentlich los? Ich wusste noch nicht einmal, wo ich anfangen sollte.

»Angel«, sagte Malloy. »Angel, bist du noch da?«

Ich versuchte, Malloy zu erzählen, wie das mit der Blondine und dem Aktenkoffer voller Geld und Jesse und dem Honda Civic gewesen war. Ich kann mir nicht vorstellen, dass meine Geschichte viel Sinn ergab, aber Malloy kapierte es irgendwann.

»Hast du einen Krankenwagen gerufen?«, fragte er.

Ich brauchte einen Moment, um darauf zu antworten. Hatte ich einen Krankenwagen gerufen? Alles verschwamm und war so verwirrend, und ich wollte mich nur noch hinlegen.

»Ja«, meinte ich irgendwann, oder jedenfalls so etwas Ähnliches, denn Malloy sagte als Nächstes, dass ich sofort aus der

Nähe des *Mercado* verschwinden und mich vor dem Krankenwagen verstecken sollte.

»Vor dem Krankenwagen verstecken?«, sagte ich. Ich verstand gar nichts mehr. »Aber warum ... ?«

»Angel«, sagte Malloy. »Wenn sie dich ins Krankenhaus bringen, wirst du verhaftet. Und zwar wegen Mordes an Sam Hammer.«

7

»Angel«, sagte Malloy wieder. »Angel.«

Ich dachte, ich wäre noch am Telefon, denn seine Stimme klang so weit weg. Dann spürte ich seine Hände auf mir, die mich in eine grobe Decke wickelten und hochhoben, als wäre ich ein müdes Kind. Ich kann mich nicht erinnern, wie ich vom Telefon und dem *Mercado* weggekommen bin, aber offenbar hatte ich es geschafft. Ich wusste auch nicht, wie Malloy mich gefunden hatte, aber er war hier. Noch nie im Leben hatte ich mich so gefreut, jemanden zu sehen. Ich hätte ihn geküsst, doch meine Lippen fühlten sich an, als hätte ich gerade einen Bandschleifer geknutscht. Malloy packte mich auf den Beifahrersitz seines kastigen alten Geländewagens.

Dann wurde alles wieder chaotisch und verwirrend. Erst in einer Arztpraxis kam ich wieder richtig zu mir. Ich lag auf einer Untersuchungsliege mit einer Papierrolle am einen Ende, von der für jeden Patienten eine frische Unterlage abgerollt wurde. Wie beim Gynäkologen waren Beinhalter am unteren Ende der Liege angebracht. Mein Müllsackkleid war verschwunden; stattdessen trug ich ein hinten offenes Hemdchen, wie man es im Krankenhaus bekommt. Ich kam mir ziemlich sauber und wohlriechend vor, aber mir tat immer noch alles so verdammt weh, dass ich mich auf nichts konzentrieren konnte.

Ich drehte mich auf die Seite. Die Anstrengung nahm mir kurz den Atem. Dann bemerkte ich einen braunen Lederriemen, der von dem einen Beinhalter herunterhing. Ich runzelte die Stirn und sah mich um.

Drei weitere Lederfesseln hingen an der Liege, und da war auch ein breiterer Riemen, der dem Patienten vermutlich um die Taille geschnallt werden konnte. Neben der Liege stand ein Edelstahltischchen auf Rollen, voller entsetzlicher, uralter medizinischer Instrumente. An einem Ständer neben meinem Kopf hing ein Klistierbeutel aus rotem Gummi. In einem Glasschrank an der gegenüberliegenden Wand stapelten sich Schachteln mit Nadeln, Beutel mit Kochsalzlösung, Spekula aus durchsichtigem Kunststoff, Katheter und medizinische Tacker. Über der Untersuchungsliege hing das große gerahmte Foto einer eisigen Blondine in hautengem weißen Latex. Ihre Taille war insektengleich in ein Korsett gepresst, und ihre langen Beine steckten in schenkelhohen Schnürstiefeln. In der Hand hielt sie eine Spritze in der Größe einer .357 Magnum.

Ich kämpfte mich hoch in eine sitzende Position, doch in diesem Moment erschienen Malloy und die echte Blondine, die jetzt allerdings verwaschene Jeans und ein weißes T-Shirt trug. Ihr blasses, glänzendes Gesicht war ungeschminkt. Sie sah trotzdem umwerfend aus.

»Angel«, sagte Malloy. »Leg dich wieder hin, ja?«

»Wo zum Teufel bin ich?«, fragte ich. »Das ist doch kein Krankenhaus.«

Die Blondine lächelte. Malloy schüttelte den Kopf.

»Ich hatte die Wahl zwischen hier und Tijuana«, sagte er.

Ich wollte mich nicht hinlegen, aber mein Körper sah das anders, und ich sank zurück auf die Liege. Ich blickte auf das Foto über mir.

»Du hast mich zu einer Domina gebracht?«, fragte ich, presste mir Daumen und Zeigefinger in die Augenwinkel und war erstaunt, wie weh das tat.

»Das ist Ulka«, sagte Malloy. »Sie kümmert sich um dich.«

»Das soll wohl ein Witz sein«, sagte ich.

»Keine Angst«, sagte die Blondine mit einem harten deutschen Akzent, der mich so überhaupt nicht beruhigte. »Ich bin sehr gut. Und viel sauberer als Tijuana.«

Sie wandte sich ab und wusch sich die Hände in einem Edelstahlbecken mit fußpedalgesteuertem Wasserhahn. Plötzlich fiel mir Didi wieder ein und dass sie nicht ans Telefon gegangen war. Eigentlich hatte ich ja Malloy bitten wollen, sich um Didi zu kümmern – nicht meinen armseligen Arsch zu retten.

»Scheiße!«, sagte ich, setzte mich viel zu schnell auf. Ein Dutzend Messer durchbohrten mich gleichzeitig, wobei das größte direkt unter meiner Achsel steckte. »Malloy, du musst sofort nach Didi sehen.«

»Jetzt werd mal nicht hektisch«, ermahnte er mich. »Auf dem Weg zu dir hab ich mit Didi gesprochen. Sie ist sauer auf die Cops, die sie zum Verhör geholt haben, und sie macht sich Sorgen um dich. Aber sie ist okay.«

Die Erleichterung raubte mir den letzten Rest Energie. Mein Körper sank wieder auf die Liege, während ich mich bemühte, nicht zu kotzen. Mit Mühe gelang es mir.

»Ich bin so weit«, sagte Ulka.

»Ich warte draußen«, sagte Malloy.

Ich wollte ihn bitten, bei mir zu bleiben, aber ich fühlte mich plötzlich schüchtern und verlegen, und dann war es sowieso zu spät, weil er weg war und mich allein gelassen hatte mit Ulka, der SS-Wölfin.

Mit Dominas bin ich noch nie sonderlich gut ausgekommen. Wenn ich mit welchen gedreht habe, schienen sie immer auf mich und meine Mädchen herabzusehen, weil wir vor der Kamera Dinge tun, die sie für unter ihrer Würde halten. Doch so wie ich das sehe, sind wir alle im selben Geschäft. Wir liefern Bilder fürs Kopfkino. Ist es denn wirklich etwas anderes, ob es stimulierende Bilder von den erotischsten, ausgefallensten Fetischen sind, die man sich vorstellen kann, oder einfach nur Bilder von zwei Menschen, die auf die gute altmodische Art Sex miteinander haben? Unterm Strich bleibt: Alle machen dasselbe, und das Publikum schaut zu.

»Es tut mir leid, aber ich habe keinerlei Betäubung«, sagte Ulka und zog Latexhandschuhe über ihre kräftigen Hände. »Das wäre bei meiner Arbeit eher kontraproduktiv.«

»Super«, sagte ich und guckte an die Wand.

»Ich habe aber ein paar von denen«, sagte sie und drückte mir mehrere kalkweiße Tabletten in die Hand. »Sie werden sie brauchen.«

Ich fragte noch nicht einmal, was für Pillen es waren. Noch bevor sie mir einen Pappbecher mit Wasser an die Lippen heben konnte, hatte ich sie alle schon trocken hinuntergeschluckt.

Ungeduldig wartete ich darauf, dass die Wirkung einsetzte, während Ulka die blutige Wunde unter meiner rechten Achsel untersuchte. Ihre Hände waren viel sanfter, als ich erwartet hatte.

»Es sieht so aus, als ob die Kugel genau zwischen Ihrem Arm und dem Oberkörper hindurchgegangen ist«, sagte sie. »Vielleicht hat sie eine Rippe gestreift und dann den Trizeps durchschlagen. Sie sind ein echtes Glückskind. Oder die Person, die auf Sie geschossen hat, ist sehr dumm.«

»Von beidem etwas, glaube ich«, erwiderte ich.

»Sie müssen genäht werden«, sagte sie.

»Genäht?« Plötzlich wurde mir schwindelig. »Können Sie das denn?«

»Natürlich.« Sie nahm ein steriles Papierpäckchen von der Größe einer Karteikarte aus dem Glasschrank. »Nähen ist meine Spezialität, obwohl meine Kunden das ehrlich gesagt selten tatsächlich brauchen.«

Ich würde nicht sagen, dass sie wirklich nett war, aber sie hatte einen trockenen Humor und vollkommen ruhige Hände. Natürlich tat es höllisch weh, aber zumindest gab sie mir nicht das Gefühl, dass ich der allerletzte Jammerlappen war. Sie behandelte mich fast wie eine richtige Patientin. Echte Ärzte waren schon schlimmer mit mir umgesprungen. Hätte mir jemand vor dieser Prozedur prophezeit, dass ich eine Domina in mein Herz schließen würde, hätte ich das strikt verneint, doch am Ende war es fast so weit.

»Woher kennen Sie Malloy?«, fragte ich, als der Schmerz einmal kurz abebbte und ich nicht stoisch die Zähne zusammenbeißen musste. »Er ist doch kein Kunde, oder?«

Ich konnte mir nicht vorstellen, dass Malloy auf dem Boden herumkroch und darum bettelte, einer Frau die Stiefel lecken zu dürfen, aber heutzutage weiß man ja nie. Ulka grinste und schüttelte den Kopf, während sie den überstehenden Faden vom letzten Stich abschnitt.

»Nichts dergleichen«, sagte sie. »Er arbeitet für mich als Wachschutz, wenn ich abends Sessions mit neuen Kunden habe. Vor zwei Jahren habe ich eine Kugel aus seinem rechten Oberschenkel entfernt. Das war unglaublich. Na ja, für mich jedenfalls.« Sie legte einen Verband über die Naht. »Noch etwas.«

Bevor ich protestieren konnte oder überhaupt mitbekam, was sie vorhatte, presste sie ihre großen Daumen rechts und links an meine zermatschte Nase und gab der ganzen Sache einen entschlossenen Ruck nach links. Die Schmerzen waren unbeschreiblich.

»Jetzt sind Sie fertig.« Damit klebte sie mir ein Pflaster über die Nasenwurzel.

Wie wahr. Ich hatte jetzt wirklich genug. Die Wirkung der Tabletten hatte urplötzlich eingesetzt, während ich nicht darauf geachtet hatte. Als jetzt die aktuellen Schmerzen vom Nähen und von dem, was sie an meiner Nase getan hatte, rapide abklangen, spürte ich, wie alle Systeme in meinem Körper heruntergefahren wurden. Ich war in der Tat endgültig und eindeutig fix und fertig. Undeutlich erinnere ich mich daran, dass Malloy wiederkam und mich irgendwohin trug, ich fühlte kühles Leder auf meiner geschundenen Haut und dann endlich gar nichts mehr.

8

Aufwachen konnte man es nicht nennen, als ich wieder zu mir kam. Ich kämpfte mich scheinbar jahrhundertelang durch ein dämmriges Meer nach oben, durch Schleier von Schmerz und Verwirrung, bis ich Malloys Profil und die glühende Spitze seiner Zigarette erkennen konnte.

»Du bist wach«, sagte er. Es war keine Frage, nur eine Feststellung.

»Wach würde ich nicht gerade sagen«, antwortete ich. Meine Kehle tat weh. Wenn ich es recht betrachtete, tat mir alles weh.

Ich sah mich um. Wir befanden uns in einem kleinen Vorzimmer, das gut als schickes Wartezimmer eines Promi-Schönheitschirurgen hätte durchgehen können. Malloy schob einen riesigen weißen Kaffeebecher über den Tisch, bis ich ihn bequem greifen konnte.

»Willst du zuerst?«, fragte er. »Oder soll ich?«

Ich blickte auf den Kaffee und dann wieder zu Malloy. Er musste die ganze Nacht wach gewesen sein, wirkte aber noch ziemlich frisch. Er sah aus wie immer, unverändert wie eine in Stein gemeißelte Figur, nur trug er inzwischen ein anderes billiges Jackett, das dunkelgrau statt dunkelgrün war. Wahrscheinlich hatte ich ihn irgendwann im Laufe der Nacht einmal vollgeblutet.

Ich nahm die Tasse mit der linken Hand. Der Duft war verführerisch, doch mein Magen war sich nicht sicher, ob er Kaffee verkraften könnte. Trotzdem nahm ich einen Schluck. Ich brauchte das Koffein.

Ein bisschen überraschte es mich, dass der Kaffee genauso war, wie ich ihn gewöhnlich trank. Schwarz mit einem Stück Süßstoff. Komisch, ich hatte Malloy doch nie gesagt, wie ich meinen Kaffee mochte.

»Du zuerst«, brachte ich schließlich heraus. Meine Kehle tat mehr weh als an dem Tag, an dem ich *Sword Swallowers 14* mit Axl Rodd und Dix Steele gedreht hatte. Meine eigene Stimme war so rau und unverständlich, dass ich mich selbst kaum erkannte.

»Eine Streife hat die Leiche von Sam Hammer in deinem Auto entdeckt, das drüben am Flughafen Van Nuys abgestellt war.« Malloy drückte seine Zigarette in einem Aschenbecher aus poliertem Stein aus. »Eine Kugel ins Knie und zwei in den Hinterkopf. Er wurde gefoltert und dann hingerichtet. Eiskalt. Die Cops ziehen einen männlichen Mittäter in Betracht, aber es sieht so aus, als hätten sie dich gern als die Todesschützin.«

Beinahe hätte ich den Schluck Kaffee über den Tisch gespuckt. Schlimm genug, dass Sam tot war, aber dass die Cops dachten, ich wär's gewesen, das war einfach absurd.

»Wieso ich?«, fragte ich mit tauben Lippen. »Warum sollten sie ...«

»Du hast eine SIG P232?«

Unter meinem Solarplexus bildete sich eine Spirale aus Hoffnungslosigkeit und Verzweiflung. Mir wurde wieder übel. Mit einem Mal war mir klar, warum ein so großes, starkes Arschloch wie das verdammte Nashorn so eine Mädchenknarre benutzte. Weil es eben wirklich eine Mädchenknarre gewesen war. Meine nämlich.

»Scheiße«, flüsterte ich.

Mir fiel wieder ein, dass der Arsch mit dem unscheinbaren Gesicht gesagt hatte, er hätte mein Haus und mein Büro nach dem Geld durchsuchen lassen. Wer auch immer das erledigt hatte – vielleicht war's der wieselige Ostblocktyp gewesen –, musste meine Waffe aus der Nachttischschublade genommen und mit in die Villa in Bel Air gebracht haben. So langsam wurde mir klar, wie sorgfältig und gründlich die Kerle mich in die Scheiße geritten hatten.

»Deine SIG wurde in einem Müllcontainer um die Ecke von deinem Wagen gefunden«, sagte Malloy. »Kurz bevor du mich angerufen hast, haben mich zwei junge Nervensägen vom Valley-Revier gelöchert. Die dachten wohl, ich wäre der männliche Mittäter.« Er schüttelte den Kopf. »Aber mein Alibi ist wasserdicht. Ich hab einen alten Kumpel aus meiner alten Abteilung aufgebaut, ein Detective Sergeant. Hat gerade eine ziemlich hässliche Scheidung.«

»Ich ...« Ich wollte schlucken, aber meine Kehle war wie zugeschnürt. »Ich hab Sam nicht umgebracht, ehrlich nicht. Du glaubst doch nicht etwa diesen ganzen Quatsch? Wenn ich Sam wirklich hätte umlegen wollen, wäre ich dann so blöd gewesen, das mit meiner eigenen offiziell registrierten Knarre zu tun und dann auch noch die Leiche in meinem eigenen Wagen rumliegen zu lassen?«

Malloy betrachtete mich abschätzend mit seinen schmalen Alligatoraugen. Eine endlose Minute verstrich. Er zog eine Zigarette aus einem verknautschten Päckchen, dann bot er mir eine an. Ich schüttelte den Kopf. Er zuckte mit den Schultern, steckte das Päckchen wieder ein und klemmte sich die Zigarette zwischen die schmalen Lippen.

»Nein«, sagte er und wiegte den Kopf, während er sich mit einem verkratzten Zippo Feuer gab. »Ich glaub das nicht. Das alles sieht mir eher danach aus, als wollte dir jemand was in die Schuhe schieben. Aber ich würde dir auch sonst keinen solchen Mord zutrauen.« Er klappte das Feuerzeug zu. »Ich kann mir vorstellen, dass du rasend vor Zorn jemanden über den Haufen schießt. Aber du bist nicht der Typ, der einen guten Freund foltert und ihn dann kaltblütig und professionell hinrichtet. Nimm's mir nicht krumm, aber ich glaube einfach nicht, dass du das Zeug dazu hast. Erfahre ich jetzt, was wirklich passiert ist?«

Während ich erzählte, saß Malloy völlig reglos und schweigend da. Seine Zigarette verglühte zwischen zwei dicken Fingern. Sein Schweigen machte mich unruhig. Man macht sich nie so richtig klar, wie sehr man darauf angewiesen ist, dass der Zuhörer die Geschichte voranbringt durch Nicken, zustimmendes Gemurmel oder ermunternde Bemerkungen wie »Wirklich?« oder »Sag bloß!«. Trotzdem hatte ich den Eindruck, dass Malloy mir so aufmerksam zuhörte wie noch nie jemand zuvor. Es war, als ob ich Informationen in eine Maschine steckte, die sie dann verarbeitete. Ich erzählte ihm alles, angefangen von der Blondine mit dem Aktenkoffer bis zu dem Moment, als er meinen Arsch von der Straße aufgesammelt hatte.

Als ich fertig war, nippte ich weiter an meinem Kaffee, damit meine zittrigen Hände etwas zu tun hatten. Er zog einmal lange an der Zigarette und schnippte den herunterhängenden Aschekegel in den steinernen Aschenbecher.

»Du willst, dass ich dir helfe«, sagte er. Wieder war es eine Feststellung, keine Frage.

»Ja«, antwortete ich. »Ich will die Arschlöcher finden, die mir das alles angetan haben, und ich will, dass du mir dabei hilfst. Das Honorar ist kein Problem.«

Er schüttelte den Kopf.

»Deine Konten werden inzwischen gesperrt sein.«

»Ich habe Geld«, sagte ich. »In bar. In meinem Geschäft schadet es nie, wenn man etwas für den Notfall in der Hinterhand hat.«

Er hob eine silberne Augenbraue und drückte die Zigarette aus.

»Behalt's«, sagte er. »Du wirst es brauchen.«

»Heißt das, du hilfst mir nicht?«

Er zuckte mit den Schultern. Einen unendlichen Moment lang herrschte unbehagliches Schweigen. Vergangene Nacht hatte ich mir die Seele aus dem Leib gebettelt. Damit war jetzt Schluss. Also hielt ich die Klappe und wartete.

»Ich tu, was ich kann«, sagte er schließlich.

Ich wollte ihn umarmen, aber meine Rippen taten weh, und er wirkte ohnehin nicht wie der Typ für Umarmungen.

»Danke«, sagte ich stattdessen.

»Okay«, sagte er. »Dann mach ich mich mal besser auf den Weg.« Er warf einen Blick auf seine scheußliche Armbanduhr. »Wenn ich jetzt losfahre, müsste ich um zwölf in Vegas sein.«

Ich runzelte die Stirn, was der wunden Haut über meinen Augen nicht guttat.

»Was heißt hier *ich*?«, fragte ich. »Das muss *wir* heißen. Du kannst mich doch nicht einfach hierlassen. Ich komme mit, egal wohin.«

»Nein«, sagte er mit einem knappen Kopfschütteln. »Du bleibst hier. Das ist sicherer für dich.«

»Behandle mich bloß nicht wie ein hilfloses Prinzesschen«, sagte ich. »Ich kann auf mich selbst aufpassen.«

Er warf mir einen Blick zu, und der Anflug eines frechen Grinsens glitt über seine Lippen.

»Das sehe ich«, erwiderte er.

»Halt die Klappe!«, fauchte ich, aber meine Wut war nur von kurzer Dauer. Ich schnaubte durch meine zugeschwollene Nase. »Du solltest mal den Typen sehen, der sich mit mir angelegt hat.«

Das vage Grinsen wurde stärker, bis es direkt wie ein Lächeln aussah.

»Na gut, Boss«, sagte er. »Dann besorgen wir dir am besten mal was zum Anziehen.«

Der Raum, in den Malloy mich führte, hatte ein goldenes Schild an der Tür.

»*Sissy Boudoir*«, las ich die Aufschrift. »Ich glaube, mit Sissy Boudoir hab ich mal eine Girl-Girl-Szene gedreht. Vierundneunzig oder so muss das gewesen sein.«

Wieder dieser Anflug eines Lächelns in Malloys Mundwinkel, leicht wie ein Insektenflügel, während er mir galant die Tür aufhielt.

Das *Sissy Boudoir* war schummrig beleuchtet und mit

rosa Satin und rotem Samt ausgeschlagen. Nirgends scharfe Kanten, alles war weich und abgerundet, man kam sich vor wie in einer riesigen Plüschvagina. Links war ein begehbarer Schrank voller Damenbekleidung in Übergrößen. Pumps so groß wie Schleppkähne mit fünfundzwanzig Zentimeter hohen Absätzen. Nuttige Fähnchen für Stripperinnen und Rüschenkleidchen für französische Dienstmädchen, die Malloy gepasst hätten. BHs für große Größen, riesige Spitzenhöschen und kartonweise Strumpfhosen in XXL. Ich war drauf und dran, eine schnippische Bemerkung zu machen, als ich mich selbst in dem Ganzkörperspiegel sah.

Nichts hätte mich wirklich auf diesen Anblick vorbereiten können. Vor Schreck zuckte ich zusammen, als ich die blasse Erscheinung im Krankenhaushemdchen sah, weil ich sie für jemand anders hielt. Dann wurde mir klar, dass ich mein Spiegelbild betrachtete, und mir wurde schwindelig. Ich konnte einfach nicht fassen, wie furchtbar ich aussah.

»Mein Gott«, flüsterte ich und legte die Hand auf das kühle Spiegelglas.

Mein Gesicht glich einer blutrünstigen Halloween-Maske, die über und über mit Blutergüssen bemalt war. Meine stolze römische Nase war zu einem Klumpen angeschwollen und wurde nur von dem weißen Pflaster zusammengehalten. Die Haut um beide Augen war schwarzblau – das rechte dunkler als das linke –, wie bei einem asymmetrischen tiefvioletten Pandabären. Meine Unterlippe hatte die doppelte Größe der Oberlippe erreicht und trug in der Mitte einen tiefen, verkrusteten Riss. Zahlreiche Beulen zierten wie die Augenwülste eines Neandertalers meine Stirn. Getrocknetes Blut klebte mir in den Haaren.

Auch meine Arme und Beine waren voller Blutergüsse und Abschürfungen, und unter meiner rechten Achsel befand sich eine stachelige blaue Naht, die wie Insektenbeine aus meiner Haut ragte. Doch mein Blick kehrte immer wieder zu meinem Gesicht zurück, das eigentlich gar nicht mein Gesicht sein konnte. Jetzt verstand ich plötzlich, warum Savannah sich

Anfang der Neunzigerjahre erschossen hatte, nachdem das Gesicht des Pornostars bei einem Autounfall zerstört worden war. Es war keine sechzehn Stunden her, da hatte ich in den Spiegel gestarrt und mir Sorgen gemacht über Krähenfüße und nicht völlig perfekte Titten. Ich musste laut lachen, sonst hätte ich geschrien.

»Heut sieht's natürlich noch grässlich aus.« Malloy nahm ein Kleid vom Bügel und reichte es mir. »Aber in einer Woche wird es wesentlich besser sein, und in zwei Wochen bist du wieder ganz die Alte. Vielleicht musst du dir noch die Nase richten lassen, wenn das alles hier vorbei ist.«

Im Moment wusste ich beim besten Willen nicht, was »wenn das alles hier vorbei ist« bedeutete. Wie würde mein Leben aussehen, wenn und falls das wirklich alles einmal vorbei sein sollte? Ich hatte keine Ahnung, ob die Dinge jemals wieder wie früher sein konnten.

Besser, ich konzentrierte mich auf die kleinen Dinge, die zu tun waren, und dachte nicht weiter über meine unsichere Zukunft nach. Als Erstes wollte ich aus dem Krankenhaushemd heraus und das Kleid überstreifen. Malloy sah höflich weg, als ob nicht alle Welt mich schon millionenmal nackt erlebt hätte. Das Kleid war zwar die kleinste hier verfügbare Größe, trotzdem hing es an mir wie ein riesiger Kartoffelsack. Es war schwarz und hätte in der richtigen Größe wahrscheinlich richtig nuttig gewirkt. Es gab auch keine passenden BHs für mich. Der herzförmige, tiefe Ausschnitt hing lose und unvorteilhaft auf meinem geschundenen Brustkorb. Malloy musste mir mit dem Reißverschluss helfen, und als ich wieder in den Spiegel sah, hätte ich losheulen können. Ich hatte nur noch einen Wunsch: nach Hause fahren, in meinem sicheren grünen Bad duschen und in meine eigenen bequemen Sachen schlüpfen. Ich wollte einen gut sitzenden, sexy BH. Und meine Lieblingsschuhe. Ich wollte die Schublade mit meiner wohlgeordneten und duftenden Unterwäsche öffnen und einen hübschen, sauberen Baumwolltanga herausnehmen. Der Gedanke daran, wie mein kleines Haus mit allen Büchern und Kleidern und persönlichen Sachen mit Flatterband abgesperrt und von fies grinsenden Cops durchwühlt wurde, schürte meinen hilflosen Zorn. Vor Wut konnte ich die Tränen kaum zurückhalten. Ich drehte dem Spiegel und der scheußlichen Fratze den Rücken zu und fing an, wahllos Schuhe durch die Gegend zu werfen, auf der Suche nach einem Paar, das mir nicht drei Nummern zu groß war.

»Das geht nicht«, sagte ich. »Die sind ja alle riesig, verdammt noch mal.« Ich hielt ein Paar kirschrote Lackpumps hoch. »Größe fünfundvierzig!«, schrie ich und schleuderte sie beiseite. »Achtundvierzig!«, las ich die aufgedruckte Größe von einem Paar Plateausandalen aus durchsichtigem Plastik ab. *»Verdammte Scheiße!«*

Ich bewegte mich hektisch zur Seite und stieß aus Versehen ein Schuhregal aus Draht um. Zitternd kauerte ich inmitten eines Haufens trashiger Transenschuhe und brach in Tränen aus.

Wem wollte ich denn eigentlich etwas vormachen? Ich war keine toughe, fiese Actionheldin. Ich war einfach nur ein barfüßiges Mädchen, das verprügelt worden war und sowieso schon so gut wie tot, ohne Heim, ohne Büro, zu nichts fähig, als sich doch noch umlegen zu lassen. Am besten, ich stellte mich gleich den Cops. Im Knast bekam ich zumindest passende Schuhe.

Malloy wandte sich von meinen Tränen genauso höflich ab, wie er es beim Umziehen getan hatte. Er stand eine Weile einfach nur da und ließ mich heulen.

»Weißt du was«, meinte er dann leise. »Ich trag dich barfuß zum Wagen, und dann können wir bei *Payless* oder einem anderen Laden vorbeifahren. Du hast Schuhgröße vierzig, oder?«

»Stimmt«, sagte ich, zog den Rotz hoch und strich mir die Haare aus dem Gesicht. »Vierzig.«

Komischerweise war es genau das Richtige, um mich aus meinem Selbstmitleid zu holen, bevor ich darin ertrank. Sonst konnte ich es nicht ausstehen, wenn die Jungs in testosterongesteuerter *Männer-sind-vom-Mars*-Manier meine Probleme lösen wollen, als sei ich fehlerhafte Software, und mir einfache, konkrete Lösungen vorschlagen, nur damit ich nicht mehr weine. Aber wenn Malloy mich etwa spontan und fürsorglich umarmt hätte, mit einem Spruch wie »Wird schon alles wieder gut« auf den Lippen, dann hätte ich mich vollends in Tränen aufgelöst. Die praktische Art, wie er das Problem der zu großen Schuhe anging, gab mir einen festen Halt. *Payless*. Genau. Gute Idee. Jetzt konnte ich so tun, als würde ich wirklich nur deswegen heulen, weil im *Sissy Boudoir* keine passenden Schuhe für mich gewesen waren.

9

Statt bei *Payless* landeten wir bei *Target*. Ich blieb im Wagen, die Knie unters Kinn gezogen, während Malloy den Laden betrat. Ganz normale Leute gingen mit Kindern hinein und kamen beladen mit Tüten wieder heraus. Sie führten ein ganz normales Leben, in dem ihnen nie jemand wirklich wehgetan hatte. Ich verabscheute sie wegen ihrer Naivität. Früher war ich auch so gewesen.

Als Malloy wiederkam, hatte er doppelt so viele Tüten bei sich wie erwartet. Ich sah mir an, was er alles gekauft hatte, und war so verblüfft wie am Morgen, als er genau gewusst hatte, wie ich meinen Kaffee am liebsten trank.

Die Klamotten in der ersten Tüte waren zwar einfacher und preisgünstiger, ähnelten aber sonst denen, die ich angehabt hatte, als wir uns das letzte Mal gesehen hatten: eine knapp auf den Hüften sitzende Jeans und ein ärmelloses schwarzes Top. Nur anstelle der hochhackigen Stiefel, die ich an dem Tag getragen hatte, fand ich in der Tüte elegante schwarze Sportschuhe. Er hatte sogar an ein schwarzes Sweatshirt mit Kapuze gedacht, denn es war Oktober und nachts schon recht kühl. Eine weitere, kleinere Tüte enthielt zwei schwarze Tangas, einen schwarzen BH und ein Päckchen mit drei Paar schwarzen Baumwollsocken. Der BH hatte die richtige Größe, aber

Malloy hatte ein eher bescheidenes, ungepolstertes Modell ausgesucht, nicht meine übliche Sorte, die das Dekolleté betonte und einem fast die Titten ins Gesicht springen ließ. Aber das machte nichts. Ich war beeindruckt, wie gut er sich an Kleinigkeiten erinnern konnte. Alles passte mir genau. Ich war überzeugt davon, dass die letzten sechs Männer, die tatsächlich ihre Hände an meinen Titten gehabt hatten, meine BH-Größe höchstens mit viel Glück erraten hätten, und auch nur dann, wenn es um ihr Leben ginge. Doch dieser Mann, den ich kaum kannte, wusste genau, wie ich meinen Kaffee wollte und welchen Stil ich bei Jeans bevorzugte. Ich sah kurz hinüber zu ihm, als er mir eine Tüte mit Toilettenartikeln für die Reise reichte. Seine Miene war so ausdruckslos wie immer. Er blinzelte in die Morgensonne, während er eine Zigarette anzündete. War ich etwa dabei, mich ein bisschen in ihn zu verlieben? Vielleicht war das auch so ein Mädchending, weil er mich gerettet hatte. Wie auch immer, mir fiel auf, dass ich darüber nachdachte, wie es wohl mit ihm wäre. Ich fragte mich, ob seine Fassade womöglich bröckelte und er im Bett wild wurde, oder ob er auch das mit derselben schweigsamen Entschlossenheit erledigte wie alles andere.

Wahrscheinlich bekam er mit, was für unkeusche Dinge ich dachte, doch er zog es vor, nichts dazu zu sagen. Er fischte nur eine schwarze Sonnenbrille aus einer der Tüten, riss das Preisschild ab und befahl mir, sie aufzusetzen. Plötzlich war ich verlegen und war mir nur zu sehr bewusst, wie hässlich mein zerschundenes Gesicht und das unförmige Kleid aussahen.

»Danke«, sagte ich leise und setzte die Sonnenbrille auf.

»Keine Ursache«, sagte er und fuhr vom Parkplatz.

Malloy mietete einen Wagen, der normal und unauffällig war; er wollte kein Risiko eingehen. Er packte alle Einkaufstüten und eine geräumige grüne Sporttasche aus seinem Geländewagen in den gemieteten kleinen Kia Rio. Und sobald wir vom Hof der Autovermietung herunter waren, fuhr er auf einen großen Supermarkt-Parkplatz und schraubte in Windeseile die Nummernschilder eines klapprigen kleinen Hondas ab, der mich an meinen verhassten blauen Honda Civic erinnerte, und verstaute die legalen Schilder des Kias in der Sporttasche. Ich hielt ihn für leicht paranoid, aber er hatte natürlich recht.

Bevor wir die Stadt verließen, hielten wir an einem *7-Eleven*. Auf der Toilette zog ich mich um und stopfte den grässlichen Transenfetzen in den Mülleimer. Ich bürstete mir die blutverklebten Stellen aus den Haaren und den Belag von den Zähnen, wusch mir das Gesicht mit kaltem Wasser. Es tat zwar höllisch weh, aber ich fühlte mich sofort besser.

Eine blonde pummelige Sechzehnjährige kam herein, mit riesigen Ringen in den Ohren und zu viel Gloss auf den Lippen. Sie erstarrte, als sie mich am Waschbecken sah.

»Oh«, sagte sie und senkte den Kopf, als wäre sie geohrfeigt worden. »Tut mir leid.«

Sie machte ohne einen weiteren Blick auf dem Absatz kehrt, als hätte sie mich beim Masturbieren erwischt oder dabei, wie ich mir einen Schuss setzte. Es gab hier mehrere Kabinen, genug Platz für mehr als eine Person, und trotzdem zischte sie wieder ab. Ich betrachtete mein Gesicht in dem fleckigen Spiegel und konnte ihr den schnellen Abgang nicht wirklich verübeln. Ich setzte die Sonnenbrille wieder auf.

Zurück im Laden, trödelte ich absichtlich und beobachtete, wie die Leute auf mich reagierten. Es war in der Tat erstaunlich. Sobald sie die Blutergüsse bemerkten, sahen sie weg, als wäre ich eine Aussätzige. Die Männer begutachteten meinen Hintern in der neuen Jeans, doch wenn sie mir ins Gesicht sahen, verschwand ihr Grinsen, und sie entdeckten plötzlich, wie wahnsinnig faszinierend die Nährwertangaben auf ihren Red-Bull-Dosen waren. Frauen wichen vor meinen Blutergüssen zurück, als würde mein Anblick sie daran erinnern, dass sie niemals wirklich sicher waren. Niemand wollte mir ins Gesicht sehen und sich auch damit auseinandersetzen, was mir passiert war, und deshalb setzten sie alles daran, mich sofort zu vergessen. Mich überkam der perverse Drang, sie zu schütteln und zu zwingen hinzusehen, aber dann fiel mir ein, dass mein neues blickabweisendes Gesicht vielleicht doch ganz praktisch war. Schließlich wollte eine mutmaßliche Mörderin auf der Flucht nicht so genau betrachtet werden.

Ich stellte mir vor, wie ein braun gebrannter, gut aussehender Bulle mit dickem Schnauzer das Mädchen mit den großen Ohrringen befragte.

»Können Sie die Person beschreiben, die Sie auf der Toilette getroffen haben?«, würde er fragen.

»Sie war zusammengeschlagen worden«, würde das Mädchen antworten.

»Welche Haarfarbe hatte sie?«, würde er fragen.

Das Mädchen würde auf ihrer glänzenden Unterlippe herumkauen und die Schultern zucken.

»Augenfarbe?«

»Blauschwarz«, würde sie sagen.

Auf dem Weg zurück zum Mietwagen fragte ich mich einen Moment lang, ob die Leute wohl dachten, Malloy hätte mir das angetan.

Das *Silver Spur Motel* in Las Vegas entsprach exakt den üblichen Erwartungen. Ein kantiges, weiß verputztes Gebäude in U-Form mit einem winzigen Parkplatz in der Mitte quetschte sich zwischen eine Tankstelle und eine bescheidene Ladenzeile, in der jede Woche ein anderes windiges Geschäft eröffnete. Es war billig und geschmacklos, aber trotzdem sauber, einigermaßen sicher und nicht zu abschreckend für eine schöne junge Frau, die mit einem dicken Bündel kleiner Geldscheine unterwegs ist. Der protzige Neonzirkus des Sunset Strip war weit entfernt, aber mehrere große Tittenbars waren von hier aus bequem zu erreichen. Alle Mädchen wohnten im *Spur*, wenn sie im *Eye Candy*, im *Cheetah's* oder im *Sin* tanzten. Ich war auch schon mindestens hundertmal da abgestiegen. Es wirkte fast wie ein Wohnheim für Stripperinnen auf Tour, außer dass es keine wachsame Herbergsmutter gab, die den Herrenbesuch fernhielt. Am Empfang saß nur ein schweigsamer, tausend Jahre alter Indianer, der sich in der Kunst des Wegsehens übte. Deshalb gab es im *Spur* auch immer jede Menge Action, geschäftlich und nur so zum Spaß. Die Mädchen nannten es das *Silver Sperm*.

Sobald ich das vertraute Schild in Form eines Cowboystiefels sah, wies ich Malloy an, nach links auf den Parkplatz abzubiegen. Es war noch früh am Tag, kurz vor eins. Zwei verkaterte, blondgefärbte Mädchen von der Nachmittagsschicht hingen herum in Jogginganzügen aus Velours und mit Louis-Vuitton-Settaschen, die sie irgendwo verbilligt erstanden hatten. Sonst war der Laden ziemlich ausgestorben. Die meisten Mädchen von der Nachtschicht wachten sowieso erst in ein oder zwei Stunden auf. Malloy musterte die beiden Busenwunder genauso nüchtern wie die geparkten Autos. Ich erspähte Zandoras Lexus direkt neben dem Empfang und wies Malloy an, dass er sich daneben stellen sollte. Er schüttelte den Kopf und parkte stattdessen weiter hinten, so weit entfernt wie möglich von der Straße und den Mädchen.

»Zieh das Sweatshirt an«, sagte er, während wir darauf warteten, dass die beiden ihren Kram in den Mietwagen luden und wegfuhren. »Und zieh die Kapuze über. Und nimm das.«

Er gab mir ein Paar Latexhandschuhe. Ich sah zu, wie er ebenfalls welche über seine breiten Hände streifte.

»Ist das dein Ernst?«, fragte ich und starrte auf die Handschuhe.

Er antwortete nicht. Das brauchte er auch nicht. Es war ihm wirklich ernst. Ich zog die Handschuhe an.

Zandora hatte Zimmer 202 im ersten Stock. Ich stand vor der schlichten weißen Tür mit der silbern glänzenden Ziffer und musste mich fast übergeben, als ich mich daran erinnerte, wie ich genau diese Nummer aus voller Kehle hinausgebrüllt hatte. Ich zuckte zusammen, und Malloy legte mir eine schwere Pranke auf die Schulter.

Hinter der Tür hörten wir plötzlich, wie jemand hektisch herumlief, dann krachte etwas zu Boden, und eine hohe Männerstimme fluchte laut, vermutlich auf Rumänisch. Dann war ein lauteres Rumpeln zu hören und Zandoras Stimme, die etwas schrie, was wie »Pizzamann« klang. Offenbar mochte der Typ es nicht, als Pizzabote bezeichnet zu werden, denn was ich danach hörte, konnte nur das Geräusch von Fausthieben auf weichem Fleisch sein.

»Mein Gott«, sagte ich. Mein Magen zog sich zusammen, und mein Herz schlug bis in die Kehle hinauf.

»Kommst du damit klar?« Malloy griff in seine Jacke und öffnete das Schulterholster an seiner Seite. Ich hatte noch nicht einmal bemerkt, dass er überhaupt bewaffnet war.

Kam ich damit klar?

Bevor ich etwas sagen konnte, trat er die Tür ein und glitt in das düstere Zimmer, die Waffe wie ein geübter Profi im Anschlag. Vom Adrenalin angetrieben, stürzte ich ihm nach und kam mir vor wie die Zweitbesetzung, die keine Zeit zum Proben gehabt hatte.

Wir trafen meinen guten alten Bekannten an, den wieseligen Kleinen aus dem Ostblock, der nach Lia gefragt hatte. Er kauerte neben der in Fötalhaltung zusammengekrümmten Zandora und schüttelte seine rechte Hand, als ob sie schmerzte. Mit weit aufgerissenen Augen starrte er Malloy an.

»Wer zum Teufel seid ihr denn?«, fragte er.

»Aufstehen«, erwiderte Malloy und machte eine knappe Bewegung mit dem Lauf.

Ich hielt in dem dunklen Zimmer nach dem Kumpel des Wiesels Ausschau, diesen dicken blonden Proll, der mit in meinem Büro gewesen war. Bevor mir wieder einfiel, dass mein Mund ja auch zum Sprechen gemacht war und ich Malloy warnen konnte, krachte die Tür in Malloys Schulter. Der Kerl warf sich auf ihn und umfasste sein Handgelenk hinter der Knarre. Gemeinsam stolperten sie im Kreis herum, knallten die Tür zu, warfen einen Stuhl um und fielen beinahe auf ein Tischchen neben der Tür. Ein rosasilbernes Kleidchen, das Zandora auf einem Handtuch gebügelt hatte, flatterte ihnen vor die Füße. Das Bügeleisen fiel zischend hinterher und verteilte heißes Wasser auf dem Teppich.

Nach heftigem Ringen flog Malloy die Knarre aus der Hand.

Der Proll warf sich ungeschickt hinterher. Mit beängstigender Effizienz trat Malloy mit dem rechten Fuß gegen das Tischchen, riss ein Metallbein ab, schwang es herum und ließ es dem Kerl an die Schläfe knallen. Dann noch ein schneller Tritt, und er stürzte blutend zu Boden.

Einen Wimpernschlag später hatte Malloy seine Waffe wieder in der Hand und zielte auf den wieseligen Typen, der auf Zandora saß.

»Runter von ihr und Flossen hoch«, sagte Malloy. »Angel, nimm ihm die Knarre ab.«

Während das Wiesel langsam auf die Füße kam und seine blutverschmierten Hände hochhob, verschwand der überraschte Ausdruck von seinem Gesicht. Er hatte mich wiedererkannt.

Mir kam es vor wie Jahrhunderte, bis ich mich von der Wand gelöst hatte und meine Gliedmaßen meinem Gehirn gehorchten. Ich setzte das grimmigste Gesicht auf, das mir möglich war, trat zum Wiesel hinüber und zwang mich, unter seinem widerwärtigen Seidenhemd herumzutasten. Das Hemd war leuchtend gelb mit einem flotten Muster aus Spielkarten und Würfeln, passend zu Las Vegas, und auch die jüngsten Verzierungen aus feuchten roten Spritzern waren darauf nicht fehl am Platz. Der Geruch aus seinen Achselhöhlen und sein warmer Pfefferminzatem stiegen mir in die Nase. Sein Blick zuckte zwischen Malloy und mir hin und her, während ich seinen drahtigen Körper abklopfte. Mit den Latexhandschuhen fühlte ich mich ungeschickt. Jemand mit mehr Ahnung hätte die kompakte .38er wahrscheinlich schneller gefunden, die er hinten im Hosenbund stecken hatte. Ich entdeckte sie erst nach einer Weile und zog sie vorsichtig mit spitzen Fingern heraus, als würde sie mich beißen.

»Hab sie«, sagte ich.

Das Wiesel murmelte etwas, während ich zurückwich und versuchte, die ungewohnte Waffe mit meinen tauben Fingern so zu halten, wie mein Ausbilder am Schießstand es mir beigebracht hatte.

»Da rüber«, sagte Malloy und deutete mit der Waffe auf die Badezimmertür.

»Du bist tot«, fauchte das Wiesel mich an und zeigte seine langen gelben Hundezähne. »Tot.«

»Schnauze«, sagte Malloy.

»Selber Schnauze, Dicker«, sagte er zu Malloy. »Du und diese Nutte da.«

Irgendwie gelang es mir, mit dem Daumen die Waffe zu entsichern. Ich zielte tiefer.

»Fick dich«, sagte ich.

Der Blick des Wiesels glitt hinüber zu seinem niedergestreckten Kameraden. Seine Augen weiteten sich leicht. Malloy runzelte die Stirn und drehte sich zu dem Proll um, gerade noch rechtzeitig, um dem fliegenden Bügeleisen auszuweichen, das an ihm vorbeizischte und in die Spiegeltür des Wandschranks krachte. Der Spiegel zerbrach in tausend Stücke. Der Kerl rammte seinen prolligen Kopf in Malloys Brust und umschlang ihn mit muskulösen, sonnenverbrannten Armen. Während sie rangen und knurrten, schob sich das Wiesel immer näher zu mir.

»Zurück, du Scheißkerl!«, sagte ich und hasste das mädchenhaft hohe Quietschen in meiner Stimme.

»Willst du mich wirklich erschießen?«, fragte er, hob eine Augenbraue und kam noch näher.

»Ich sagte, zurück!«

»Und wenn nicht?«, fragte er.

Ein wütendes Aufheulen ließ meinen Blick zu Malloy zucken. Er hatte dem Proll zwei Finger in den Mundwinkel gehakt und riss ihm mit Gewalt die Wange von den Zähnen weg. Der Kerl sah aus wie ein Kind, das vor Schmerzen Grimassen schneidet.

Keine Sekunde später knallte das Wiesel meinen Kopf gegen die Wand und grabschte nach der Waffe. Ich drehte meine Hand aus seinem Griff und wischte ihm mit einem Schlag mit der Knarre sein anzügliches Grinsen vom Gesicht. Er taumelte rückwärts, und Malloy sah zu uns her. Das Wiesel fixierte ihn mit seinen Blicken. Rotverschmierte Streifen prangten auf Malloys Wangen, und seine Augen waren dunkel und kalt geworden. Der Proll zappelte in seinem Griff. Malloy schlug ihm hart die Faust in den Kehlkopf, ohne das Wiesel aus den Augen zu lassen. Der Kerl hörte auf zu zappeln.

Das Wiesel drehte sich um, riss die Tür auf und verschwand.

»Scheiße«, sagte Malloy, ließ den Proll fallen und rannte dem Wiesel hinterher. »Warte hier«, schrie er von draußen.

Dann war er weg, und ich war allein in einem verwüsteten Motelzimmer mit einer Freundin und einem üblen Dreckskerl, die beide im Sterben lagen.

Der keuchende Atem des Prolls kam stoßweise und rasselnd. Malloy hatte ihm mehrmals auf den Kehlkopf geschlagen, und mir war klar, dass er erstickte. Ich wandte den Blick von seinem grün und blau geschlagenen Gesicht ab. Es sah aus wie mein eigenes.

Stattdessen ging ich zu Zandora. Sie lag immer noch zusammengerollt vor dem Fernseher, wo das Wiesel sie hingeworfen hatte, und atmete kaum noch. Außer einem Slip war sie nackt. Es war kein sexy Stringtanga für ein heißes Date, sondern ein einfacher, bequemer Baumwollslip, den man im Dreierpack in verschiedenen, unschuldigen Pastelltönen kaufen kann. So einen Slip tragen die Mädchen, wenn sie nicht damit rechnen, sich auszuziehen.

»Zandora?«, sagte ich und nahm ihre manikürte Hand. Am liebsten hätte ich die Latexhandschuhe ausgezogen, aber ich tat es nicht. »Zandora, kannst du mich hören?«

Sie sah mich aus hellblauen Augen an, aber sie erkannte mich nicht. Die Pupille des linken war riesig, ein tiefes schwarzes Loch mit einem Eisrand. Diese Seite ihres Kopfes schien das meiste abbekommen zu haben. Ich hatte keine Ahnung von Kopfverletzungen, aber selbst ich konnte erkennen, dass da etwas ganz und gar nicht in Ordnung war. Durch das Blut auf ihren Wangen zogen sich schmale Tränenspuren. Sie flüsterte undeutlich etwas auf Rumänisch.

»Lenuta?«, sagte ich. »Lenuta, ich bin's, Angel.«

»Angel?«, flüsterte sie. »Mir ist schwindelig.«

»Halt durch, Lenuta«, befahl ich. »Wir bringen dich hier raus, okay?«

»Ich kann nicht ...«, sagte sie.

Dann starb sie. Im einen Moment war sie noch da gewesen und im nächsten einfach ... nicht mehr. Mir war kalt und übel, und ich konnte ihre lauwarme Hand nicht loslassen.

»Lenuta«, sagte ich hilflos wieder und wieder. »Lenuta.«

Ich erinnerte mich an unsere erste Begegnung. So süß und ungeschliffen hatte sie damals ausgesehen, bevor sie sich die Haare blondiert hatte, vor all den Implantaten, den Fettabsaugungen, der French Manicure und dem Intimwaxing, bevor sie zu der durchschnittlichen sonnengebräunten Platinblondine geworden war, die jetzt wie eine zerbrochene Puppe auf dem billigen beigefarbenen Teppichboden eines Motels in Vegas lag. Ich hatte ihr geholfen, den Namen Zandora Dior auszusuchen und ihr Tipps gegeben, wie sie ihren Hintern vorbereiten sollte für das große Debüt in *Fresh-N-Tight 7*. Ich erinnerte mich daran, wie nervös sie vor ihrer ersten Szene mit dem abartig groß ausgestatteten Monster Marcus Long gewesen war und dass sie später mit ihm ausging und ihm auch irgendwann das Herz gebrochen hatte. Ich erinnerte mich daran, wie ich ihren Namen ausgestoßen hatte, als Jesse mich in den Magen boxte. In meinem Innern war alles kalt und leer, als ich ihre Hand losließ und mich erhob.

»Angel?« In der Tür stand Malloy. Er war außer Atem, und seine Lippe blutete aus einem Riss, der fast genauso aussah wie meiner. »Wir müssen weg hier, und zwar sofort.«

»Wo ist der andere?«, fragte ich.

»Das Arschloch hat sich aus dem Staub gemacht«, sagte Malloy. »Am besten tun wir das auch.«

»Aber was ist ...«

Ich drehte mich zu dem Proll um, dessen Gesicht mittlerweile dunkelrot angelaufen war. Er war noch nicht ganz fertig mit Sterben. Irgendwie kam es mir unfair vor, dass er länger leben sollte als Zandora, auch wenn es nur ein paar Minuten waren.

»*Sofort*, Angel«, sagte Malloy.

Ich tat wie befohlen, warf aber noch einen letzten Blick auf die verkrümmte Leiche eines Mädchens, mit dem ich einmal befreundet gewesen war.

10

»Zandora ist tot«, sagte Malloy. Der kleine Kia raste mit quietschenden Reifen vom Parkplatz des *Silver Spur*, bevor ich auch nur die Tür schließen konnte.

»Ja«, sagte ich.

Malloy nahm eine Kurve so scharf, dass ich gegen die Beifahrertür geschleudert wurde. Mit bebenden Händen legte ich den Sicherheitsgurt an.

»Bist du okay?«, fragte er, ohne mich anzusehen.

Ich sah aus dem Fenster auf die vergammelten, sonnengebleichten Pfandleihhäuser und Hochzeitskapellen und Tätowierstudios. »Mir geht's gut.«

Malloy gab ein leises, wortloses Geräusch von sich, und ich war mir auf einmal nicht sicher, was ich für ihn empfinden sollte. Nicht dass ich das je gewesen wäre, aber mir hing immer noch dieser kalte, ausdruckslose Blick in seinen Augen nach, als er den Proll fertiggemacht hatte. Bis unter die Haut ging mir dieser Blick. Wenn ihm Jähzorn oder Blutgier oder sonst etwas in der Art in den Augen gestanden hätte, das hätte ich verstehen können. Das konnte ich schließlich nachvollziehen. Wenn ich Jesse Black mit bloßen Händen hätte zu Tode prügeln können, ich hätte es mit einem Lächeln getan. Doch Malloys eigenartige, eisige Leere verstörte mich zutiefst. Sie erinnerte mich daran, dass ich ihn im Grunde gar nicht kannte. Malloy war alles, was mir aus meinem früheren Leben noch geblieben war, und ich kannte ihn eigentlich überhaupt nicht.

»Die Handschuhe«, sagte er und streckte seine Pranke aus.

Ich schälte die Latexhandschuhe von meinen feuchten Fingern und reichte sie ihm. Malloy knüllte sie zusammen und zog seine aus, knüllte auch sie zusammen und drehte den äußeren auf die linke Seite, sodass meine beiden und sein linker ordentlich in seinem rechten verstaut waren. Er bog auf einen *Burger-King*-Parkplatz ein und parkte hinten weit weg von allen anderen Autos neben dem Müllcontainer.

»Willst du irgendwas?«, fragte er und deutete auf den Fast-Food-Laden.

Nach allem, was passiert war, kam es mir auch nur beim Gedanken an Essen hoch. Ich schüttelte den Kopf. Ich kam herunter von dem Adrenalin-High, mein Körper zitterte, und mir war schlecht.

»Warte hier.« Malloy zog sein Jackett aus, schnallte das Schulterholster ab und warf mir alles auf den Schoß. Die Waffe war schwer. »Ich will nicht, dass dich jemand sieht.«

Ich nickte und umklammerte die Knarre. Sicherer fühlte ich mich damit nicht.

Ich sah zu, wie Malloy sein blutiges Hemd aufknöpfte und auszog. Darunter erschienen muskulöse Arme und ein weißes Feinripp-Unterhemd, das sich über seinem straffen, massigen Bauch spannte. Ich hatte noch nie einen Mann gekannt, der tatsächlich ein Unterhemd unter dem Hemd trug. Um den Hals hatte er ein Medaillon des heiligen Michael, ein silbernes Oval mit dem geprägten Bild eines schwertschwingenden Engels, der auf einem Drachen stand. Malloy war mir eigentlich nicht religiös vorgekommen, aber er war halb irischer, halb mexikanischer Abstammung. Mit dem katholischen Einfluss von beiden Elternteilen war es wohl schwer zu vermeiden, dass etwas haften blieb. Dank meiner italienischen Vorfahren konnte ich das gut verstehen, obwohl von meiner katholischen Erziehung nur noch eine Vorliebe für kurze karierte Röcke übrig geblieben war. Ich fragte mich, wie er bei der Beichte dem netten Pater Soundso erklärte, warum er für gottlose Dirnen wie mich und meine Mädchen arbeitete. Ganz zu schweigen von dem Zwischenfall, als er jemanden mit bloßen Händen totgeschlagen hatte.

»Ich mach mich mal sauber«, sagte Malloy. »Gib mir dein Sweatshirt.«

Er stieg aus und warf sein Hemd und Jackett, mein Sweatshirt und die Handschuhe in den Container. Nachdem er die richtigen Nummernschilder wieder angeschraubt hatte, ging er über den Parkplatz zum Restaurant.

Während des Wartens beobachtete ich drei fette Frauen, die eine Horde quengeliger Kinder von einem Kleinbus hinüber zu *Burger King* trieben. Mir kam es merkwürdig und surreal vor, dass der Rest der Welt einfach weitermachte, während mir all dieser Wahnsinn passierte.

Malloy kam sauber und frisch gewaschen wieder. Aus einer der *Target*-Plastiktüten auf dem Rücksitz zog er ein Hawaiihemd in grellen Farben hervor. Auf dem Hemd tobten Papageien in allen Regenbogenfarben um Tropencocktails herum. Er riss das Preisschild ab und zog das Hemd an.

»Da«, sagte er und gab mir eine andere Tüte. »Zieh dich während der Fahrt um.«

»Warum?«, fragte ich. In der Tüte fand ich ein kurzes Trägerkleid aus altjüngferlich beigefarbenem Jersey, eine dünne rosa Strickjacke und flache rosa Schuhe. Ein grässlicher rosa Stoffsonnenhut ergänzte das Ensemble.

»Nur für den Fall, dass uns im *Silver Spur* jemand gesehen hat«, sagte er und ließ seine silbernen Stoppelhaare unter einer roten Baseballkappe verschwinden. Auf der Kappe stand *FBI – Female Booty Inspector*. »Wie sehe ich aus?«

»Wie ein Touri«, sagte ich. Es war kaum zu glauben, dass dieser Mann derselbe war, dessen mörderisch leerer Blick mir kalte Schauer über den Rücken gejagt hatte.

»Super«, antwortete er, stieg ein und reihte sich in den spärlichen Mittagsverkehr ein.

»Hier rechts«, wies ich ihn an. »An dieser Ampel.«

»Wir haben genug Zeit, bei *Eye Candy* vorbeizufahren, bevor die Kollegen dort auftauchen«, sagte Malloy beim Abbiegen. »Zandora hatte das ›Bitte nicht stören‹-Schild an der Tür hängen. Wenn also niemand sich über den Lärm beschwert hat, finden sie vermutlich die Leichen erst an Zandoras geplantem Abreisetag.«

Während der Fahrt zog ich die scheußlichen Klamotten an. Das Kleid streifte ich einfach über. Dann wand ich mich aus der Jeans. Ich war ziemlich geübt darin, mich in fahrenden Autos umzuziehen. Als Teenager hatte ich mein Elternhaus immer in einem netten pastellfarbigen Kleidchen verlassen, wie es sich für ein wohlerzogenes Mädchen gehörte. Sobald ich Mamas Blickfeld entkommen war, verwuschelte ich mir Haare und schlüpfte in einen hautengen schwarz-weiß gestreiften Dress. Das fand meistens auf dem Rücksitz eines Autos statt, in dem ich mit einer Freundin zum *Thirsty Whale* fuhr, um dort der Band irgendeines süßen Typen zuzuhören.

Während ich mich optisch Malloys Touristenverkleidung anpasste, fuhren wir zum *Eye Candy.*

Der Laden war eine Klasse für sich und machte den größten Spielkasinos in Sachen überkandidelte Ausstattung Konkurrenz. Stellen Sie sich Disneyland mit Titten vor. Das *Eye Candy* hatte erst aufgemacht, als ich schon aus dem Geschäft raus war, deshalb hatte ich nie dort getanzt. Meine Mädchen waren entweder davon begeistert oder konnten es nicht ausstehen. Die Konkurrenz zwischen den *Eye-Candy*-Stripperinnen war brutal und erbarmungslos, aber wer abgebrüht und ehrgeizig war und das alles aushielt, dem winkte eine geradezu unverschämt hohe Bezahlung. Ich hätte wahrscheinlich keine drei Minuten in diesem Haifischbecken überlebt.

Als wir von der Schnellstraße abbogen, tauchte der riesige Gebäudekomplex des *Eye Candy* vor uns auf wie eine schimmernde Fata Morgana, eine Oase mit der neonrosa Leuchtschrift NACKTE MÄDCHEN LIVE inmitten einer staubigen Industriewüste. Es war atemberaubend: eine in sich abgeschlossene, mehrstöckige Biosphäre voller schamloser, zügelloser Anmache aus kaltem Kalkül, sieben Tage die Woche rund um die Uhr geöffnet. Hatten die Opfer einmal den Komplex betreten, gab es keinen Grund für sie, ihn jemals wieder zu verlassen. Außer der geräumigen Hauptbühne und sechs kleineren Go-go-Bühnen gab es acht VIP-Champagner-Lounges und sechs Spielzimmer für spezielle Fantasien. Im Restaurant servierten süße Mädchen in knappen Cowgirlkostümen Steaks zu gesalzenen Preisen. In der Sportsbar servierten süße Mädchen in knappen Bikinis Bier zu gesalzenen Preisen. Im Rauchsalon verkauften süße Mädchen in knappen Stringtangas Zigarren zu gesalzenen Preisen. Nur übernachten konnte man dort nicht. Oder tatsächlich vögeln.

Ich habe nie verstanden, was eigentlich den Reiz von solchen Läden ausmacht. *Eye Candy* war eine gut geölte Maschine, die wie alles andere in Vegas nur einem einzigen Zweck diente, nämlich dem, die Brieftaschen der Gäste zu leeren. Und wenn diese Brieftaschen einmal leer waren, gab es drei bequeme Geldautomaten, an denen sie wieder aufgefüllt werden konnten. Im *Eye Candy* gab es keinen Sex, nur die Illusion von Sex. Das Angebot war endlose, glitzernde Anmache, ausschließlich Fantasie ohne eine tatsächliche Erfüllung. Mir kam das alles wie eine einzige Verschwendung von Zeit und Geld vor, das bei einer richtigen Nutte besser angelegt wäre. Aber meine Mädchen räumten ordentlich ab, wenn sie dort tanzten, deshalb konnte ich nicht meckern.

Malloy wollte keinen Parkservice und fuhr deshalb an dem Typen in der goldenen Weste vorbei und auf den Parkplatz an der Seite.

»Warte hier«, sagte er, genau wie bei *Burger King*. Ich hatte das Warten langsam satt, war aber auch sehr dankbar, dass ich mich mit niemandem beschäftigen musste.

Ich sah Malloy hinterher, wie er zum Eingang hinüberging. Überrascht beobachtete ich, wie sich seine übliche kampfbereite Haltung entspannte und er ganz locker wurde. Sein hartes Gaunergesicht wurde weich und freundlich, und er grinste so breit, als hätte er ein paar Pillen eingeworfen. Als er an der Klubtür ankam, hatte er sich in den typischen Stripklubgast verwandelt.

Ein halsloser Trottel in einem zu engen Smoking klopfte Malloy ab, der die Arme entgegenkommend in die Höhe streckte. Dann begrüßte ihn eine langbeinige Brünette in extrem knappen Shorts mit pfefferminzgrünen Streifen und einem rosa Hängerchen mit *Eye-Candy*-Logo. Sie nahm das Eintrittsgeld entgegen und drückte ihm einen Stempel auf die Hand. Ich sah zu, wie sie Malloy anlächelte und ihm das Wechselgeld gab, und bekam dabei eine heftige Eifersuchtsattacke, die mich total überraschte. Zwischen Malloy und mir lief gar nichts, und doch hätte ich das Mädchen in diesem Moment umbringen können. Nicht wegen ihrer sonnengebräunten und aerobicgestylten Bauchmuskulatur oder wegen ihres knackigen, muskulösen Hinterns oder aus einem der Million anderer Gründe, warum Frauen einander hassen in dieser erbarmungslosen Welt von *Cosmopolitan*, in der wir leben. Nein, ich hätte sie wegen ihres hübschen, makellosen Gesichts umbringen können. Ihrer glatten Lippen wegen und ihrer geraden Nase und dieser großen, leuchtenden Augen. Meine Finger tasteten über die Schwellungen in meiner grün und blau geschlagenen Visage, und plötzlich verspürte ich den Drang, den Klub mit einem Baseballschläger aufzumischen und jedes hübsche Gesicht zu Brei zu schlagen.

Ich tat's nicht. Ich wartete.

Autos kamen und fuhren weg. Einzelne Männer sowie Männergruppen gingen hinein und kamen heraus. Die Zeit verging, und obwohl Malloy im Schatten geparkt hatte, wurde es doch recht warm im Auto. Alle Fenster waren offen, aber nicht ein Luftzug bewegte sich. Ich zog die verschwitzte rosa Strickjacke aus und fächelte mir mit der Straßenkarte von Kalifornien Luft zu.

Ungefähr hundert Jahre später kam Malloy zurück. Auf seiner unrasierten Wange war fuchsienroter Lippenstift verschmiert.

»Hab's gekriegt«, sagte er und gab mir ein Blatt Papier. Er warf die Baseballkappe auf den Rücksitz und ließ den Motor an. »Kennst du jemanden, der Rumänisch kann?«

Ich betrachtete das Stück Papier. Es war die Faxkopie von Lias handschriftlichem Brief.

»Wie hast du das geschafft?«

»Purer Zufall.« Malloy fuhr vom Parkplatz. »Man hat mich im Büro des Geschäftsführers warten lassen, bis er Zeit für mich hatte, und da hab ich mich durch den Faxspeicher geklickt. Die haben den wohl seit Jahrzehnten nicht mehr gelöscht. Wahrscheinlich wissen sie nicht mal, wie das geht. Jedenfalls war das Fax aus deinem Büro noch da, und ich hab's einfach noch mal ausgedruckt.«

»Und was hast du dann dem Geschäftsführer erzählt?«, fragte ich. »Wenn die Cops Zandoras Tod spitzkriegen, gibt das dann keinen Ärger?«

Malloy schüttelte den Kopf.

»Nee«, sagte er und fuhr auf die Schnellstraße auf. »Ich hab nur gefragt, ob Zandora da ist. Dass ich deine Models befragen will, weil ich dein Verschwinden untersuche. Zandora ist erst für die Abendschicht eingeteilt. Der Geschäftsführer hat gesagt, ich soll später wiederkommen. Ich hab mich bedankt und bin gegangen. Hat dich jemand gesehen?«

»Ich glaube nicht«, sagte ich.

»Hoffentlich hast du recht«, antwortete er. »Ich hab das ungute Gefühl, dass die Sache noch ziemlich übel wird.«

11

»Vertraust du Didi?«, fragte Malloy, als er von der Schnellstraße abfuhr und wir in das ruhige Burbank kamen.

Den größten Teil der Rückfahrt von Vegas hatte ich verschlafen. Na, schlafen war vielleicht nicht das richtige Wort. Betäubt, weggetreten, unter Schock und unfähig, die Ereignisse der vergangenen vierundzwanzig Stunden zu begreifen – das traf es eher. Ich hatte den Sonnenuntergang verpasst und war völlig verwirrt, als ich aufwachte und es draußen dunkel war. Malloy hatte noch in Vegas ein weiteres billiges Jackett aus der Sporttasche geholt, und irgendwann unterwegs hatte er es wohl ausgezogen und mich damit zugedeckt. Es war warm und roch nach ihm, nach Zigaretten und billigem Rasierwasser. Ich zog es enger um mich, sodass es unter meinem Kinn Falten schlug.

»Natürlich vertraue ich Didi«, sagte ich. »Ich würde ihr mein Leben anvertrauen.«

Er nickte und fuhr auf den Hof der Autovermietung gegenüber des Flughafens Burbank. Ich wartete vor dem Büro, in sein großes Jackett gekuschelt. Er fuhr mit seinem Geländewagen vor, stieg aus, ging um den Wagen herum zur Beifahrerseite und öffnete mir die Tür.

»Danke«, sagte ich.

Er drückte ein paar Tasten auf seinem Handy und setzte einen Kopfhörer mit Mikro auf, während er vom Hof fuhr.

»Didi?«, sagte er. »Malloy.« Pause. »Ja, weiß ich.« Er warf mir einen Blick zu und sah dann wieder auf die Straße. »Furchtbare Sache, ja. Hör mal, Didi, ich will mit dir über den Fall reden. Heute Abend. Hast du einen Stift?«

Er gab Didi seine Adresse in dem Moment, als wir in seine Straße einbogen.

»In zwanzig Minuten«, sagte er und legte auf.

Malloys Apartment war in einer dieser kleinen, heruntergekommenen Bungalowanlagen aus den Fünfzigern, in einer nichtssagenden Gegend in der Nähe des Hollywood Way. Er fuhr zweimal daran vorbei, um sicherzugehen, dass das Apartment nicht observiert wurde, und bog dann in die Gasse hinter den Bungalows ein. Wir stiegen aus, aber er ließ den Motor laufen.

»Geh rein«, sagte er, während er die Tür zu seinem Apartment aufschloss und mich mit der Hand im Kreuz hineinschob. »Ich stell noch den Wagen ab.«

Das Apartment war tadellos sauber und unpersönlich wie eine Möbelausstellung von IKEA oder ein Zimmer in einem Mittelklassehotel. Es lagen keine persönlichen Fotos herum, am Kühlschrank hingen keine lustigen Magnete. Ich sah nirgends Briefe oder Bücher oder DVDs herumliegen. Im Wohnzimmer standen ein stabiles graues Sofa und ein schwarzer Ledersessel, ein völlig abgeräumter Couchtisch aus hellem Holz, in der Ecke war ein mittelgroßer Fernseher aufgebaut. Durch einen offenen Türbogen ging es nach links in die Küche. Sie war eng, gelb und sehr sauber. Unter dem Fenster stand ein kleiner Alutisch mit einem sauberen Aschenbecher und einem einzigen Stuhl. Zwei geschlossene Türen führten wahrscheinlich ins Bad und ins Schlafzimmer.

Es fühlte sich seltsam an, allein in einem fremden Apartment zu stehen. Ich sehnte mich nach meinem eigenen kleinen Haus.

Ein paar Minuten später erschien Malloy.

»Fühl dich ganz wie zu Hause«, sagte er und legte seine Waffe und das Schulterholster auf den Couchtisch. »Aber bleib von den Fenstern weg.«

»Okay«, sagte ich, aber ich setzte mich nicht. Ich zog nur Malloys Jackett enger um mich.

Einen Moment lang herrschte verlegenes Schweigen. Ich fragte mich plötzlich, welche Frau er wohl als Letztes mit in seine Wohnung gebracht hatte.

»Möchtest du irgendwas?«, fragte er, während er in die Küche ging und den Kühlschrank öffnete. »Wasser oder eine Cola light oder so? Alkohol hab ich nicht.«

»Gerne eine Cola«, antwortete ich. Vielleicht würde das Koffein mir wieder auf die Beine helfen und mich die Welt klarer sehen lassen. »Alkohol trinke ich sowieso nicht.«

Er sah mich an, in der einen Hand eine Dose Cola, in der anderen eine Wasserflasche.

»Aufgehört?«, wollte er wissen.

»Nie richtig angefangen«, sagte ich.

Malloy kam wieder ins Wohnzimmer, gab mir die Dose und schraubte die Wasserflasche auf. Fast die Hälfte davon trank er in einem Zug, wischte sich mit dem Handrücken über den Mund und berührte dann mit dem Daumen den Riss in seiner Lippe.

»Ich hab aufgehört«, sagte er.

Mir fiel so schnell nichts ein, was ich darauf hätte sagen können, aber in diesem Moment klopfte es lautstark an der Tür. Das war wohl Didi. Malloy sah durch die Jalousie nach draußen und bedeutete mir, in die Küche zu gehen, bevor er die Tür öffnete.

»Lalo«, sagte Didi, schlang ihm die Arme um den Hals und drückte ihn fest. »Mensch, das ist unfassbar, was?« Sie ließ ihn los und verschränkte die Arme vor ihrer Brust. »Was für ein beschissener Albtraum.«

»Komm rein«, sagte Malloy, zog sie in die Wohnung und verschloss die Tür mit mehreren Schlössern.

Didi trug ein glänzendes schwarzes Minikleid, das seit

etwa zehn Jahren aus der Mode war und ihre molligen Kurven betonte. Dazu hatte sie silberne hochhackige Glitzersandalen an den Füßen und ein vollgestopftes, passendes Täschchen überm Arm. Ihre Lippen hatte sie in einem leuchtenden Rot wie kandierte Äpfel geschminkt, die Wimperntusche war verlaufen. Offensichtlich hatte sie sich mit einem ihrer Verehrer getroffen, als Malloy sie erreicht hatte. Sie und ich waren da ziemlich ähnlich. Wenn uns etwas Sorgen machte, zogen wir los und suchten uns was zum Vögeln.

»Hast du gemerkt, dass du beschattet wirst?«, fragte Malloy, der wieder durch die Jalousie spähte. »Dunkelgrauer Caprice. Ziemlich auffällig.«

»Diese Scheißcops«, sagte Didi. »Hängen die sich jetzt an mich dran?«

»Sieht so aus«, sagte Malloy. »Wahrscheinlich hoffen sie, dass Angel sich mit dir in Verbindung setzt.«

»Hör mal«, sagte Didi. »Wegen Angel ...«

Mich hielt es nicht länger in der Küche.

»Didi«, sagte ich und kam ins Wohnzimmer. »Schon gut. Mir geht's gut.«

»Angel?« Sie stürmte auf mich zu, musterte mich von oben bis unten und riss die geschminkten Augen auf. »Das nennst du gut? Heilige Mutter Maria, Angel, wer war das?«

Meine Kehle war wie zugeschnürt. Ich nahm den hässlichen Hut vom Kopf und drehte ihn in den Händen herum. Didi nahm mich in die Arme und strich mir über den Kopf. Jedes Mal, wenn ihre Finger auf eine Beule oder auf Schorf stießen, fluchte sie leise und schwor, dass sie den umbringen würde, der mir das angetan hatte. Ihr Parfüm reizte mich zum Niesen, und mir war es unangenehm, umarmt zu werden. Die Tatsache, dass ich vor Kurzem zwei Menschen hatte sterben sehen, klebte noch auf meiner Haut, genau wie der Gestank meines Müllsackkleids. Und natürlich tat es weh. Aber ich wollte auch nicht, dass sie mich losließ.

»Lalo«, sagte sie. »Willst du mir nicht endlich mal erzählen, was eigentlich los ist?«

Malloy lieferte Didi eine Kurzversion, während sie an mir hing, als wollte jemand mich ihr gleich wieder wegnehmen. Als er fertig war, ließ sie sich aufs Sofa fallen und zog mich dicht neben sich.

»Gib mir eine Zigarette«, sagte sie zu Malloy.

Malloy nahm das Päckchen aus der Tasche und schüttelte die letzten beiden heraus. Eine steckte er sich in den Mundwinkel, die andere reichte er Didi.

»Ich dachte, du hast aufgehört«, meinte ich, als er ihr Feuer gab.

»Scheiß drauf«, sagte sie und sog an der Zigarette, als käme dort Sauerstoff heraus. Sie fuhr sich durch die Haare und atmete langsam den Rauch aus. »Was machen wir denn jetzt?«

»Als Erstes«, sagte Malloy, »brauchen wir einen guten Vorwand, damit ich mit den Leuten reden kann, ohne dass sie allzu misstrauisch werden. Ich will, dass du allen erzählst, du hättest mich als Privatdetektiv angeheuert, der herausfinden soll, was mit Angel passiert ist. Du musst mir auch einen Scheck dafür ausstellen. Ich löse den ein und gebe dir das Geld zurück, aber ich will, dass es zwischen uns eine nachvollziehbare Verbindung gibt. Das wird auch deinen Besuch hier für unsere Freunde in dem Caprice plausibel machen.« Er zündete seine Zigarette an. »Und die Leute werden mir gegenüber offener sein, wenn sie glauben, dass ich für dich arbeite.«

»Wenn du die Scheißkerle findest, die ihr das angetan haben, kannst du die Kohle behalten«, sagte sie. »Und was ist mit Angel?«

»Ja, was ist mit mir?«, fragte ich.

»Sie muss auf Tauchstation gehen«, sagte Malloy. »Sobald der Typ, der uns in Vegas durch die Lappen gegangen ist, mit seinem Boss geredet hat, weiß der auch, dass Angel nicht tot ist. Dann wird er nach ihr suchen.«

»Mensch«, sagte Didi leise. »O Mann, das ist vielleicht eine Scheiße.«

Wir waren alle drei eine Weile still und dachten darüber nach, wie scheiße es wirklich war.

»Didi«, brach Malloy schließlich das Schweigen, »erzähl mir mal alles über die Blondine mit dem Aktenkoffer, an das du dich erinnerst.«

»Das ist ja das Seltsame«, sagte Didi. »Wisst ihr, als ich aus dem Büro war, ist sie mir nicht mehr aus dem Kopf gegangen. Ich bin mir ziemlich sicher, dass ich sie schon mal gesehen habe. Sie hat Filme gedreht, aber mir fällt der Name nicht mehr ein, unter dem sie aufgetreten ist. Und auch nicht der Titel der Serie. Es war irgendeine absolute Billigproduktion von Amateuren. Überwiegend Girl-Girl- und Solo-Szenen mit Spielzeug, aber ich glaube, ich habe sie in einer Boy-Girl-Szene gesehen. Und das Wort ›Teen‹ war im Titel.«

»Wunderbar«, sagte ich. »Das sind dann ja nur etwa sieben Milliarden Filme.«

»Der Titel war wirklich total langweilig«, sagte Didi. »Sehr allgemein.«

»*Teen Pleasures*?«, schlug ich vor. »*Teenager Experimente*? *Teen Cream*? *Teen Pussy*?«

»Nein.« Sie schüttelte den Kopf. »Mehr so was wie *Geile Teens* oder *Dirty Teens*.« Sie wandte sich an Malloy. »Hast du in dieser Hütte auch Internet?«

Er nickte und deutete mit dem Kinn auf eine der geschlossenen Türen.

»Da«, sagte er. »Aber ich weiß nicht, ob ich mit meinem PC durch einen Haufen Teenie-Schmuddelkram surfen will. Werde ich damit nicht beim FBI aktenkundig?«

»›Teen‹ bedeutet nur Mädchen ohne Implantate, die wie Amateure aussehen«, sagte ich. »Filme mit Mädchen über achtzehn sind nicht illegal, und außerdem sind die meisten davon sowieso älter, als sie aussehen. Ich war einundzwanzig, als ich *Teen Temptations* gedreht habe.«

Malloy zuckte mit den Schultern.

»Ich weiß nicht«, sagte er. »Richtige Frauen gefallen mir besser. Ihr wisst schon – erwachsene.«

Didi warf ihm ein Lächeln zu, stand auf und strich ihren engen Rock glatt.

»Also das«, sagte sie, »besprechen wir später, Schatz.« Sie zwinkerte und nahm mich bei der Hand. »Auf geht's.«

Wie nicht anders zu erwarten, war Malloys Schlafzimmer spartanisch eingerichtet. Er hatte dort einen kleinen Schreibtisch aus Metall mit Glasplatte stehen, auf der ein preiswertes Laptop, ein Becher mit Stiften, ein kleiner Drucker und ein schnurloses Telefon aufgebaut waren. Es gab nur einen Stuhl, deshalb setzten Didi und ich uns hinter Malloy auf die Bettkante wie auf den Rücksitz eines Autos.

Die Google-Suche mit den Stichwörtern »Teen«, »Porno« und »DVD« ergab schlappe zwanzig Millionen Treffer.

»Das können wir vergessen«, sagte Didi. »Probier's mal mit slutfinder.com.«

Malloy schüttelte beim Eintippen den Kopf.

»So«, sagte Didi. »Geh auf das Feld ›Amateur‹ und gib in das Titelsuchfeld ›Teen‹ ein.«

»Verdammte Scheiße«, sagte er, als der Bildschirm sich mit blinkenden Fotos von Teenie-Bärchen füllte. Seine Kiefermuskeln zuckten, während er auf den Bildschirm starrte.

»Was ist denn?«, fragte ich.

»Na, das da«, sagte er und deutete mit dem Kinn. »All dieser Scheiß ... Ich weiß nicht recht.«

»Was gibt's da zu wissen?«, fragte ich. »Das sind doch nur Mösen. Die beißen schon nicht.«

Malloy antwortete nicht. Ich regte mich allmählich ernsthaft über ihn auf und ging in Verteidigungsstellung. Eine moralische Diskussion über das Übel der Pornografie war das Letzte, was ich jetzt brauchen konnte.

»Du wirst doch wohl jetzt nicht zimperlich, Lalo?«, fragte Didi.

»Ach, es ist nur ...« Er zuckte wieder mit den Schultern.

»Wenn du uns was sagen willst«, meinte ich, »dann sag's.«

»Nehmen wir mal dieses Mädchen.« Er zeigte auf eine dünne Blondine auf dem Cover einer DVD mit dem Titel *Goodbye Seventeen*. »Die hat doch noch eine Zahnspange.«

»Eine Menge Amateurmädchen lassen sich Zahnspangen

verpassen«, erklärte ich. »Das ist eine bessere Investition als Implantate, und die Kerle fahren total drauf ab.«

»Das ist doch krank«, murmelte Malloy und klickte ein paar Pop-up-Fenster weg, die mit so grellen Überschriften wie *Teenie-Mösen wollen deine Sahne!!!* und *Teenie-Schlampen treiben's mit dem ganzen Team!* lockten. »Ich meine, versteht mich da nicht falsch, ich hab nichts gegen Porno, aber das hier ... Ich weiß nicht. Ich weiß, dass es legal ist, aber ich finde es nicht richtig, dass ein Mann in meinem Alter sich Mädchen ansieht, die so jung wirken. Mein Gott, die Hälfte der Mädchen hier sehen jünger aus als meine Tochter.«

»Ich wusste gar nicht, dass du eine Tochter hast«, sagte Didi.

»Doch«, sagte Malloy. »Sie heißt Paloma. Ist im April achtzehn geworden.«

Er zog an seiner Zigarette und wandte den Blick vom Bildschirm ab. Dann öffnete er eine Schublade, nahm ein Porträtfoto heraus und reichte es Didi. Ich sah ihr über die Schulter. Das Mädchen in Schuluniform auf dem Bild war unscheinbar, ein bisschen mollig und Malloy viel zu ähnlich, als dass sie je besonders attraktiv hätte sein können, aber ich mochte ihr schiefes Frechdachslächeln. Sie sah so aus, als würde sie sich von niemandem etwas vormachen lassen. Ich fragte mich, warum Malloy nie von ihr gesprochen hatte.

»Sie sieht wirklich clever aus«, sagte Didi und gab Malloy das Foto zurück.

»Sie lebt bei ihrer Mutter in Santa Fe«, sagte Malloy, sah noch einen Moment lang auf das Bild und legte es dann wieder in die Schublade, mit der Rückseite nach oben. »Wir stehen uns nicht besonders nahe.« Er sah wieder auf den Bildschirm. »Aber ich will ganz bestimmt nicht, dass sich ein Haufen geiler alter Typen im Internet zu ihrem Bild einen abwichst.« Er schloss die Schublade. »Haben diese Mädchen nicht auch Väter?«

Ich runzelte die Stirn und stand auf.

»Also, diese Mädchen sind alle volljährig und wissen genau,

was sie tun«, sagte ich, zog Malloys Jackett aus und warf es auf das Bett. »Ob es ihren Vätern gefällt oder nicht.«

»Aber es ist doch klar, dass so ein Streifen mit dem Titel *Teenage Nympho Cheerleaders* nur alte Säcke antörnen will, weil sie sich dann vorstellen können, sie würden minderjährige Schulmädchen bumsen«, sagte Malloy. »Das ist doch nur einen Fingerbreit von Vergewaltigung entfernt.«

»Das ist meilenwert von Vergewaltigung entfernt«, sagte ich und war jetzt richtig wütend. »Es ist doch nur eine Fantasie. Bist du seit Neuestem bei der Gedankenpolizei?«

»Hey, komm schon«, fing Malloy an, aber ich ließ ihn nicht weiterreden.

»Außerdem, für wen hältst du dich eigentlich, dass gerade du entscheiden willst, was richtig und falsch ist, nachdem du ...«

Ich musste mich zwingen, aufzuhören, bevor ich noch ein Wort sagte und wirklich die Kontrolle über die Situation verlor. Ich drehte mich um und versuchte, meine Wut in den Griff zu bekommen. Meinen Job musste ich vor niemandem rechtfertigen, schon gar nicht auf so aggressive Weise. Malloy hatte wahrscheinlich recht damit, dass einige dieser Teenie-Pornos zu weit gingen. Er kritisierte ja nicht mich persönlich. Aber ich fühlte mich verletzbar und hässlich und konnte offenbar nicht anders, als in Malloys Kritik einen persönlichen Angriff zu sehen. Dazu kam, dass mein eigener Vater mir die Kinnlade gebrochen hatte, als er herausbekommen hatte, dass ich Pornos drehte. Mein Mitgefühl für Väter, die etwas dagegen haben, dass ihre Töchter im Pornogeschäft sind, hielt sich deshalb sehr in Grenzen.

»Hör mal ...«, fing er wieder an, doch Didi merkte, dass es nur noch schlimmer werden konnte, und schnitt ihm das Wort ab.

»Jetzt ist aber gut«, sagte sie. »Lass gut sein, Mister Sensibelchen, und lies einfach die Titel vor. Willst du diese Blondine nun finden oder nicht?«

Malloy schwieg einige Sekunden lang, genau wie ich. Ich betrachtete seinen geröteten Nacken, und mir wurde mit einem Mal klar, dass dieser kleine Schlagabtausch mehr über den wahren Malloy offenbart hatte, als er je zuvor hatte durchblicken lassen. Ihm war das wohl auch bewusst geworden, und wahrscheinlich bereute er es schon.

»Okay«, sagte er und fing an, die Titelliste vom Bildschirm abzulesen.

Malloy dabei zuzuhören, wie er mit seiner rauen, eintönigen Stimme Titel wie *Spermadosen Teens* oder *Fick meine enge Schokoröhre* vorlas, kam mir plötzlich viel witziger vor, als es hätte sein dürfen. Vor wenigen Sekunden noch war ich eingeschnappt und genervt gewesen, und jetzt konnte ich nur mit großer Mühe einen albernen Kicheranfall unterdrücken. Ich hatte Angst, laut loszulachen. Vielleicht könnte ich dann nie wieder aufhören.

»Da«, sagte Didi, stand auf und legte Malloy die Hand auf die Schulter. »Klick mal auf *Dirty Teens*.«

Es stellte sich heraus, dass die Serie *Dirty Teens* nur drei DVDs umfasste. Didi war sich jedoch sicher, dass die DVD, auf der sie die Blondine gesehen hatte, eine höhere Nummer gehabt hatte.

»Versuch's mal bei *Naughty Teens*«, sagte sie.

Diese Serie bestand aus einundzwanzig DVDs, und die Cover waren mies und billig, alles schlechtes Photoshop-Design und reißerische Titel in Gelb. Mir kam keines der Mädchen bekannt vor, aber sie sahen sich auch alle sehr ähnlich. Ausgemergelt, blass und kränklich. Wahrscheinlich alles Junkies. Keine hatte Implantate, und sie wirkten sehr jung. Alle Künstlernamen klangen nach Mädchen von nebenan: Beth und Tracy und Heather. Nachnamen wurden keine genannt.

»Das ist sie«, rief Didi freudestrahlend, als Malloy die Nummer siebzehn anklickte.

Sie hatte recht. Die Blondine, die sich »Lia« genannt hatte und durch mein Toilettenfenster gekrochen war, stand auf dem Cover von *Naughty Teens 17* im Vordergrund. Sie trat dort als »Kimberly« auf und posierte mit einem männlichen Freund. Einem sehr engen Freund, wie es aussah. Sein Kopf war von dem G in *Naughty* verdeckt, aber ich musste sein Gesicht nicht sehen, um ihn sofort wiederzuerkennen. Vor Wut drehte sich mir fast der Magen um.

»Sieh an, Jesse Black«, sagte Didi. »Dieses kleine Arschloch.«

12

»Also dann, Ladys«, sagte Malloy. »Wir brauchen einen Plan.«

»Wir finden diesen Wichser Jesse Black und schneiden ihm die Eier ab«, sagte Didi. »Wie klingt das?«

»So befriedigend das auch sein mag«, sagte Malloy, »sollten wir doch erst mal herausfinden, was hier eigentlich vor sich geht. Zu Jesse kommen wir irgendwann schon, aber ich will nicht, dass einer von uns einfach unvorbereitet losschlägt.«

Irgendwo in dieser kurzen Ansprache war eine fiese kleine Anspielung versteckt, aber ich war zu erschöpft, um länger darüber nachzudenken.

»Was ist mit Lias Brief?«, fragte ich stattdessen. »Wir müssen jemanden finden, der uns das übersetzt.«

»Und auch die Klappe halten kann«, fügte Malloy hinzu.

»Wanda Curtis?«, schlug Didi vor.

»Ich glaube, sie kommt aus Ungarn, nicht aus Rumänien«, sagte ich. »Was ist mit Honey Westlake?«

Didi rollte mit den Augen. »Honey Westlake hält nur dann ihre Klappe, wenn ein Schwanz darin steckt«, sagte sie. »Wenn wir sie das übersetzen lassen, dann können wir es auch gleich an die Zeitung geben.«

»Tabitha Moore«, sagte ich. »Die ist doch Rumänin, oder?«

»Ja«, stimmte Didi zu. »Tabby ist in Ordnung.«

»Gibt es wirklich so viele rumänische Mädchen im Pornogeschäft?«, fragte Malloy.

»Aus Rumänien, Tschechien, Ungarn«, sagte Didi. »Diese Osteuropäerinnen haben das Geschäft quasi komplett übernommen. Sie sehen aus wie Supermodels und machen dir für fünf Dollar einen doppelten AV ohne Gummi. Es ist fast unmöglich, noch anständige Konditionen für amerikanische Mädchen zu kriegen.«

»Wirklich?«, sagte Malloy.

»Komm, Didi«, sagte ich. »Nicht alle Osteuropäerinnen sind so. Nehmen wir mal Zandora ...«

Ich biss mir auf die Unterlippe. Niemand sagte etwas. Auf Malloys Bildschirm blinkten die reißerischen Animierbildchen vor sich hin.

»Was wissen wir denn über die Typen, die *Naughty Teens* gemacht haben?« Malloy wechselte behutsam das Thema. Er kniff die Augen zusammen und las vom Bildschirm ab: »PDM Productions.«

»PDM ist eine Firma, die Amateurmaterial von unabhängigen Produzenten kauft«, sagte Didi. »Also die Art Filmchen, die ein Typ aus Idaho von seiner Braut und ihren Freundinnen dreht, die nach zu viel Light-Bier miteinander rummachen. PDM kauft das ungeschnittene Material, bearbeitet es und verkauft es dann unter dem Titel *Gastfreundliche Landeier 23*.«

»Wie kriegen wir dann heraus, wer *Naughty Teens* gedreht hat?«, fragte Malloy. »Und wer diese Kimberly in Wirklichkeit ist?«

Didi und ich sahen uns an, dann sagten wir wie aus einem Mund: »Zwei-zwei-fünf-sieben.«

Malloy runzelte die Stirn.

»Strafgesetzbuch der USA, Paragraf 2257«, sagte Didi und rümpfte die Nase. »Der Paragraf zum angeblichen Schutz von Minderjährigen.«

»Das hat irgendetwas mit der Aufbewahrung von Geschäftsunterlagen zu tun, oder?«, fragte Malloy.

»Im Grunde ist es nur noch eine Methode, gottlosen Pornoverkäufern das Leben schwer zu machen«, sagte ich. »Heutzutage muss man von allen Darstellern die Ausweise haben – und zwar eingescannt, nicht einfach nur kopiert –, und dazu muss am Anfang jeder DVD und auf allen Websites eine echte Adresse stehen. Kein Postfach, sondern genau die Adresse, wo sich die Unterlagen auch tatsächlich befinden. Man muss auch den Namen der juristischen Person angeben, die die Unterlagen verwahrt, und man muss verbindlich dafür sorgen, dass diese Person auch wirklich bei der angegebenen Adresse arbeitet und die Unterlagen mindestens vier Stunden an jedem Arbeitstag für Nachfragen oder zur Einsicht zugänglich macht. In dem Gesetz steht natürlich noch viel mehr, aber das ist der Teil, der uns interessiert.«

»Meine Güte«, sagte Didi. »Ich hätte nie gedacht, dass ich mal für 2257 so dankbar wäre.«

»Na dann«, sagte Malloy. »Wenn wir uns also *Naughty Teens 17* ausleihen, kriegen wir auch die Adresse von dem Typen, der es gedreht hat?«

»Nein«, sagte ich. »Wahrscheinlich nur die Adresse von PDM. Aber wir können in den vorgeschriebenen vier Stunden dort auftauchen und uns die Ausweiskopie von Kimberly oder Lia, oder wie auch immer sie heißt, geben lassen.«

»Super«, sagte Malloy.

»Und was können wir sonst noch tun?«, fragte Didi.

Malloy griff in die Schublade und holte noch ein Päckchen Zigaretten heraus. Er bot Didi eine an, und sie nahm sie, ließ sich von ihm Feuer geben und wedelte mit ihrer beringten Hand den Rauch von mir weg.

»Ich weiß ja nicht, wie ihr das seht«, sagte Malloy, »aber ich wüsste schon gern, wo dieser Aktenkoffer abgeblieben ist.«

»Wozu?«, fragte ich. »Wahrscheinlich haben die Kerle den sowieso schon längst gefunden.«

»Wenn das so wäre«, sagte Malloy, »dann hätten sie sich nicht an Zandora rangemacht. Wollt ihr wissen, was ich denke?« Er zündete sich ebenfalls eine Zigarette an. »Ich glaube, dass die Blondine den Koffer in eurem Büro versteckt hat, vermutlich in der Toilette. Und dort hat ihn eine andere Person gefunden, und zwar nachdem die Typen das erste Mal bei euch waren, aber bevor sie den Laden auf den Kopf gestellt haben, während du bei diesem angeblichen Dreh warst.« Er inhalierte und betrachtete Didi aus schmalen Augen. »Du hast ihn doch nicht, Didi, oder?«

»Fick dich, Lalo«, sagte Didi gelassen. »Wenn ich ihn hätte, dann hätte ich das ja wohl schon mal fallen lassen, meinst du nicht?«

Malloy zuckte mit den Schultern. »Ich frag ja nur«, sagte er.

»Wer war denn an dem Tag alles im Büro?«, fragte ich. »War ziemlich viel los, nicht?«

»Ja«, sagte Didi. »Aber ich bin jetzt so daneben, dass ich mich an niemanden mehr erinnern kann.«

»Habt ihr im Büro Überwachungskameras?«, fragte Malloy.

Ich schüttelte den Kopf.

»Ich bin mir ziemlich sicher, dass es in der Lobby des Gebäudes eine gibt«, sagte Didi. »Aber ich habe keine Ahnung, wer die Bänder hat.«

»Ich sehe mal zu, was ich da rauskriege«, sagte Malloy.

Eine ganze Weile lang herrschte Schweigen. Malloy und Didi rauchten. Ich betrachtete Jesse Blacks Foto auf dem Bildschirm und hatte Kopfschmerzen.

»Also«, sagte Malloy und drückte seine Zigarette aus, »wir sollten es für heute gut sein lassen. Didi, denk an das, was ich dir gesagt habe. Erzähl allen, dass du mich angeheuert hast, nach Angel zu suchen.«

»Alles klar«, sagte Didi und nahm meine Hand. »Ich lass dich nur ungern allein hier, Süße, nach allem, was passiert ist.«

»Ich bin doch nicht allein«, sagte ich. »Ich hab Malloy.«

»Na gut«, sagte Didi. »Aber wenn ich das nächste Mal komme, bringe ich ein paar Ingwerkekse oder so was mit.«

»Ich glaube nicht, dass es so gut ist, wenn du noch mal hierherkommst«, sagte Malloy kopfschüttelnd. »Das Risiko ist zu hoch.«

»Bist du sicher?«, fragte Didi. »Ich meine ...«

»Wir bleiben per Telefon in Verbindung«, sagte Malloy, nahm sanft Didis Arm und schob sie zur Tür.

»Mir passiert schon nichts, Didi«, sagte ich und fragte mich dabei, wie ich mir da so sicher sein konnte.

»Dann ist ja gut, Süße«, sagte Didi. Sie griff nach Malloys Handgelenk. »Und du passt schön auf sie auf, du großer Beschützer, oder du kriegst es mit mir zu tun.«

»Alles klar«, sagte Malloy.

Ich blieb im Schlafzimmer, während er Didi verabschiedete. Dann kramte er ein paar Minuten in seinen Sachen herum, wie ich hören konnte, und kam dann mit dem Menüplan eines Thai-Imbisses ins Schlafzimmer zurück. Es war komisch, wieder mit ihm allein zu sein, und mir wurde bewusst, dass ich auf seinem Bett saß. Auf dem Bildschirm des Laptops war immer noch das Cover von *Naughty Teens 17* zu sehen.

»Möchtest du, dass ich was zu essen für dich bestelle?«, fragte er.

Ich sah zu ihm hoch, wie er da stand mit der Speisekarte in der Hand, und plötzlich hatte ich die größte Lust, ihn zu mir aufs Bett zu ziehen. Es war keine gute Idee, das war mir schon klar; aber so reagiere ich immer auf Stress. Ich starrte auf meine Hände.

»Was ist denn mit dir?«, fragte ich. »Bist du nicht hungrig?«

»Ich will nicht für zwei bestellen, jetzt, wo Didi weg ist«, sagte Malloy. »Das sieht verdächtig aus. Ich hab noch was im Kühlschrank. Was Männer eben so dahaben, du weißt schon. Aufschnitt. Tiefkühlzeug. Nichts, was ich einem Gast anbieten würde.«

»Schon gut«, sagte ich. »Ich hab keinen Hunger.«

»Du musst aber mal was essen«, sagte Malloy.

Ich wünschte mir, dass er die Speisekarte weglegte und seine großen schwieligen Hände unter meinen Rock schob. Ich wollte, dass er es mir richtig besorgte, damit ich alles andere vergessen konnte.

Aber ich war noch ziemlich mitgenommen von meinem Rendezvous mit Jesse. Zumindest konnte ich das als Ausrede vorschieben, warum ich Malloy jetzt nicht auf der Stelle anmachte, und ich musste nicht darüber nachdenken, dass ich im Moment alles andere als begehrenswert war. Und es Malloy wahrscheinlich absolut nicht antörnte, wenn ich in diesem Zustand Sex mit ihm haben wollte. Im besten Fall hätte er höchstens Mitleid mit mir.

»Nein danke«, sagte ich stattdessen. »Ich bin in Ordnung.«

Malloy nickte.

»Na dann«, sagte er. »Wenn du es dir später anders überlegst, kannst du dich ja selbst bedienen.«

Ich fragte mich, ob er wirklich noch übers Essen redete.

13

Ich war vollkommen erschöpft, aber trotzdem viel zu aufgekratzt, um zu schlafen. Ich dämmerte auf Malloys Sofa vor mich hin und wurde immer wieder in der Nacht wach. Das geistlose Flackern des Fernsehers kam mit den durcheinanderwirbelnden Bildern in meinem Kopf nicht mit. Da half es auch nicht, dass mein Gesicht offenbar auf jedem Kanal zu sehen war, vor allem in den seichten, reißerischen Nachrichtenshows, aber auch bei den angeblich seriösen Sendern. Selbst das allmächtige CNN zeigte ein paar sorgfältig gekürzte Ausschnitte aus *Double Dare* und Aufnahmen von der AVN-Preisverleihung für den besten Erotikfilm, wo ich an der Seite einer sehr jungen Jenna Jameson zu sehen war. Sie brachten auch eine Menge über die beiden Cops, die offenbar dafür zuständig waren, mich meiner gerechten Strafe zuzuführen. Der eine war schwarz, sah ein bisschen verkopft aus und sagte nicht viel. Der andere war weiß, blond und gut gebaut und wirkte wie ein Schauspieler, der einen Cop mimt. Er war definitiv der Liebling der Reporterinnen.

Was mir aber wirklich an die Nieren ging, war eine kurze Aufnahme von Georgie, Sams Frau, die bleich und wie betäubt aus einem Auto stieg und in ein tristes, offiziell wirkendes Gebäude gedrängt wurde. Die goldige, vollbusige, lebenslustige Georgie, die keiner Fliege etwas zuleide tun konnte und seit ihren Hippiezeiten wirklich aufrichtig daran glaubte, dass man mit Liebe die Welt verändern konnte. Jetzt hatte sie auf die harte Tour erfahren müssen, dass die Gegenseite sehr viel effizienter war. Ich meine jetzt nicht Hass, der ja eher der dunkle Bruder der Liebe ist, sondern die eiskalte, brutale Menschenverachtung.

Sam hatte gesagt, dass der Kerl, der den falschen Dreh organisiert hatte, sich Georgie geschnappt hätte, aber ganz offensichtlich war dem nicht mehr so. Hatte der Typ sie einfach laufen lassen, nachdem er ihren Mann umgelegt hatte? Plötzlich wollte ich unbedingt mit Georgie reden und herausfinden, ob sie wusste, was wirklich passiert war. Doch wahrscheinlich glaubte sie auch, dass ich Sams Mörderin war, und der Gedanke breitete sich wie eine schmerzhafte Leere in meiner Brust aus.

Ich zappte durch die Programme auf der Suche nach einem alten Film ohne Werbung. Irgendetwas Nettes, Unterhaltsames ohne Schießereien. Ich entdeckte ein Musical mit Syd Charisse und drehte den Ton leiser. Dabei versuchte ich, nicht nachzudenken, aber es klappte nicht.

Meine aufkeimenden Gefühle für Malloy konnte ich überhaupt nicht einordnen. Ich wollte ihm eine runterhauen und mit ihm vögeln und weg von ihm und von ihm gerettet werden, alles gleichzeitig. Seine Gegenwart war überall präsent, hier in seiner Wohnung, wo alles so roch wie er. Ich fragte mich, warum er sich so viel Mühe machte, mir zu helfen. Eigentlich kannte er mich doch kaum und schuldete mir auch überhaupt nichts. Ich fragte mich, ob er auf der anderen Seite der Schlafzimmertür schlief oder ob er genauso wach lag wie ich. Ich konnte mich nicht entscheiden, ob ich in sein Schlafzimmer schleichen wollte oder zur Wohnungstür hinaus, deshalb blieb ich mit angezogenen Knien auf dem Sofa sitzen.

Ich wusste nicht, ob ich Malloy wollte, aber eines wusste ich genau. Klar, ich wollte auch Rache und meine Unschuld beweisen, aber mehr als alles andere wollte ich einfach nur nach Hause.

Hätte ich alles wegen einer Überschwemmung oder eines Erdbebens verloren, dann wäre ich zwar traurig gewesen, aber ich hätte irgendwann losgelassen und wieder neu angefangen. Doch alle meine Sachen existierten ja noch. Sie waren alle in meinem Haus, genau wie ich es verlassen hatte. Die Tasse, die ich nicht gespült hatte. Obst vom Markt, das jetzt einfach vergammelte. Das Buch, das ich gerade las. Meine Schmutzwäsche. Mein Vibrator – Scheiße, hatte ich den etwa auf dem Bett liegen lassen oder wieder in die Schublade zurückgelegt? Würden die Cops, die das Haus überwachten, auch meine Blumen gießen?

Aber viel schlimmer war der Gedanke, was überhaupt mit meinem kleinen Haus an der Morrison Street passieren würde, wo ich jetzt auf der Flucht war und wegen Mordes gesucht wurde. Ich hatte noch nie eine Beziehung gehabt, die auch nur einen Bruchteil so lange gehalten hatte wie die Beziehung, die ich zu meinem Haus entwickelt hatte. Es war mein privater Rückzugsort, wo alles genau so war, wie ich es haben wollte. Als ich es gekauft hatte, war es eine billig zusammengeschusterte Bleibe aus den Siebzigern mit einem fusseligen Teppichboden und einem undichten Kamin gewesen. Ich hatte alles herausgerissen, es von Grund auf neu eingerichtet und zu einem Teil von mir gemacht. Nur noch knapp drei Jahre, dann hatte ich auch die Hypotheken komplett abbezahlt. Aber wurde nicht alles Eigentum von den Cops beschlagnahmt, wenn man in eine strafrechtliche Untersuchung verwickelt war? Ich war mir nicht sicher, doch es brachte mich fast um den Verstand, wenn ich daran dachte, dass ich all das Geld und all die Arbeit hineingesteckt hatte, nur damit diese Wichser es mir einfach so wieder wegnehmen konnten. Irgendwie tat das viel mehr weh als das, was Jesse mit mir gemacht hatte.

Als die Sonne endlich aufging, kam Malloy aus dem Schlafzimmer. Er hatte eine graue Jogginghose und ein sauberes weißes T-Shirt an und sah weder müde noch zerknautscht aus oder überhaupt irgendwie so, als wäre er gerade erst aufgewacht. Er sah aus wie immer. Ich dagegen sah bestimmt schrecklich aus, mit völlig platt gedrückten Haaren und verklebten, blau geschlagenen Augen, aus denen ich nur in die Sonne blinzeln konnte. Ich fühlte mich wie ein frittierter Kuhfladen.

»Kaffee?«, fragte er, als er ungerührt in die Küche schlenderte. »Süßstoff hab ich leider nicht.«

»Schwarz ist schon in Ordnung«, sagte ich. »Macht es dir was aus, wenn ich mal schnell dusche?«

»Nur zu«, sagte Malloy mit dem Rücken zu mir, während er den Wassertank der Kaffeemaschine aus einer Wasserflasche auffüllte. »Im Schränkchen links neben dem Waschbecken sind frische Handtücher.«

Malloys Badezimmer war tipptopp sauber und so gut wie leer. Den Blick in den Spiegel vermied ich sorgfältig und konzentrierte mich stattdessen darauf, herumzuschnüffeln. Ein Bad sagt eine Menge über einen Junggesellen aus. XXXTREME-Pflegeartikel, die aus Männern, die sich ihre Männlichkeit beweisen müssen, angeblich Superhengste machen, auf die die Frauen nur so abfahren, gab es hier keine. Das letzte Bad eines Junggesellen, das ich besichtigt hatte, war vollgemüllt gewesen mit Deos, Duschgels und Intimsprays mit Namen wie JACKHAMMER, MAGMA FORCE und BLAST OFF. In Malloys Bad stand neben dem Hahn ein Spender mit antibakterieller Seife auf dem Rand des winzigen Waschbeckens. Sonst nichts. Das Arzneischränkchen enthielt keinerlei Überraschungen. Nirgends fand ich etwas Merkwürdiges, Individuelles oder Amüsantes. Weder Viagra noch Regaine noch Hämorrhoidensalbe. Auch nicht Dicodid, Prozac oder AZT. Es hätte ein Bad in einem Hotel sein können.

Die weißen Fliesen in der Dusche sahen so steril wie in einem OP-Saal aus. Der Edelstahl war blitzblank. Auf einer schmalen, in die Wand eingelassenen Ablage befanden sich eine Flasche Anti-Schuppen-Shampoo und eine schlichte weiße Seifenschale mit einem großen Stück grün-weiß gestreifter Seife der Marke *Irish Spring*, ob man's glaubt oder nicht. Ich hätte nicht mal sagen können, dass diese Seife noch hergestellt wurde.

Ich zog mich aus und drehte das Wasser auf. Während ich

darauf wartete, dass es richtig warm wurde, verlor ich den Kampf gegen den Blick in den Spiegel.

Vermutlich konnte man sagen, dass mein Gesicht verheilte, aber es sah immer noch furchtbar aus. Die Schwellungen waren zurückgegangen, und mein rechtes Auge, das fast völlig zu gewesen war, ließ sich nun öffnen. Die Farbpalette meiner Blutergüsse hatte sich von einem blutunterlaufenen Violett zu etwas dezenteren Tönen Richtung Ocker und Gallegelb verschoben. In der nächsten Zeit würde ich wohl keine Schönheitswettbewerbe gewinnen.

Ich stellte mich unter den heißen Wasserstrahl. Mann, tat das gut. Es war die erste richtige Dusche seit Jesse, und meine Laune verbesserte sich enorm. Als ich fertig war, fühlte ich mich beinahe so, als könnte ich die Wichser fertigmachen, die mir das angetan hatten. Ich fühlte mich wirklich so, als könnte ich es schaffen. Wahrscheinlich war das der *Irish Spring*-Seife zuzuschreiben.

Als ich aus dem Bad trat, stand ein schwarzer Becher mit schwarzem Kaffee für mich auf dem Couchtisch. Malloy saß in der Küche und las Zeitung.

»Hallo«, sagte ich leise, zog das weiße Handtuch fester um mich und nahm den Becher. »Was soll ich anziehen? Das Kleid oder die Jeans?«

Ich weiß nicht, warum ich das fragte. Ich war doch schon groß und konnte mich seit mehr als fünfunddreißig Jahren ohne Malloys Ratschläge anziehen. Und es fiel mir immer noch viel zu leicht, Malloy in der Rolle des väterlichen Helden zu sehen. Da musste ich wirklich aufpassen.

Er sah zu mir hoch, und sein Blick sagte, dass ihm bewusst war, dass ich nur ein Handtuch umgewickelt hatte. Dann starrte er wieder auf die Zeitung. Ich suchte in seiner Miene nach irgendeiner Regung, irgendeiner Reaktion auf meine spärliche Bekleidung. Er verbarg es gut, aber ich konnte sehen, wie er die Kinn- und Schultermuskeln anspannte. Das konnte natürlich alles Mögliche bedeuten, doch ich wollte unbedingt, dass es mein Anblick war, der ihn erregte. Anscheinend brauchte ich eine Art Beweis dafür, dass ich immer noch ein bisschen sexy war, trotz allem. Als mir klar wurde, dass ich es auf eine Reaktion angelegt hatte, fühlte ich mich plötzlich vollkommen erbärmlich, wie ein Junkie, der den Teppich auskämmt auf der Suche nach einem heruntergefallenen Krümel Dope.

»Zieh einfach noch mal die Jeans und das Oberteil von gestern Morgen an«, sagte er und nippte unbewegt an seinem Kaffee, ohne hochzusehen. »Mir fällt da gerade was ein.«

Und so kam es, dass ich als Kerl verkleidet wurde.

14

Malloy fuhr auf den Parkplatz einer heruntergekommenen kleinen Ladenzeile in North Hollywood. Hier gab es einen Händler für gereinigtes Wasser, einen 99-Cent-Laden, ein Restaurant für »*Especialidades Oaxaqueños*« und einen winzigen Frisörsalon. Vor dem stellte Malloy den Wagen ab.

Über der Tür war ein Ladenschild auf Spanisch. Im Schaufenster hing ein bedrohlich wirkendes, eigenartig proportioniertes Bild von zwei Scheren, die hinter etwas schwebten, das wie der körperlose Kopf eines Kindes mit Schnauzer aussah.

»Hältst du das wirklich für eine gute Idee?«, fragte ich und fuhr mir nervös mit der Hand durch die Haare. Malloy hatte darauf bestanden, dass ich meine langen Nägel noch in seiner Wohnung schnitt, und es war ungewohnt, mit den Fingerspitzen die Kopfhaut zu berühren. »Dir ist doch wohl klar, dass ich null wie ein Mann wirke. Höchstens schwanger kann ich mit meiner Figur noch weiblicher aussehen.«

»Es ist eine Superidee«, sagte Malloy und nahm mich beim Arm. »Komm.«

»Die haben zu«, sagte ich und zeigte auf ein handgeschriebenes Schild, auf dem *CERRADO* stand. »Es ist Sonntag, sollten da nicht alle in der Kirche sein?«

»Ich hab vorher angerufen«, sagte Malloy. »Er erwartet uns.«

Der Laden war vermutlich seit 1947 nicht mehr gelüftet worden. Es roch nach Zigaretten, Pomade, Clubman-Rasierpuder und nach dem blauen Zeug, in dem die Kämme keimfei aufbewahrt werden. Der Frisör selbst war ein uralter brauner Gnom mit einem Gesicht wie ein verschrumpelter Apfel und einem glänzenden Kahlkopf. Er hatte eine tadellose weiße *guayabera* mit kurzen Ärmeln an und weiße Shorts, aus denen krumme, dünne Beinchen mit großen, knubbeligen Knien ragten. Ich dachte kurz darüber nach, ob man einem Frisör mit Glatze trauen konnte, aber Malloy fand den Typen offenbar in Ordnung.

»Jarocho schneidet mir seit zwanzig Jahren die Haare«, sagte Malloy und klopfte dem Frisör auf die vornübergebeugte Schulter. »Auf ihn ist Verlass.«

Der Frisör grinste, wobei er strahlend weiße, falsche Beißerchen zeigte. Er ließ einen Schwall Spanisch auf Malloy los. Malloy antwortete, und die beiden quatschten ein paar Minuten lang. Ich hatte keine Ahnung, worüber sie redeten. Ich starrte auf ein großes, verblichenes Werbeplakat für Reisen nach Veracruz und fühlte mich völlig fehl am Platz. Hinten in einer Ecke schnarchte ein noch älterer Kerl auf einem billigen Küchenstuhl leise vor sich hin. Er sah aus wie eine Mumie, aber er hatte einen üppigen schneeweißen Schopf, den er in einer meterhohen Tolle im Stil der Fünfziger trug. Auch diese Frisur hatte sich seit ihrer Erfindung sicher nicht verändert.

Der Frisör beugte sich vor und rieb meine Haare zwischen den Fingern, wobei er den Kopf schüttelte. Ich nahm an, dass er zu Malloy sagte, was es doch für eine Schande wäre, solch schöne Haare abzuschneiden. Als ob ich das nicht wüsste.

»Ich habe ihm erzählt, dass du dich vor deinem prügelnden Freund versteckst«, sagte Malloy. »Er wird sich gut um dich kümmern.«

Ich nickte und spürte wieder die nervöse Aufregung, die ich einfach nicht loswerden konnte.

»Ich geh mal eben in den Secondhandladen über die Straße und besorge dir was zum Anziehen«, sagte Malloy. Ohne auf Antwort zu warten, verschwand er.

Ich schüttelte den Kopf. Nach der ersten Überraschung mit der passenden Jeans wurde ich es langsam leid, dass Malloy meine Einkäufe erledigte.

Der Frisör schob mich auf einen der beiden uralten, mit rotem Plastik bezogenen Frisierstühle und legte mir mit einer ausholenden Geste einen blauen Plastikumhang um die Schultern.

»Sie keine Angst«, sagte er und zwinkerte mir zu.

»Nein«, sagte ich.

Jarocho legte mit der Schere los. Als meine dicken dunklen Locken auf das abgetretene grüne Linoleum fielen, geriet ich einen Augenblick lang in irrationale Panik. Am liebsten hätte ich alles abgeblasen. War ich denn noch nicht hässlich genug? Aber es war schon zu spät. Der Frisör schaltete einen klobigen alten Elektrotrimmer an, der so aussah, als rasierten sie damit Hunde, bevor sie kastriert wurden, und setzte ihn an meinem Hinterkopf an. Bevor ich mich versah, hatte ich denselben Bürstenschnitt wie Malloy. Alle meine sorgfältig im Kirsch-Schoko-Ton gefärbten Locken waren ab; es blieben nur noch halbzentimeterlange graubraun melierte Borsten. Ich war entsetzt, *wie* grau ich schon war.

In diesem Moment kam Malloy mit zwei Plastiktüten zurück. Ich fürchtete mich fast vor dem Inhalt.

Ich glaube, mir hatte so eine Art edler, androgyner Marlene-Dietrich-Hosenanzug vorgeschwebt, aber Malloy hatte andere Vorstellungen.

In der einen Tüte waren mehrere riesige T-Shirts, darunter auch eins von den *Lakers*, und eine lose sitzende Herrenjeans. Ich hatte Malloy nicht erzählt, dass Lia bei ihrem Besuch in meinem Büro ein *Lakers*-T-Shirt getragen hatte. Obwohl meins etwas anders aussah, kam mir der Zufall seltsam vor. Ich entschied mich für eins der anderen T-Shirts.

»Wenn die Leute sich als das andere Geschlecht verkleiden, dann übertreiben sie immer, und das ist der große Fehler«, sagte Malloy. »Überkompensation. Zu mädchenhaft. Zu machomäßig. Wenn du glaubwürdig aussehen willst, musst du es ganz simpel halten. Nichts, was ins Auge sticht.«

Ich fragte mich, ob Malloy sich je als Frau verkleidet hatte. Ich versuchte mir eine komplizierte Ermittlung im Stil eines Ed-Wood-Films vorzustellen, bei der er unbedingt undercover in Angorapullovern unterwegs sein musste. Irgendwie wollte es mir nicht gelingen. Er reichte mir die andere Tüte. Darin waren zwei große elastische Sportbandagen.

»Die eine Bandage bindest du dir um die Brust«, wies Malloy mich an. »Und die andere wickelst du dir um die Taille.«

»Um die Taille?«, fragte ich. »Wozu?«

»Du hast eine sehr schmale Taille«, sagte er. »Die musst du ein bisschen polstern, bis sie etwa den gleichen Umfang hat wie deine Hüften und dein Brustkorb. Damit deine Silhouette weniger weiblich aussieht.« Er warf einen Blick auf meine Füße. »Die Turnschuhe sind okay.«

Die Toilette hatte die Größe eines Wandschranks, doch ich quetschte mich hinein, zog Oberteil und BH aus und machte mich daran, meine beiden Prachtstücke zu bändigen. Es war unangenehm, und ich fing sofort an zu schwitzen. Die andere Bandage wickelte ich um meine Taille, bis meine Figur von den Achseln bis zur Hüfte einer gleichmäßig dicken Wurst ähnelte.

Es war der Höhepunkt weiblicher Unattraktivität. Mir war schon klar, dass ein tolles Aussehen ein Risiko für eine Flüchtige darstellte, aber ich vermisste meinen sexy Look, wie nur ein trockener Säufer die wohlige Betäubung einer allsamstäglichen Sauftour vermissen konnte. Ich war so an die bewundernden Blicke von Männern gewöhnt, dass ich mich ohne diese ständige Bestätigung verloren fühlte. Ich wusste kaum noch, wer ich eigentlich war.

Als ich fertig angezogen war, verließ ich die winzige Toilette und betrachtete in dem großen Wandspiegel den Kerl, zu dem ich mutiert war.

Es war beinahe überzeugend. Die Frisur passte perfekt, die Figur war unter der locker sitzenden Kleidung nicht erkennbar. Die beiden Veilchen und die gebrochene Nase rundeten das Ganze wunderbar ab. Das große Problem waren meine Augenbrauen.

Normalerweise unterwerfe ich mich jeden Monat einer zeitaufwendigen, schmerzvollen Prozedur im ständigen Kampf gegen das haarige Erbe meiner Vorfahren vom Mittelmeer. Ich enthaare meine Oberlippe (damit ich keinen Schnurrbart wie Nonna Vincenza habe) und die Bikinizone (ich bevorzuge den *Playboy*-Stil, keine Vollrasur – das wollten Sie doch wissen, oder nicht?) und behandle regelmäßig auch meine buschigen Augenbrauen, bis sie sich in schmalen, eleganten Bögen schwingen. Sehr feminin sah das aus und absolut nicht nach einem jungen Kerl in zu weiten Klamotten.

»Ich könnte sie mit Kajal dicker stricheln«, sagte ich.

Malloy betrachtete mein Spiegelbild und zuckte mit den Schultern.

»Wir sagen einfach, dass du schwul bist«, meinte er. »Ich gebe dich als meinen Neffen aus, der gerade erst nach L. A. gekommen ist und direkt vor seiner Wohnung von einer Horde Hohlköpfe aufgemischt wurde. Ja – ich habe meiner Schwester versprochen, dass du bei mir wohnen kannst, bis sie die Typen erwischt haben. Und du hast Angst, allein zu sein, und deshalb ziehst du mit mir rum.«

Jarocho sagte auf Spanisch etwas zu Malloy, was sie beide zum Lachen brachte.

»Was hat er gesagt?«, fragte ich. Ich war gereizt und fühlte mich außen vor.

»Er meint, dass er wegen dir schwul werden könnte«, sagte Malloy.

Ich verdrehte die Augen.

»Toll«, sagte ich.

Jarocho grinste breit und drückte mir mit beiden Händen demonstrativ die Daumen.

Als Nächstes stand das Übersetzen des Briefes auf unserem Programm. Malloy gab mir eine Handvoll Bargeld und rief im Anschluss Didi an, während ich in die nächstgelegene Drogerie huschte, um ein paar farbige, rezeptfreie Kontaktlinsen zu kaufen, damit ich meine kaffeebraunen Augen tarnen konnte.

Spontan kaufte ich auch ein Haarfärbeset zum Blondieren. Nur weil ich ein Kerl war, musste ich ja nicht auch noch mit grauen Haaren herumlaufen. Blond war ich so weit es nur ging von meinem normalen Aussehen entfernt, gleichzeitig war es glaubwürdig, dass ein Schwuler in meinem Alter sich die Haare blondierte.

Als die geborene Schauspielerin dachte ich mir sofort weitere Details für meine neue Rolle aus. Vor zehn Jahren war ich wohl ein scharfes Schnittchen gewesen, aber jetzt wurde ich langsam älter und ein wenig fülliger. Vor Kurzem hatte mich mein Freund nach fünf Jahren sitzen lassen, und als Überkompensation blondierte ich mir die Haare. Am Wochenende trat ich in einer Travestieshow unter dem Namen Ivana Mandalay auf, was die mädchenhaften Augenbrauen erklärte. Schon etwas schwieriger war es, mir einen glaubwürdigen echten Namen auszusuchen. Ich wollte nichts, was zu machohaft, zu albern oder zu übertrieben klang. Ich brauchte einen, der nicht außergewöhnlich war, aber den man sich trotzdem gut merken konnte.

»Daniel«, sagte ich zu Malloy, als ich wieder in den Wagen stieg. »So heiße ich jetzt.«

Daniel hatte der erste Typ geheißen, der einen Finger in mich reingesteckt hatte. Danny Zawadski. Er war stämmig und blond gewesen und hatte gestottert, wenn er nervös war. Ich glaube, inzwischen ist er verheiratet und hat ein Restaurant in der Gegend, wo wir früher gewohnt haben. Er ist das absolute Gegenteil einer Tunte.

»Daniel?« Malloy betrachtete mich von Kopf bis Fuß. »Ja, das passt.« Er sah auf die Tüte auf meinem Schoß. »Was hast du denn noch gekauft?«

»Haarfärbemittel«, sagte ich. »Ich finde, ich sollte zu meinen neuen blauen Augen blonde Haare haben.«

»Klar«, sagte Malloy.

Ich fragte mich, ob er sauer war, dass ich von mir aus improvisierte. Keine Ahnung, warum, aber es machte mich total an, von Malloys Drehbuch abzuweichen. Ich verließ mich wirklich viel zu sehr auf ihn. Es war ein gutes Gefühl, wieder eigene Entscheidungen zu treffen.

»Didi hat gesagt, dass diese Rumänin heute bei einem Dreh ist«, sagte Malloy. »Aber wir können sie am Set treffen, wenn sie um drei eine Mittagspause machen. Am besten gehen wir bis dahin wieder zu mir. Du kannst dir dort die Haare färben und die Linsen einsetzen.«

Ich fragte mich, wie viele verschiedene Persönlichkeiten ich wohl noch annehmen musste, bevor ich wieder ganz ich selbst sein durfte.

15

Tabitha Moore filmte für Rawkus. Der Dreh fand in ihrem staubigen, höhlenartigen Studio an der Stagg Avenue statt. Ich hatte nie für Rawkus gedreht, weil sie knauserig waren und weil ich keinen Bock hatte auf ihre gruseligen, frauenfeindlichen und schlicht beleidigenden Streifen. *Dreckige Fickschlampen. Nutten sagen niemals Nein.* Oder ihre beliebteste Serie: *Für Geld macht sie alles.* Ein bisschen wunderte es mich, dass Tabby mit Rawkus drehte, aber sie war mit Abstand das vulgärste Mädchen, das ich kannte. Sie hatte ihren Spaß daran, die Leute zu schockieren, und war bekannt für ihren begeisterten Dirty Talk; selbst Max Hardcore würde dabei das Blut ins Gesicht schießen. Mit ihrer dank Implantaten üppigen Oberweite und ihrer unersättlichen Ausdauer im Bett war Tabby die Königin der durchgeknallten Gonzo-Pornos, und es war ihr scheißegal, ob das jemand moralisch bedenklich fand.

Ich war deshalb absolut nicht überrascht, als sie gerade eine Gangbang-Szene drehten. Das Set war eine schnell zusammengenagelte Umkleidekabine, und ein paar von den Jungs trugen unterschiedliche Teamtrikots und Einzelteile, die wild zusammengewürfelt waren aus Klamotten für völlig unterschiedliche Sportarten. Von Tabby konnte ich in dem wogenden Durcheinander von Männerkörpern nur ab und zu ein Stück erspähen, sie schien halb bekleidet mit einer zerrissenen Cheerleaderuniform. Mir fiel Malloys Bemerkung vom letzten Abend wieder ein, die über *Teenage Nympho Cheerleaders* und Vergewaltigung. Trotz des Cheerleaderkostüms würde niemand Tabby für einen Teenager halten. Sie war seit sieben Jahren im Geschäft, und ein Jahr in der Pornobranche entspricht einem Hundejahr. Die Mädchen altern viel schneller, als wenn sie normale Leben führen würden. Tabby war erst vierundzwanzig, aber sie hatte so oft unter dem Messer des Schönheitschirurgen gelegen, dass selbst eine doppelt so alte Beverly-Hills-Schönheit, die Profi in Sachen Scheidung war, nicht mithalten konnte. Zudem war Tabby ein legendäres Partygirl und warf immer massenweise Pillen ein. Jedes Mal, wenn sich ihr Vorrat an Schmerzmitteln dem Ende zuneigte, vereinbarte sie einfach einen Termin für die nächste OP. Doch abgesehen davon war sie wirklich in Ordnung. Ich würde sie vielleicht nicht als absolut vertrauenswürdig bezeichnen, aber sie war die beste Rumänin, die wir im Moment auftreiben konnten.

Etwa fünf Kerle kümmerten sich gerade um die entsprechenden Teile von Tabbys Anatomie, während sechs oder sieben um sie herumstanden, ihre besten Stücke in Form hielten und auf ihren Einsatz warteten. Auf Fremde wirkt es wahrscheinlich komisch, aber bei der Arbeit im Pornogeschäft gewöhnt man sich sehr schnell daran, Typen wichsen zu sehen. Als ich noch ganz neu war, musste ich dauernd hinstarren. Es erregte mich auf eine irgendwie unanständige, schwer erklärbare Weise, dass ich etwas mitbekam, das doch ein kleines, beschämendes Geheimnis sein sollte und hier so offen und lässig gehandhabt wurde. Mich faszinierten die unterschiedlichen Techniken und die kleinen individuellen Ticks, die jeder Typ hatte, um zu kommen. Aber die Faszination hielt nicht lange an. Beim fünften oder sechsten Film fiel es mir schon kaum noch auf, solange der Dreh nicht unterbrochen wurde, weil wir auf einen Ständer warten mussten. Erfahrene Cops und Notärzte geraten beim Anblick von klaffenden Brustwunden oder verwesten Babys nicht aus der Fassung. Pornoprofis zucken nicht einmal mit der Wimper, wenn da sechs Kerle herumstehen und ihre Latte oben halten.

Malloy war erst seit zwei Monaten dabei, und ganz offensichtlich hatte er sich noch nicht daran gewöhnt. Wir standen in der Kulisse und warteten darauf, dass für die Mittagspause unterbrochen wurde. Seine Körperhaltung verriet mir, dass er sich bei dem ganzen Rumgewichse ziemlich unbehaglich fühlte. Viele Kerle stellen sich vor, dass so ein Besuch auf einem Pornoset eine supergeile Erfahrung ist. Ich kann ihnen nur raten, sich die Mühe zu sparen. Außer wenn sie darauf stehen, anderen Typen beim Wichsen zuzusehen.

Malloy drehte der Action und mir den Rücken zu und ging leise hinüber zum Regisseur. Der Typ war noch jung, sein großer Schädel war kahl rasiert, und sein faltiges, kinnloses Gesicht sah aus wie ein lang gestreckter Fötus. Er schien überhaupt nicht darauf zu achten, was auf dem Set vor sich ging. Mit mürrischer Miene saß er allein über den Monitor gebeugt und kratzte an einem großen Grind auf seinem Handrücken.

Der Kameramann schmiss den Laden. Er war mittleren Alters, mit Bierbauch und einem fettigen kurzen Pferdeschwanz, der unter einer verkehrt herum aufgesetzten Baseballkappe hervorlugte. Er schwitzte ausgiebig, während er den Fleischhaufen wie eine besoffene Schmeißfliege umkreiste. Mit feuchter, nasaler Stimme wiederholte er unentwegt, wie klasse doch alles sei.

»Tito«, sagte er, »pack ihre Haare. Klasse. Macht weiter so. Tabby, kannst du mal dein linkes Bein ein bisschen höher heben? Klasse. Macht weiter so. Nick, lös mal Drew ab. Klasse. Macht weiter so.«

Mir tat die Cutterin leid, die all dieses Audio herausschneiden musste. Mir tat auch Tabby leid, die sich hundertzehnprozentig einsetzte. Ihr herrlich schmutziger, kreativer Dialog würde im Endprodukt wahrscheinlich mit öder Konservenmusik übertüncht werden, nur weil dieses Arschloch von Kameramann nicht die Klappe halten konnte.

Ich fuhr zusammen, als mich von links ein Mann mit sehr tiefer Stimme ansprach.

»Hallo.«

Ich drehte mich um und erkannte Dick Dallas. Er hatte seinen ersten Auftritt gehabt, als ich gerade am Aussteigen gewesen war, deshalb hatten wir nie zusammengearbeitet. Aber wir hatten eine Menge gemeinsame Bekannte. Er war massiger als je zuvor, ein einziges Muskelpaket. Sein Gesicht, das früher einmal wirklich hübsch gewesen war, wurde allmählich faltig und zerfurcht durch den übermäßigen Gebrauch von Steroiden und Wachstumshormonen. Seine ledrige Haut war tiefbraun gebrannt, wie Barbecuesoße, und seine Haare waren stumpfschwarz gefärbt. Es sah so aus, als hätte er Haarimplantate, aber ich wollte lieber nicht so genau hinsehen. Er hatte nichts weiter an als Turnschuhe und freute sich augenscheinlich unheimlich, mich zu sehen. Doch ich bildete mir nicht ein, dass sein Ständer irgendetwas mit mir zu tun hatte. Ich wusste, dass es nur vom Caverject kam. Ich hielt den Atem an und wartete darauf, dass er mich erkannte. Erstaunlicherweise tat er es nicht.

»Alles in Ordnung?«, fragte er stattdessen.

Das hatte ich nun überhaupt nicht erwartet. Die aufrichtige Sorge in seinem Gesicht und seiner Stimme erschien mir beinahe komisch. Sie passte nicht zu diesem massigen, breitschultrigen Mann, der nackt mit einer Latte vor mir stand.

»Mir geht's gut«, sagte ich und versuchte so tief wie möglich zu sprechen.

»Hat er dich so zugerichtet?«, fragte Dick und runzelte die Stirn, während er mit dem Kinn auf Malloy deutete.

»Oh«, sagte ich. »Äh ... nein.« Ich fahndete in meinem Gedächtnis nach meiner Geschichte. »Ein paar Typen haben mich vor meiner Wohnung zusammengeschlagen, deshalb wohne ich bei meinem Onkel. Bis sie die Ärsche erwischt haben. Mein Onkel ist nämlich mal ein Cop gewesen. Ich wollte irgendwie nicht allein sein, weißt du ...«

»Was für 'ne Scheiße«, sagte Dick und schüttelte seinen

Quadratschädel. »Mich greifen solche feigen Schweine erst gar nicht an. Stattdessen rotten sie sich zusammen und stürzen sich auf so einen Jungen wie dich. Die müssen sich wohl beweisen, dass sie harte Kerle sind. Pisser.« Er legte mir eine Hand auf die Schulter und schmierte dabei mein T-Shirt mit fettiger Gleitcreme voll. »Wie heißt du?«

»Daniel«, sagte ich, sah zu Boden und wich der riesigen, wippenden Erektion aus, die sich in meine Nieren bohren wollte. Dick Dallas war nie eine große Leuchte gewesen, aber ich konnte es einfach nicht fassen, dass er mich nicht erkannte.

»Also, Daniel, ich sag dir mal was«, erwiderte er. »Wenn du mal jemanden brauchst zum Reden oder wenn du dich ausheulen willst …«

»Dick!«, schrie der Kameramann. »Wir warten auf dich.«

»Sofort«, rief Dick zurück. Er drehte sich wieder zu mir um, zuckte die Schultern, als wollte er sagen: *Ist halt 'n Job*, bildete dann mit Zeigefinger und Daumen eine Pistole und richtete sie auf mich. »Bis später dann.«

Sobald er mir seinen breiten Rücken zukehrte, brach ich hinter vorgehaltener Hand in ein lautloses, unterdrücktes Kichern aus. Mein erster Tag als Schwuler, und schon war ich angebaggert worden. Natürlich vögelte Dick Dallas immer alles, was nicht bei drei auf den Bäumen war. Trotzdem musste ich zugeben, dass es sich gut anfühlte, begehrt zu werden, wieder attraktiv zu sein. Jesse war der Letzte gewesen, der mich sexy gefunden hatte.

Der Dreh ging noch ein paar Runden. Unter meiner Bandage juckte es, und ich fühlte mich unwohl damit, und der beunruhigend vertraute Geruch von Sex, Schweiß, süßlichem Deo und billiger Gleitcreme in der Backofenhitze der Scheinwerfer in einer alten, staubigen Lagerhalle erinnerte mich nur allzu deutlich daran, warum ich überhaupt nicht mehr vor der Kamera hatte stehen wollen.

»Also, Kinder«, sagte der Kameramann. »Abspritzen. Wer ist so weit?«

Natürlich war es Dick Dallas, der die Meute anführte.

»Kommt schon, ihr geilen Böcke! Ich will schmecken euren ganzen Saft in meinem Gesicht!«, schrie Tabby in ihrer einzigartigen, unamerikanischen Grammatik, die mich immer zum Grinsen brachte.

Einer nach dem anderen traten die Typen vor und verdienten sich ihre Gage. Ein paar Nachzügler hielten die Sache auf, weil sie länger als die anderen brauchten, um zu kommen, aber irgendwann hatte auch der Letzte seinen Job erledigt, und der Kameramann zoomte in Tabbys weit aufgerissenen Mund hinein.

»... und Schnitt!«, sagte er. »Klasse. Mittagspause.«

»Aber ich bin doch schon satt!«, sagte Tabby, schmatzte und klopfte sich auf den Bauch.

»Du bist doch nie satt«, sagte einer der Typen.

»Ach, du kennst zu gut mich«, antwortete sie.

Malloy ging zu ihr und sprach leise mit ihr, während sie unbefangen mit einem bunten Strandtuch zwischen ihren Beinen herumwischte. Sie nickte, ging dann nach hinten und winkte Malloy, ihr zu folgen. Malloy machte eine Handbewegung, dass ich mitkommen sollte. Inzwischen umkreiste mich Dick wie ein hungriger Hai, daher drängte ich mich schnell an Malloys Seite.

»Wie sieht's aus?«, fragte ich.

»Sie macht's«, antwortete Malloy. »Sie übersetzt uns den Brief.«

Wir folgten Tabby in das große Badezimmer. Sie scheuchte uns hinein und schloss hinter uns ab.

»Wer ist denn dein kleiner Freund?«, fragte sie und betrachtete mich von Kopf bis Fuß, während sie die spermaverspritzten Reste ihres Cheerleaderkostüms auszog.

»Mein Neffe«, sagte Malloy. »Er ist von ein paar Kerlen aufgemischt worden, deshalb wohnt er jetzt eine Weile bei mir. Er ist in Ordnung.«

Wieder wartete ich bange Sekunden voller Herzklopfen, ob sie mich erkennen würde. Tabbys blitzblauer Blick ruhte einen ewigen Moment lang auf meinem Gesicht, doch dann drehte sie sich wieder ihrem Spiegelbild zu und fuhr sich durch die verschmierten roten Haarverlängerungen.

»Das ist schrecklich«, sagte sie und zog die falschen Wimpern ab. »Na, dann zeig mir mal den Brief.«

Malloy gab ihr den Faxausdruck, und sie setzte sich damit auf die Toilette und pinkelte vor unseren Augen, während sie beim Lesen mit zusammengezogenen Brauen die aufgeworfenen Lippen bewegte. Malloy war ihr Verhalten offensichtlich unbehaglich, er trat einen Schritt zurück und warf mir einen fragenden Blick zu. Ich grinste nur. Tabby musste man einfach lieben. Die Frau kannte überhaupt kein Schamgefühl.

»Okay«, sagte sie und verzog das Gesicht, als sie sich abwischte. »Du willst, dass ich aufschreibe, was da steht?«

»Das wär super«, sagte Malloy, riss eine Seite aus seinem Notizbuch und gab ihr einen Stift. »Danke.«

»Ich helfe gern Didi«, sagte Tabby. Sie nahm den Stift, stand auf und betätigte die Spülung. »Ich glaube nichts von diesem Scheiß. Angel Dare ist keine Mörderin. Sie hat nicht das Zeug dazu, das weiß ich. Aber ich, ich kann einfach so jemanden umlegen.« Sie schnippte ihre Finger mit den glitzernden Nägeln. »Mir kommt jemand falsch, dann zahle ich es ihm doppelt heim. So läuft es da, wo ich herkomme. Aber ich kenne Angel Dare, sie hat ein gutes Herz. Vielleicht zickt sie mit Produzenten, die ihre Models nicht gut behandeln. Oder macht nervige, eifersüchtige Freunde fertig, die die Mädchen kontrollieren wollen. Aber im Inneren ist sie guter Mensch. Und du, Süßer, bist ein guter Mann, weil du ihr hilfst.«

Ich sah weg, und mein Blick fiel auf mein eigenes Spiegelbild. Dieser Fremde im Spiegel. War ich wirklich ein guter Mensch? Ich wollte Jesse und seinen Boss umbringen, aber vielleicht hatte Tabby recht. Vielleicht hatte ich wirklich nicht das Zeug dazu.

Tabby beugte sich über die Toilette und drückte das Papier gegen den Spülkasten. Ihre riesigen Silikontitten wackelten, während sie schrieb, und unter ihren Achseln war die Haut zerknittert wie eine billige Plastikmülltüte. Malloy stellte sich neben mich und wandte den Blick ab von Tabbys Hochleistungsarsch. Ich betrachtete den Haufen Schminkutensilien, der auf der Ablage neben dem Waschbecken verstreut lag. Ich wusste selbst nicht, warum, aber meine Hand legte sich auf einen hochglänzenden roten Lippenstift, und als niemand hinsah, steckte ich ihn schnell ein.

»Okay«, verkündete Tabby, richtete sich auf und gab Malloy den Zettel. »Das war's.«

»Danke«, sagte Malloy und überflog ihre Übersetzung.

»Gern geschehen, Kleiner«, antwortete sie. »Aber dieser Brief. Das ist sehr traurig, was dieses Mädchen schreibt. Sehr schlimm, aber es überrascht mich auch nicht, das muss ich sagen. Solche schrecklichen Dinge passieren oft ausländischen Mädchen. Aber was hat der Brief mit Angel zu tun?«

»Das will ich ja gerade herausfinden.« Malloy faltete die Übersetzung und das Original zusammen und steckte sie in die Brusttasche seines Jacketts. »Noch eine Frage: Kennst du das Mädchen, das diesen Brief geschrieben hat? Eine Rumänin, nennt sich Kimberly oder vielleicht auch Lia? Sie hat bei der Serie *Naughty Teens* mitgemacht.«

»Ich hatte eine Tante Lia«, sagte Tabby. »Aber sie war eine fette, fromme Frau mit acht Kindern und mehr Haare an Kinn als ich an der Muschi.« Sie drehte das heiße Wasser in der Dusche auf. »Ich glaube, von *Naughty Teens* habe ich mal gehört. Amateurzeug, stimmt's? Ich werde nicht mehr für Amateurdrehs engagiert.« Sie grinste und wog ihre Implantate in den Händen. »Aus zwei guten, großen Gründen.«

»Na gut«, sagte Malloy. »Danke für deine Hilfe. Und behalt das bitte alles für dich, ja? Zumindest, bis ich Angel gefunden habe und diese ganze Scheiße vorbei ist.«

»Das verspreche ich dir«, sagte Tabby. »Ich hoffe, du findest die Arschlöcher, die Angel das angetan haben.«

Etwa eine Stunde später saßen Malloy und ich in einer Nische bei *Bob's Big Boy* am Riverside Drive in Burbank. Ich war müde und schlecht gelaunt, und ich musste pinkeln. Pinkeln war früher eigentlich nie ein Thema gewesen. Jetzt war es ein Riesenproblem. Ich konnte nicht zu den Frauen und wollte nicht zu den Männern, deshalb saß ich einfach nur da und hielt es zurück. Ich war diese ganze Sache ziemlich leid, und im Moment war kein Ende abzusehen.

Malloy aß einen Hamburger. Während ich die restlichen Obststücke auf meinem Teller herumschob, versuchte ich mich auf Tabbys Übersetzung von Lias Brief zu konzentrieren.

Liebe Lenuta,
erinnerst Du Dich an mich, Lia Albu aus Waisenhaus der heiligen Agnes für Mädchen? Ich stecke in schrecklichen Schwierigkeiten wegen böser Männer. Sie haben mich als Kindermädchen hierher gebracht und nahmen mir den Pass weg. Sie zwangen mich als Prostituierte zu arbeiten und zu Porno, um das Ticket zurückzahlen, aber sie sagten, sie hatten so viele Ausgaben, dass ich kein Geld bekam. Sie haben mich nicht in Ruhe gelassen. Sie haben mich geschlagen und mir Drogen gegeben, aber ich war schlauer als sie. Einem Mann namens Vukasin habe ich vorgespielt, dass ich seine Freundin war, dann habe ich Geld gestohlen und bin weg. Aber jetzt brauche ich deine Hilfe, bitte, nicht für mich, sondern für meine Schwester Ana. Erinnerst Du Dich an die kleine Ana? Bevor ich mit dem Geld weglief, fand ich heraus, dass die bösen Männer sie auch holen, am Ende dieses Monats, am 27. Ich habe Anas Namen auf einer Liste gesehen, und ich weiß, sie haben Ana angelogen, wie sie mich angelogen haben. Bitte triff mich in der Imbissabteilung vom Fashion-Square-Einkaufszentrum in Sherman Oaks um zwölf am Montag. Ich kann nichts tun, aber ich gebe dir Geld, damit du Ana und fünf andere Mädchen kaufst, damit sie nicht in dieser Hölle leben müssen wie ich. Wenn ich zur Polizei gehe, hauen die bösen Männer ab und nehmen Ana mit. Es geht nur so. Bitte, Lenuta. Ich kann niemandem vertrauen, nur Dir.
Lia

Ich legte den Brief zur Seite und spießte mit der Gabel ein blutleer wirkendes Stück Wassermelone auf. Ich betrachtete es von allen Seiten und legte es dann ungegessen wieder zurück. Einen Moment lang fragte ich mich, warum ich diesen miserablen Obstsalat überhaupt bestellt hatte. Ehrlich gesagt, war ich nicht mehr besonders motiviert, auf meine Linie zu achten. Nicht nach allem, was passiert war und was mir noch bevorstand. Was kümmerte es mich, ob mein Hintern zu fett war, wenn ich ihn nur aus dem Knast 'raushalten konnte.

»Was weißt du über Zandoras Vorgeschichte?«, fragte Malloy, den Mund voll Hamburger.

»Sie ist eine Versandhausbraut und hat einen älteren Amerikaner geheiratet, als sie gerade mal achtzehn war«, erzählte ich. »Das wird dich jetzt wahnsinnig schockieren, aber sie hat den Typen gar nicht geliebt. Sie wollte nur raus aus Bukarest und ins sonnige Südkalifornien.«

»Schockierend«, stimmte Malloy mir zu, nahm einen Schluck Kaffee und schüttelte den Kopf.

»Als sie dann hier war, blieb sie so lange verheiratet, bis sie eingebürgert war. Dann hat sie sich gedacht, dass sie den langweiligen alten Knacker am besten loswird, wenn sie ins Pornogeschäft einsteigt. Erstaunlicherweise hat der Typ länger mitgespielt, als wir alle gedacht hatten. Er dachte wahrscheinlich, sie würde irgendwann genug haben. Hatte sie nicht, und irgendwann war er es leid. Sie bekam ihre Scheidung, und er bekam eine neue Frau aus einem anderen Land. Dass sie eine Waise ist, hat sie nie erwähnt, aber sie hat auch nie über ihre Familie geredet.« Ich zuckte mit den Schultern. »Warum auch? Ich bin kein Waisenkind, und ich rede auch nie über meine Familie.«

»Warum nicht?«, fragte Malloy. »Kommst du mit deinen Leuten nicht aus?«

»Gelinde gesagt, nein«, meinte ich.

»Wegen der Pornos?«, fragte Malloy.

Ich zuckte die Schultern.

»Nö«, sagte ich. »Das heißt, schon auch, aber es hat lange

davor angefangen. Ich hab mir damals gedacht, wenn mich sowieso alle Welt für die Hure von Babylon hält …«, ich nahm einen Schluck von meinem grässlich wässrigen Kaffee, »… dann kann ich mich auch dafür bezahlen lassen.«

Malloy wartete ab, ob ich weitererzählen würde. Ich tat's nicht. Ich war noch nicht so weit, dass ich diese Pandorabüchse für ihn oder sonst wen öffnen wollte. Es war alles schon so lange her, und außerdem konnte man einem Mann nicht erklären, wie es sich anfühlt, in der ganzen Nachbarschaft als Flittchen verschrien zu sein, als das Mädchen mit dem schlechten Ruf, das den Jungs Sachen erlaubt und dafür nicht mal einen Ring von ihnen will.

Die Mädchen zu Hause konnten es nicht leiden, dass ich anders war. Bevor ich Titten hatte, war ich einfach nur eine Außenseiterin gewesen. Eine ausgestoßene Störenfriedin, die gern Bücher las, sich mit Begeisterung Horrorfilme ansah und glaubte, Maria und Jesus und all die Heiligen waren nur deshalb erfunden worden, damit wir in der Schule brav waren. Sie spielten mir Streiche und machten sich über mich lustig, aber sie dachten nicht weiter über mich nach. Aber als die Hormone ins Spiel kamen, wurde ich eine ernsthafte Bedrohung. Es ging nicht so sehr darum, dass ich Sex gern mochte, sondern darum, dass ich Sex nicht als Tauschware benutzte. Ich wollte dafür kein Haus und keine Horde Kinder, ich mochte Sex tatsächlich einfach so, weil er toll war. Deswegen konnten mich die Mädchen alle nicht ausstehen. Die Jungs hingegen mochten mich sehr. Das heißt, sie mochten mich, bis die Realität zuschlug und sie mich gegen ein vernünftigeres, ehetauglicheres Modell eintauschten.

Ich wollte aber nie die Ehefrau von irgendeinem Typen werden. Meine eigene Mutter hatte ihre Verbitterung in Badewannen voll billigem Rotwein ertränkt und sich selbst dabei zu einem Nichts verkümmern lassen, während sie jeden verdammten Abend allein in der Küche saß. Ich wollte nicht so werden wie sie. Meine ältere Schwester Denise war von einer lebenslustigen, intelligenten jungen Frau, die reisen und

Opernsängerin werden wollte, zu einer erschöpften, fetten und zänkischen Mutter geworden, deren gesamte Welt nur aus Windeln und dreckigem Geschirr und Wäsche bestand, während ihr Mann die halbe Nacht unterwegs war und Mädchen wie mich vögelte. Die Frauen meiner Brüder, meine wenigen Freundinnen und die vielen Feindinnen von der Schule – eine nach der anderen blieben die Frauen um mich herum in einem Morast aus Mutterschaft, Schulden und Verantwortung stecken. Die Jungs arbeiteten in langweiligen Jobs, und die Mädchen zogen ihre Babys auf und warteten darauf, dass ihre Männer aus der Kneipe nach Hause kamen. Wie die Opfer in einem Slasher-Film sanken sie alle dahin, bis nur noch ich und meine beste Freundin Stacy Cooney übrig waren.

In der Schule galten Stacy und ich als die beiden größten Flittchen. Wie es Ausgestoßenen so oft geht, verbündeten wir beide uns sofort. Sie war rothaarig, ein zierliches Ding mit Sommersprossen, winzigen Titten und einer großen Klappe. Anders als ich war sie eine richtige Säuferin mit einer langen Ahnenreihe von irischen Trinkern. An einem fröhlichen Abend steckte sie mehr Schnaps weg als viele Typen, die doppelt so groß waren wie sie. Von den Spitzen ihrer auftoupierten Mähne roter irischer Locken bis zur Sohle ihrer hochhackigen Stiefeletten gemessen, war sie so groß wie ich, etwa eins siebzig. Barfuß frisch aus der Dusche war sie nur noch eins fünfzig. Sie wog höchstens fünfundvierzig Kilo. Und sie war meine Komplizin; das erste Mädchen, das ich je geküsst habe. Sie sagte immer, dass sie überallhin abhauen würde, wenn ich am Steuer des Fluchtwagens säße. Im letzten Schuljahr und die zwei Jahre danach waren wir wie siamesische Zwillinge. Stacy und ich, wir hatten schon wilde Zeiten erlebt. Stacy mochte Jungs aus Bands, und es gab in ganz Illinois keinen Veranstaltungsort, an den sie nicht backstage gekommen wäre. Es war ihre Idee gewesen, sich an eine Band aus L. A. zu hängen und nach Hollywood zu gehen, um Sexfilme zu drehen. Zu zweit wollten wir mit Rockstars am Sunset Strip auf Partys gehen, uns die gleichen Kabrios kaufen und nie wieder Wintermäntel tragen, die unsere sexy Klamotten verdeckten. Wir hatten alles genau geplant. Im Juni sollte eine Band aus Los Angeles bei uns auftreten. Wir wollten jede nur eine Tasche mitnehmen, alles Ersparte und unsere schönsten hochhackigen Stiefeletten. Es sollte ein tolles Abenteuer werden. Und dann wurde Stacy schwanger.

Sie hatte keine Ahnung, wer der Vater war. Und auch wenn sie immer fröhlich gesündigt hatte, so fürchtete sie sich ernsthaft davor, wegen einer Abtreibung in die Hölle zu kommen. Keine Woche nach dem positiven Schwangerschaftstest hatte sie irgendeinen Trottel gefunden, der sie heiraten und sich um das Kind kümmern würde. Unsere albernen Träume zählten nicht mehr, weil sie doch jetzt an das Baby denken musste. Als sie mir sagte, dass wir wohl besser nicht mehr zusammen rumhängen sollten, verletzte mich ihr resignierter Gesichtsausdruck mehr als jeder Typ, der mich je hatte sitzen lassen.

Ich hatte meinen Kram schon gepackt. Ich musste da raus, bevor ich auch noch auf den schwachsinnigen Gedanken kam, schwanger zu werden und in dem Morast stecken zu bleiben.

Ich ging allein zu dem Konzert und schaffte es, backstage zu kommen. Ich verschoss mein gesamtes Pulver auf den gut aussehenden Sänger, und er schluckte den Köder, obwohl er den Haken durchaus sah. Er war gut im Bett und so großzügig, dass ich mit der Band zurück nach Los Angeles reisen konnte. Natürlich nenne ich jetzt keine Namen, aber diese Band wurde später megaberühmt, dann verhöhnt und verspottet und dann wieder berühmt. Der Sänger und ich blieben in Verbindung; wir sind immer noch gute Freunde. Von Stacy dagegen habe ich nichts mehr gehört seit dem Tag, als sie mir sagte, dass wir nicht mehr zusammen rumhängen sollten. Wenn ich es mir so überlege, dann müsste ihr positiver Schwangerschaftstest inzwischen alt genug sein, um selbst Pornos zu drehen.

»Bist du fertig?«, fragte Malloy und holte mich sanft wieder in die Gegenwart zurück.

Ich starrte auf die Reste meines Obstsalats.

»Ja«, sagte ich.

»Okay«, sagte Malloy, zog die Brieftasche heraus und gab der Kellnerin ein Zeichen.

Das erinnerte mich an etwas, das ich tun wollte, seit ich in Ulkas Verlies aufgewacht war. Etwas, das mich ein winziges bisschen unabhängiger von Malloy machen würde. Das mich wieder ein bisschen mehr zu mir selbst machen würde.

Seit dem Erdbeben 1994 hatte ich an der Ecke Haskell und Roscoe Street gegenüber der Budweiser-Brauerei einen Lagerraum gemietet. Ich hatte mein Haus gerade ein Jahr davor gekauft, und glücklicherweise waren größere Schäden ausgeblieben, aber das Erdbeben hatte mir einen ziemlichen Schrecken eingejagt. Daher auch der Lagerraum. Es war ein geheimer Hort für Notfälle, von dem niemand außer mir etwas wusste. Während Malloy in der Nähe einkaufte, ging ich zu meinem Lager.

Nie im Leben hätte ich damit gerechnet, dass mir so etwas wie jetzt je passieren würde, aber mir war immer klar gewesen, dass der Lagerraum ein absolutes Geheimnis bleiben musste. Deshalb hatte ich ihn unter falschem Namen gemietet. Das war noch zu einer Zeit gewesen, wo das problemlos möglich war, vor den ganzen Veränderungen, die der 11. September nach sich gezogen hatte. Ich zahlte die Miete jährlich in bar und machte nie Ärger. Die Tür war mit einem dicken Zahlenschloss abgesperrt, es gab keinen Schlüssel, den ich verlieren oder der mir geklaut werden konnte. Ich war für alle Fälle vorbereitet.

In meinem Lagerraum befand sich Kram, wie man ihn in Lagerräumen erwartet. Ein paar Kartons, Bücher, eine alte Lampe. Ein Trio altmodischer Hüte. Ein klobiger Spielzeugroboter, der früher einmal geblinkt hatte. Ein hässlicher Sessel mit Blumenmuster. Nichts, was jemanden bei einem oberflächlichen Blick ins Lager aufmerksam werden ließ. Nichts, was einen Einbruch gelohnt hätte. Aber die Kartons, auf denen mit rotem Edding Hinweise wie »elektr. Lockenwickler«, »Küche« oder »Fotos« standen, enthielten in Wahrheit Wasser in Flaschen, Fertiggerichte aus Armeebeständen, ein Schweizer Taschenmesser, eine Taschenlampe, Batterien auf Vorrat, einen Erste-Hilfe-Kasten und mehrere Rollen Toilettenpapier.

Wenn man sich wirklich in den hässlichen Sessel setzte, würde man ihn extrem unbequem finden. Das klumpige Sitzkissen hatte einen Bezug, den man zum Waschen abnehmen konnte. Der Reißverschluss war verrostet und klemmte, aber wenn man ihn aufbekam, entdeckte man außer der gelben Schaumstofffüllung mehrere andere Dinge. Als Erstes ein Bündel in Frischhaltefolie eingewickeltes Bargeld, alles zusammen zwei Riesen. Genug, um über eine Notsituation zu kommen, falls kein Bankautomat erreichbar war, aber nicht so viel, dass der Verlust mich empfindlich treffen könnte, falls doch einmal etwas mit dem Lagerraum schiefging. Grub man noch tiefer in dem Bezug herum, stieß man auf etwas, das erst nach dem 11. September dazugekommen war: eine zerkratzte alte Smith & Wesson Kaliber .40, die bei Weitem nicht so schön war wie meine gestohlene SIG. Ich wusste nichts über die Waffe, außer dass ein nicht vorzeigbarer Bekannter mir versichert hatte, dass man sie nicht zurückverfolgen konnte. Ich hatte noch nie damit geschossen. Ich reinigte und ölte sie, wenn ich vorbeikam, um Wasser, Batterien und Essen zu erneuern, aber in meiner Vorstellung war sie einfach nur ein Talisman in meinem Notfallvorrat. Als ich mir die Waffe besorgte, hatte ich an Erdbeben, Unruhen, Terroristen gedacht. Nicht in einer Million Jahre wäre ich darauf gekommen, dass ich mit dieser Pistole einmal einen Mord planen würde.

Denn wenn man es sich genau überlegte, dann lief doch alles darauf hinaus, oder? Ich meine, natürlich spielte ich bei Malloys Nachforschungen à la Miss Marple brav mit, schnüffelte mit ihm herum und suchte die Puzzleteile zusammen, um herauszukriegen, was eigentlich los war. Aber in Wirklichkeit wartete ich nur ab, bis der Tag der Abrechnung gekommen war. Ich wollte Jesse oder seinem Boss gegenübertreten und sie für das bezahlen lassen, was sie mir angetan hatten. Und darauf wollte ich vorbereitet sein.

Ich zog die Schachtel Munition heraus, die ich ebenfalls in dem Sitzkissen versteckt hatte, und lud sie sorgfältig in das ungewohnte Magazin. Mit der geladenen Waffe in der Tasche oder im Hosenbund, wo Gangster im Fernsehen ihre Knarren immer stecken haben, fühlte ich mich nicht wohl. Deshalb fischte ich aus einer Ecke der Kiste einen Nylonumhängebeutel und steckte Pistole, Munition und Bargeld in die Innentasche mit dem Reißverschluss.

Als ich mich zum Gehen wandte, sah ich mich noch einmal um. Der ganze staubige Kram war eigentlich nur nutzloser Müll, den ich in Secondhandläden gekauft hatte, um den wahren Zweck des Lagerraums zu tarnen. Doch im Moment war das mein einziger Besitz, zu dem ich ungehindert Zugang hatte. Mit einem dumpfen Gefühl in der Magengrube hob ich den kleinen Roboter auf. Er war alt, aber nicht alt genug, um ein Sammlerstück zu sein. Nur ein billiges Plastikding aus Korea mit einem rechteckigen Körper und eckigen Stummelärmchen und -beinchen. Die bunten Leuchten in seiner Brust waren dunkel und nutzlos, und der glänzende Silberlack auf dem grauen Plastik blätterte an den Gelenken ab. Ich erinnerte mich, dass ich den Roboter im Laden der Heilsarmee für einen Dollar erstanden hatte. Jetzt war dieser kaputte Roboter, den irgendein Kind nicht mehr wollte, so ziemlich das Einzige, was mir noch geblieben war. Bevor ich noch länger darüber nachdenken konnte, stopfte ich ihn in den Umhängebeutel und verließ den Lagerraum. Malloy erzählte ich nichts von dem Roboter. Von der Knarre auch nicht.

16

Als Nächstes stand etwas an, vor dem ich mich aus den unterschiedlichsten Gründen fürchtete. Malloy und ich diskutierten ausführlich darüber, wie wir uns das Überwachungsband aus meinem Bürogebäude an der Vesper Avenue besorgen könnten. Schließlich kamen wir zu dem Schluss, dass ich mich nicht aus der Sache heraushalten konnte. Malloy kannte zwar fast alle Mädchen von *Daring Angels*, aber eben nur fast alle. Ich war die Einzige, die all die Leute auf dem Band identifizieren konnte, die in den sieben Stunden zwischen Lias Abgang und meinem Feierabend im Büro gewesen waren. Von mir aus hätten wir darauf verzichten und weiter nach Lia suchen können, aber Malloy war wild entschlossen, diesen verdammten Aktenkoffer zu finden.

»Jede Wette, dass alle das Büro scharf im Auge haben«, sagte er. »Die Cops und die Bösen. Und ich versteh mich zwar ganz gut mit den Cops, aber nicht mit diesen Ärschen. Der Bursche, der uns in Vegas durch die Lappen gegangen ist, hat offenbar noch nicht herausgekriegt, wer ich bin. Sonst hätten wir sicher schon einen Hausbesuch bekommen. Aber wenn er für die Observierung an der Vesper Avenue zuständig ist, kriegen wir ein Problem.«

Ich nickte stumm. Die vertraute, bescheidene Gegend am

Van Nuys Boulevard zog am Beifahrerfenster vorbei, so fern und bedeutungslos wie der verschwommene Hintergrund in einem alten Schwarz-Weiß-Film. Ich bin diese Straße bestimmt schon tausendmal hinauf und hinunter gefahren, vier Tage die Woche, neun Jahre lang. Jetzt kam es mir so vor, als sähe ich mir alte Familienfilme aus meiner Kindheit an oder meine erste Szene mit Marco Pole. Es war unwirklich.

Malloy bog nach rechts auf die Archwood Street ab, hinter der Vanowen Street, und ich wurde unruhig. Er fuhr zweimal am Bürogebäude an der Vesper Avenue vorbei und kundschaftete den gesamten Block aus. Vermutlich hielt er Ausschau nach Zivilbullen, aber ich konnte mich einfach nicht konzentrieren. Mich überkamen mit einem Mal alle möglichen Erinnerungen, meine Vergangenheit brach mit aller Macht über mich herein. Und mein Büro war schon immer ein besonderer Bestandteil meiner persönlichen Geschichte gewesen.

Als ich 1997 *Daring Angels* gründete, hatte ich bereits neun Jahre lang Sexfilme gedreht. Mir hing es zum Hals heraus, mich vor der Kamera abzurackern. Dazu kam noch eine seltsame, fast abergläubische Furcht vor dem zehnten Jahr, die ich mir auch heute noch nicht erklären kann. Vermutlich wollte ich einfach nicht ein ganzes Jahrzehnt meines Lebens damit verbringen, vor einer Kamera »O ja, Baby!« zu stöhnen. In den letzten zwei Jahren, bevor ich Schluss machte, waren oft jüngere Frauen zu mir gekommen und hatten mich um Rat oder Unterstützung gebeten, um Hilfe beim Schwimmen im Haifischbecken der Pornoszene. Irgendwann schlugen meine Freunde aus Spaß vor, dass ich für die Beratung Honorar nehmen sollte. Und als das gefürchtete zehnte Jahr näher und näher kam, hörte ich auf, über den Witz zu lachen, und begann zu planen.

Ich erinnerte mich daran, wie ich die leeren Räume besichtigt hatte, in denen später das Büro von *Daring Angels* entstand. Es war heiß gewesen an dem Tag, und ich hatte niesen müssen vom Baustaub und mich gefragt, ob ich nicht doch einen großen Fehler machte. Ich wollte zwar raus, aber nicht gleich aus dem ganzen Geschäft aussteigen. Schließlich war ich ein Star. Ein großer Name, Angel Dare. Das konnte ich einfach nicht aufgeben. Klar kann die Pornoindustrie einen glatt die Wände hochjagen, aber auf ihre eigene aufdringliche und ordinäre Art ist sie doch so etwas wie eine große, dysfunktionale Familie. Viele Frauen fühlen sich irgendwann durch das Pornogeschäft ausgebeutet, aber das sind genau diejenigen, die nie kapiert haben, wie sie das Business für sich ausbeuten können.

Bei der Gründung von *Daring Angels* setzte ich auf die Überlegung, dass die Mädchen eine vernünftige Alternative zu ihren Manager-Freunden brauchten, zu den Westentaschenzuhältern und den geldgierigen, meist von Männern geleiteten Vermittlungsagenturen. Sie brauchten eine Agentur in Frauenhand, von Frauen geleitet, bei der die Mädchen mit Respekt behandelt wurden, eine Agentur, die sie unterstützte und die dafür sorgte, dass sie nicht mit Haut und Haar gefressen und nach kaum einem Jahr wieder ausgespuckt wurden. Ich hatte einen soliden Geschäftsplan, ein elektronisches Adressbuch, für das manche alles gegeben hätten, und Didi als meine rechte Hand. Mit vier neuen, atemberaubenden Mädchen fing *Daring Angels* an, und ein berühmter Comiczeichner, mit dem ich damals herumvögelte, hatte für uns sogar niedliche Visitenkarten mit einem zwinkernden sexy Engel darauf entworfen. Ich war bereit, es mit der ganzen Welt aufzunehmen.

Das erste Jahr war hart, das zweite noch härter. Ich machte viele Fehler, verlor viel Geld und lernte ein paar schmerzhafte Lektionen. Aber nach dem dritten Jahr hatte ich Fuß gefasst. Ich hatte eine gut funktionierende Webseite und darauf einen Mitgliederbereich eingerichtet, in dem Originalmaterial von allen *Daring-Angels*-Mädchen zu sehen war. Ich klapperte die Stripklubs in Hintervögeldorf ab und fahndete überall nach neuen Talenten. *Daring Angels* wurde zwar kein Goldesel für mich, aber zusammen mit den Einkünften aus meinem angelegten Geld hatte ich genug, um recht gemütlich davon leben zu können. Bis jetzt.

»Sieht sauber aus«, sagte Malloy und parkte auf der anderen Seite der Archwood Street. »Kaum zu glauben, aber das wirkt alles total verlassen.« Er machte den Motor aus. »Trotzdem, bleib dicht bei mir.«

Ich stieg aus, hievte meine Tasche hoch und zwang meine Beine, mich an den Ort zu tragen, der früher mein Büro gewesen war. Kurz ließ ich in Gedanken die verdrängte Frage nach der unklaren Zukunft von *Daring Angels* aufkommen, doch ich zuckte davor zurück, als ob ich etwas Widerliches berührt hätte. Ich konnte jetzt keine Spekulationen über die Zukunft anstellen. Ich war vollauf damit beschäftigt, von einem Augenblick zum nächsten zu leben. Über die Zukunft würde ich ... na ja ... in der Zukunft nachdenken.

Das Gebäude war unauffällig und mir so vertraut, dass ich es nie richtig wahrgenommen hatte. Jetzt, wo ich außerhalb meines alten Lebens stand und hineinsah, schien jede Kleinigkeit auf unheimliche Art von Bedeutung zu sein. Der braune Anstrich zum Beispiel, in der Farbe von getrocknetem Blut, mit knochenbleichem Weiß abgesetzt. Die hässliche, funktionale Architektur, bei der alles gesichtslos und rechteckig war. Lange, wenig einladende Balkone zur Archwood hin, die im Erdgeschoss vergittert waren wie bei einem Käfig im Zoo. Mein Büro hatte keinen Balkon, deshalb zahlte ich zweihundert Dollar weniger Miete; zum Rauchen musste man hinunter auf die Straße.

Der Empfangstisch befand sich in der Lobby neben der Treppe. Er bestand lediglich aus einem billigen Metallschreibtisch und einem Typen in Uniform dahinter.

Der Wachmann war jung, und ich hatte ihn noch nie gesehen. Sonst hatte da immer ein älterer Mann gesessen, Typ dickes, öliges Walross, mit einem borstigen weißen Schnauzer und einem anzüglichen Zwinkern für jedes weibliche Wesen, das hereinkam. Der neue Junge war ein schlaksiger Mexikaner mit einer so heftig blühenden Akne, dass sie fast radioaktiv wirkte. Unter den Pickeln verbarg sich ein gut geschnittenes Gesicht mit kantigem Kinn, und man konnte erkennen, dass der Junge einmal hart und sexy aussehen würde, wenn er erst einmal ein bisschen erwachsener geworden war und seine überaktiven Hormone sich abgeregt hatten. Er saß hinter dem schäbigen Tischchen und las einen dicken juristischen Schinken, den er auch nicht zur Seite legte, als wir vor ihm standen. Auf seinem Namensschild las ich CAMMAROTA.

»Hallo«, sagte Malloy.

»Hallo«, antwortete der Junge über den Rand seines Buches hinweg und stellte seine mürrische Gleichgültigkeit demonstrativ zur Schau.

»Ich untersuche das Verschwinden von Angel Dare«, sagte Malloy. Er zeigte auf die staubige Kamera über dem Kopf des Jungen. »Ich habe mich gefragt, ob ich vielleicht mal einen Blick auf das Band vom letzten Freitag werfen dürfte.«

»Sind Sie ein Cop?«, fragte der Junge und sah Malloy zum ersten Mal richtig an. Seine dunklen Augen blickten scharf hinter der Aknemaske hervor.

»Ich war früher mal beim LAPD«, sagte Malloy. »Heute ermittle ich privat.«

»Angel Dare, das ist doch die Porno-Lady, oder?«, sagte der Junge, der sich offenbar langsam für das Thema erwärmte. »Die aus den Nachrichten, die den einen Typen umgelegt hat.«

»Genau die«, sagte Malloy.

Ich hatte bis dahin unauffällig hinter Malloy gestanden. Doch als der Junge jetzt von mir sprach, kam es mir so vor, als würden große Pfeile über meinem Kopf aufblinken. Ich konnte das ungute Gefühl nicht abschütteln, dass der ganze Zauber mit der Tarnung als Typ noch nicht einmal einen Blinden mit Krückstock hinters Licht führen könnte. Aber der Junge sah überhaupt nicht zu mir her. Er redete einfach nur von einer Lady aus dem Fernsehen.

»Das ist 'ne totale Scheiße«, sagte er.

»Genau«, sagte Malloy wieder. »Was ist nun mit dem Band?«

Der Junge legte sein Buch hin und stand auf.

»Dann kommen Sie mal mit«, sagte er. »Ich soll zwar meine Station nicht verlassen, aber ...«

Wir gingen hinter ihm einen engen Gang im Erdgeschoss entlang, der mir vorher noch nie aufgefallen war. Am Ende war eine Tür ohne Nummer. Der Mexikaner öffnete die Tür mit einem Schlüssel an einem Ring, der mit einer schwarzen Sprungfederschnur an seinem Gürtel befestigt war. Hinter der Tür lag ein wandschrankgroßes Büro voller Reinigungsmittel und Aktenkisten aus Plastik.

»Die Bänder werden nur zehn Tage aufgewahrt«, sagte der Junge und hob eine Plastikwanne von einem der oberen Regalbretter. »Dann werden sie überspielt. Gut, dass Sie nicht zu lange gewartet haben. Glauben Sie, dass auf den Bändern irgendwelche ... na ja, irgendwelche Hinweise zu finden sind?«

»Vielleicht«, sagte Malloy.

Der Junge blickte in die Wanne und runzelte die Stirn, und Malloy zog ebenfalls die Augenbrauen zusammen.

»Was ist?«, fragte er.

»Ich sag's ja nicht gern«, meinte der Junge. »Aber ich glaube, der letzte Freitag fehlt.«

»Was soll das heißen, der fehlt?«, fragte Malloy, nahm ihm die Wanne weg und durchsuchte den Inhalt schnell und gründlich. »Kacke.«

»Wo ...« Ich räusperte mich, damit ich meine Stimme so tief wie möglich machen konnte. »Wo ist denn der Typ, der sonst hier sitzt?«

»Keine Ahnung.« Der Junge zuckte mit den Schultern. »Ich hab erst heute angefangen.«

Malloy warf mir einen Blick zu.

»Also dann, Kleiner«, sagte Malloy. »Trotzdem vielen Dank.«

»Meinen Sie, dass jemand das Band geklaut hat?«, fragte der Junge.

»Kann sein«, sagte Malloy und hob die Schultern, als wäre das nicht wichtig.

»Vielleicht haben die Cops es«, sagte der Junge hilfreich.

»Oder vielleicht ist jemand eingebrochen und hat es geklaut. Womöglich sogar die Porno-Lady selbst – ist mitten in der Nacht hier reingeschlichen, damit sie ... ich weiß nicht, irgendwelche Beweise verstecken kann oder so.«

Malloy nickte, als ob er diese Theorie ernsthaft in Erwägung zöge. Vermutlich hätte ich mich über all diese Überlegungen zu meiner Person aufregen sollen, aber es kam mir alles so irrelevant vor, wie das Gespräch über einen Film, den ich nicht gesehen hatte. Als ob sie wirklich nur über eine Lady redeten, die sie in den Nachrichten gesehen hatten.

Wir ließen Cammarota in dem Büro stehen und gingen zurück in die Lobby. Als Malloy mir die Glastür aufhielt, beugte er sich vor und zischte mir ins Ohr.

»Du kennst mich nicht«, sagte er. »Geh runter bis zum Victory Boulevard, ich hol dich unterwegs ein.«

Ich trat aus dem Gebäude, wandte mich nach links und ging zügig davon, allerdings nicht zu zügig. Hinter mir hörte ich, wie eine Männerstimme Malloys Namen rief, aber ich drehte mich lieber nicht um.

Auf der Vesper Avenue ging ich nach Süden. Mein ganzer Körper war angespannt, und ich bebte, als ob mich jeden Augenblick eine Kugel treffen könnte. Mein Stoppelkopf fühlte sich entsetzlich schutzlos an. Ich wollte unbedingt wissen, was da hinten vor sich ging, aber ich konnte nicht riskieren, dass mich jemand erkannte. Außer den normalen Straßengeräuschen hörte ich nichts. Autos, entfernte Musik, eine Heckenschere. In wenigen Minuten war ich am Victory Boulevard und blieb an der Ecke bei dem *7-Eleven*-Supermarkt stehen. Ich hatte keine Ahnung, was ich jetzt tun sollte. Ich drehte mich um und sah hoch zu der Wandmalerei am Familiengesundheitszentrum nebenan. Diese Wandmalerei hatte ich schon etwa eine Million Mal gesehen, aber nie wirklich wahrgenommen. Drei Typen standen da auf der Erdkugel und streckten die Hände zu einer Art dreifachem Highfive hoch. Einer davon trug Wintermütze und Schal, die beiden anderen waren in T-Shirts. Ich hatte keine Ahnung, wen diese Typen darstellen sollten.

Ich musste mich einfach umdrehen und zu meinem Büro zurückstarren, aber ich war viel zu weit entfernt, um etwas zu erkennen. Von Malloy war nichts zu sehen. Autos fuhren vorbei, Leute gingen vorüber, und urplötzlich erschrak ich bei dem Gedanken, dass ich wirklich völlig auf mich allein gestellt sein könnte. Völlig ohne jede Verbindung. Kein Zuhause, kein Auto, keine echte Identität mehr. Mir blieb eigentlich nur noch das Gefängnis. Ich presste mich eng an die verrußte Wand des *7-Eleven*, weil ich einen Halt brauchte; sonst würde ich mich einfach auflösen oder in den gelben Smoghimmel davonschweben.

Der Angst folgte ein nagendes Schuldgefühl. Dauernd sagte ich mir, dass ich mich von Malloy nicht so abhängig machen sollte, doch kaum war er außer Sichtweite, geriet ich in Panik wie ein kleines Kind, das im Supermarkt seine Mama verloren hat. Ich hatte doch Geld. Ich konnte in ein Motel gehen, das keine Kreditkarte verlangte, und einfach dort bleiben. Irgendwie Kontakt aufnehmen mit Didi. Sie würde herausfinden, wo Jesse steckte. Ich konnte den Scheißkerl zwingen, mir zu sagen, wo sein Boss war, dieses Arschloch mit dem nichtssagenden Gesicht, der für das alles verantwortlich war. Ich brauchte keinen gottverdammten Babysitter.

Ich öffnete meinen Umhängebeutel und nahm den kleinen Roboter heraus. Keine Ahnung, was ich mir davon versprach. Vielleicht dachte ich, der Talisman aus meinem früheren Leben würde mich beruhigen und irgendwie wieder auf den Boden der Tatsachen zurückbringen. Doch ich kam mir nur albern vor, wie ich ihn so in der Hand hielt, wie eine verrückte Obdachlose, bei deren Anblick man lieber auf die andere Straßenseite wechselt. Nicht mehr lange, und ich pisste in Einmachgläser und schob die dann in einem Einkaufswagen vor mir her.

»Angel«, sagte Malloy und legte mir dabei die Hand auf die Schulter. Ich fuhr zusammen, als hätte er mich in den Hintern gekniffen, und ließ den kleinen Roboter fallen.

Malloy fing ihn geistesgegenwärtig auf, bevor er auf dem Asphalt zerschellte. Ich drehte mich zu ihm um und verschränkte dabei die Arme vor der Brust.

»Mann«, sagte ich. »Du hast mich vielleicht erschreckt.«

Malloy blickte auf den Roboter, dann zu mir. Kommentarlos gab er mir das Spielzeug zurück. Ich stopfte ihn wieder in die Tasche und kam mir dabei vollkommen durchgeknallt vor.

»Was ist passiert?«, fragte ich.

»Das war Erlichman, einer der beiden Wichser, die bei den Cops an deinem Fall dran sind«, sagte Malloy. »Er wollte wissen, warum ich an deinem Büro herumschnüffele.«

»Was hast du ihm erzählt?«, fragte ich und ging mit ihm den Victory entlang nach Osten. Die Sonne brannte mir auf den frisch geschorenen Schädel, und ich bekam allmählich heftige Kopfschmerzen.

»Nur das, was er sowieso schon weiß«, sagte Malloy. »Dass Didi mich angeheuert hat, um dich zu suchen. Ich hab auch nach dem Band gefragt. Erlichman hat es nicht, deshalb vermute ich, dass es entweder der Typ aus Vegas hat oder sein Boss. Sie werden bestimmt jedem, der an dem Tag in deinem Büro gewesen ist, einen Besuch abstatten.«

»Scheiße«, sagte ich und versuchte, nicht daran zu denken, wie Zandora in ihrem Baumwollslip tot auf dem Boden gelegen hatte. Stattdessen dachte ich angestrengt darüber nach, wer eigentlich alles in meinem Büro gewesen war am letzten Tag meines früheren Lebens. »Es sind mehrere Mädchen vorbeigekommen. Und mindestens ein Regisseur.«

»Erlichman ist weg«, sagte Malloy. »Meinst du, es hilft dir auf die Sprünge, wenn du wieder in deinem Büro bist?«

Mir lief es kalt den Rücken hinunter. Wieder in mein Büro zu gehen war das Letzte, was ich tun wollte. Ich zuckte mit den Schultern und blickte zur Seite.

Wir gingen um den Block herum auf die Rückseite des Gebäudes. Es war niemand zu sehen. Widerstrebend trottete ich hinter Malloy her, als er hineinhuschte, dem Jungen am Empfang zunickte und die Treppe zum ersten Stock hochstieg. Ich wollte das nicht, ich wollte keine Leichenschau meines alten Lebens. Doch Malloy ließ mir keine Wahl.

Was mich erwartete, war genau so ein Schock wie der

Anblick meines grün und blau geschlagenen Gesichts im Spiegel des *Sissy Boudoir*. Das Schloss war aufgebrochen, und die Tür hing halb offen in den Angeln hinter gelbem Absperrband. Wir stiegen über das Band und betraten den Tatort, an dem sich einmal ein Großteil meines Lebens abgespielt hatte.

Die Büroräume waren völlig auf den Kopf gestellt. Auf Didis Empfangstisch hatte jemand Schubladen ausgeleert und alle Akten durchwühlt. Es sah aus wie auf einer Müllhalde. Ihr Computer war verschwunden. Die bequemen violetten Sessel, die Didi und ich ausgesucht hatten, waren in einer Ecke zusammengeschoben. Die Kanne meiner Kaffeemaschine lag in Scherben auf dem Teppich. Die Tür zu meinem eigenen Büro war zu, und dafür war ich eigenartigerweise dankbar.

»Na gut«, sagte Malloy und ging zur Toilettentür. »Du hast also definitiv gesehen, dass das Mädchen den Aktenkoffer bei sich hatte, als sie in die Toilette ging?«

Ich nickte nur, weil mir ein dicker Kloß in der Kehle saß und ich kein Wort herausbrachte.

»Sie hätte den Koffer mitnehmen können, als sie durchs Fenster ist«, sagte Malloy und drückte die Toilettentür auf. Lias teure hochhackige Schuhe lagen immer noch auf dem Boden neben der Toilette. »Vielleicht hat sie ihn draußen schnell weggeworfen, in einen Container oder so. Der Boss hat dir doch gesagt, dass sie ›ohne ihn weg‹ ist. Aber ich habe so ein Gefühl, dass sie ihn gar nicht mitgenommen hat. Ich glaube, dass er irgendwo hier versteckt ist. Offenbar hat der Boss das auch vermutet, aber seine Leute haben den Koffer nicht finden können. Das heißt, jemand anderer hat ihn gefunden. Wo könnte er also versteckt gewesen sein?«

Ich zuckte mit den Schultern und sah benommen zu, wie Malloy die winzige Toilette durchsuchte. Der Raum war viel zu klein, als dass man überhaupt irgendetwas darin hätte verstecken können. Malloy stieg auf den geschlossenen Toilettendeckel, reckte die Arme hoch zu der niedrigen, abgehängten Decke und hob jede Deckenplatte an. Mein Herz blieb fast stehen, als etwas Schwarzes herunterpolterte, vom Spülkasten abprallte und auf den Boden neben dem Waschbecken fiel. Es war nicht der Aktenkoffer, aber als ich erkannte, was es wirklich war, ging mir mit einem Mal ein Licht auf. Ich wusste, was passiert war. Und ich wusste genau, wer den Aktenkoffer hatte.

17

Das schwarze Ding auf dem Boden der Toilette war ein schicker, halbhoher Lederstiefel mit Pfennigabsatz von Manolo Blahnik. Diese Stiefel, so hatte mir eine sehr empörte Regisseurin mitgeteilt, kosteten zwölfhundert Dollar, und sie würde keine Anzeige erstatten oder irgendwelche Fragen stellen, wenn sie einfach zurückgebracht würden. Der Dreh war für *Top Notch* gewesen, und das Mädchen, das mit diesen Zwölfhundert-Dollar-Stiefeln an den Füßen gevögelt wurde, war Roxette DuMonde.

Roxette war eigentlich ganz in Ordnung, aber sie hatte einen Blick wie eine Elster und stibitzte zwanghaft alles Glitzerzeug, das ihr unter die Finger kam. Sie war ein schwarzes Schaf aus der New Yorker High Society und hatte schon als Model gearbeitet, kaum dass sie ein Teenager war. Ich vermute mal, ihr reicher, aber überwiegend abwesender Vater hatte sie als Kind nicht allzu oft in den Arm genommen, weil sie sehr schnell von *Vogue* zu *Penthouse* und dann zu Pornos absackte. Den Tiefpunkt erreichte sie mit zwanzig, als sie nach einer Überdosis Crystal zwei Minuten lang für klinisch tot erklärt worden war. Nachdem sie wieder clean war, kam sie zu mir. Ich war nicht gerade begeistert von einem Mädchen mit einem Drogenproblem, egal ob clean oder nicht, aber Roxette war einfach atemberaubend. Weder Regisseure noch Fans konnten von ihr genug kriegen. Sie sah aus wie eine görenhafte Version von Linda Evangelista als jugendliche Straftäterin. Erschreckend makellos und dennoch vor der Kamera zu fast allem bereit. Ihr Vertrag war noch nicht unterschrieben, da hatte ich schon Typen am Telefon, die sie buchen wollten, nur auf das Gerücht hin, dass sie vielleicht ins Geschäft zurückkehrte. Es war Wahnsinn, aber am Ende siegte die Aussicht auf astronomische Vermittlungsprämien über alle Zweifel oder unguten Vorahnungen. Nie wieder hatten wir so viele Zugriffe auf unsere Webseite wie an dem Tag, als ich den ersten Satz exklusiver neuer Fotos von Roxette hochlud.

Sie war jetzt etwas mehr als ein Jahr bei mir und trotz meiner Befürchtungen nie rückfällig geworden. Ein Problem gab es allerdings, sie ... nun ja, sie borgte sich Sachen. Es kam die ganze Zeit zu irgendwelchen Zwischenfällen. Nie klaute sie wirklich Wertvolles, meist nur Schnickschnack. Sie stahl den anderen Mädchen glitzernde Klunker, Strümpfe und Lippenstifte. Von den Locations, an denen sie drehte, ließ sie kleine Statuen, silberne Gabeln und ausgefallene Untersetzer mitgehen. Von ihren schwerreichen Eltern hatte sie mehr als genug Geld, und natürlich auch von all den hochklassigen, teuren Drehs und Star-Tourneen, die sie machte. Es war also nicht so, dass sie sich diese Dinge nicht leisten konnte. Wenn man sie zur Rede stellte, verzog sie die berühmten Lippen zu ihrer typischen sexy Schnute, und irgendwie sah man ihr alles nach. Leicht zwielichtige Schönheiten wie Roxette waren schon immer mit allem davongekommen.

Aber mit diesen Stiefeln war es etwas anderes. Sie waren kein billiger Schnickschnack, sondern teure Designerstücke, und Celestine, die Drachenlady-Regisseurin von Roxettes letztem Dreh, hatte sie sofort vermisst. Ich hatte Didi gebeten, Roxette anzurufen und ihr zu sagen, dass sie um Punkt neun im Büro sein sollte. Celestine sagte ich zehn Uhr, weil man sich darauf verlassen konnte, dass Roxette mindestens eine Stunde zu spät erschien. Als Roxette auftauchte, ihre riesige Settasche im Schlepptau und einen Becher grünen Eistee aus einer angesagten Coffeebar in der Hand, sah sie sofort Celestine neben meinem Schreibtisch sitzen und wurde blass. Sie wollte zuerst zur Toilette gehen, und ich ließ sie. Ihre Tasche nahm sie mit.

Als sie wieder erschien, war sie rundum unschuldig und süß. Sie schien völlig erstaunt, stritt ab, dass sie die Stiefel habe, und bot Celestine an, ihre Tasche zu durchsuchen. Dann erklärte sie, dass sie keine Ahnung habe, wo um alles in der Welt die Stiefel hingekommen sein könnten, nachdem sie sie ausgezogen hatte. Als Ausgleich bot sie an, für die Webseite von *Top Notch* eine Extraserie von Standfotos machen zu lassen. Während Celestine zunächst noch angepisst war und drauf und dran, die Cops zu holen, änderte sie wie alle anderen irgendwann ihre Meinung, umarmte Roxette und entschuldigte sich für die Verdächtigungen. Ich zuckte nur mit den Schultern und beließ es dabei. Was hätte ich sonst tun können?

Doch Roxette hatte zweifellos die Stiefel genommen. Sie musste sie unmittelbar vor dem Treffen mit Celestine über den Deckenplatten in der Toilette versteckt haben. Mir fiel auch wieder ein, dass Roxette nach dem seltsamen Auftritt von Lia noch einmal zurückgekommen war. Sie hatte gesagt, dass sie in der Nähe ein paar Besorgungen erledigt hatte und ganz dringend noch mal zum Klo musste. Sie laboriere mit einer Blasenentzündung herum und könne nicht warten, bis sie zurück in ihrer Eigentumswohnung in Malibu sei. Alle im Geschäft kennen diese Art Frauenleiden nur allzu gut; außerdem sah Roxette so niedlich aus, wenn sie wie ein zappeliges Kind die Knie zusammenpresste. Sie hatte immer noch die große Settasche bei sich und nahm sie auch wieder mit in die Toilette, um die kaputte Tür zu blockieren. Im Nachhinein überlegte ich mir, dass sie wohl die ganze Zeit geplant hatte, die Stiefel wieder zu holen, doch stattdessen fand sie einen geheimnisvollen Aktenkoffer. Diebische Elster, die sie war, vergaß sie sofort die Stiefel und schnappte sich den Koffer, den sie in ihrer geräumigen Tasche unterbrachte.

Ich bat Malloy, den anderen Stiefel aus der Deckenverkleidung herauszuholen, und steckte beide in meine Umhängetasche. Na ja – Celestine hatte sie doch sowieso schon abgeschrieben, und es war reine Verschwendung, solche teuren Designerstücke einfach nur herumliegen zu lassen. Mal ganz abgesehen davon, dass Roxette und ich dieselbe Schuhgröße haben.

Auf dem Weg zum Auto erzählte ich Malloy alles. Ich versuchte, Roxette zu erreichen, aber sie nahm nicht ab, und ich wollte keine Nachricht hinterlassen. Es konnte nicht allzu schwer sein, sie zu finden. Ich wusste, wo sie wohnte, in welchem Studio sie Sport machte und welche Klubs sie mochte. Wirkliche Sorgen mussten wir uns nur machen, wenn sie tatsächlich den Koffer aufgebrochen hatte und jetzt mit dem Geld wie wild einen draufmachte. Malloy wollte das Geld anscheinend als Verhandlungsmasse benutzen, um den Boss aus seinem Versteck zu locken und zu uns zu lotsen. Ich hingegen fand, dass das mein Geld war. Sozusagen als Wiedergutmachung dafür, dass mein gesamtes Leben ruiniert worden war. Die höchste Steuer der Welt für Arschlöcher.

Angesichts einer weiteren langen Nacht auf Malloys Sofa entschloss ich mich, ein paar rezeptfreie Schlaftabletten zu kaufen, als ich mir auf dem Weg zurück nach Burbank im Supermarkt Süßstoff, grüne Trauben und Salzmandeln besorgte. Kurz entschlossen nahm ich auch noch einen hübschen blauen Becher, weil es mir aus unerklärlichen Gründen wichtig schien, mein eigenes Geschirr zu haben. Mit Geld kann man vielleicht nicht alles kaufen, aber ich sage Ihnen mal was, es schadet auch nicht, wenn man welches hat.

Am Ende konnte ich die Schlaftabletten doch nicht nehmen. Ich saß einfach nur da und starrte auf das Gütesiegel auf dem Vivinox-Etikett und fragte mich, was wohl passierte, wenn mitten in der Nacht die Bösen mit Knarren auftauchten und ich nicht aufwachte.

Statt der Bösen kam irgendwann der Morgen. Das ist so eine Sache mit dem Morgen. Ganz egal, wie beschissen dein Leben lief, wie tief und maßlos deine Verzweiflung, egal wie sicher du dir warst, dass du diesen Scheiß keine einzige Sekunde länger ertragen konntest, der Morgen kam trotzdem. Immer und immer wieder. Der Morgen scherte sich keinen Deut um dein eigenes kleines Drama.

Der Morgen lockte auch Malloy wieder aus seiner Schlafzimmerhöhle, wie am Tag zuvor. Und er sah aus wie am Tag zuvor. Ich duschte, während er Kaffee kochte und die Zeitung las. Ozzy und die doofe Harriet. Wer nicht genau hinsah, konnte das alles fast für normal halten. Außer natürlich meiner Rolle als Ex-Pornostar, verkleidet als Mann, wird von den Cops gesucht und ist auf der Flucht vor dem durchgeknallten Kopf eines Frauenhandel-Rings, der sie schon einmal umbringen wollte und die Sache unbedingt ein für alle Mal erledigen will. Es dauerte ewig, bis sich der Mittag blicken ließ.

Schließlich war es an der Zeit, zu dem Einkaufszentrum in Sherman Oaks zu fahren und zu sehen, ob Lia wirklich zu der in dem Brief an Zandora angekündigten Zeit dort auftauchte. Ich umwickelte mir schnell Titten und Taille und setzte die blauen Kontaktlinsen ein. Es war so schön gewesen, sich ohne all diese schweißtreibenden Mumienbinden zu entspannen. Als wir schon fast zur Tür hinaus waren, entschloss ich mich, schnell meinen blauen Kaffeebecher auszuspülen, ihn in meine letzten beiden T-Shirts zu wickeln und zu dem kleinen Roboter und den Stiefeln in meine Umhängetasche zu stecken. Ich konnte nicht anders, ich musste meinen gesamten mageren Besitz einfach ständig mit mir herumschleppen. Natürlich konnte ich ernsthaft Ärger kriegen, wenn ich eine geladene Pistole in ein Einkaufszentrum mitnahm, aber zu diesem Zeitpunkt war das noch der geringste Grund für eine Verhaftung. Ich machte mir kaum Sorgen darüber.

18

Wie soll ich das Fashion-Square-Einkaufszentrum in Sherman Oaks beschreiben? Wenn Sie je in einem amerikanischen Einkaufszentrum gewesen sind, brauche ich gar nicht erst anzufangen. Geschäfte. Kunden. Der amerikanische Konsumtraum wird ausgebreitet und wartet auf all diejenigen, die den Preis bezahlen können. Für alles, was unser dummes Herz gelernt hat zu begehren. Ich kann Einkaufszentren nicht ausstehen. Sie sind wie Stripklubs für Frauen. Lauter Anmache und Geglitzer und das leere Versprechen, dass du irgendwie Erfüllung findest, wenn du nur genug Geld hinlegst. Das glatte, schamlose, unaufhörliche Aufdrängen von Waren lässt Etablissements wie *Eye Candy* geradezu mildtätig aussehen. Wenn ich etwas brauche, kaufe ich es lieber im Internet. Da muss ich mich nicht durch all diese einsamen, verzweifelten Menschen hindurchkämpfen, die süchtig sind und glauben, eine Einkaufsorgie könne sie heilen. Es gibt nichts Deprimierenderes, als verbissenen, mageren Frauen dabei zuzusehen, wie sie sich per Kreditkarte das eigene Grab schaufeln, während der gelangweilte Ehemann danebensteht, verstohlen meine Prachtstücke mustert und sich fragt, ob ich wirklich Angel Dare bin oder nur so aussehe. Wirklich gern stöbere ich nur in Baumärkten herum. Ich bin eine zwanghafte Handwerkerin und immer auf der Suche nach neuen Sachen für mein Haus. Zumindest war ich das bisher. Ich habe keine Ahnung, was ich jetzt bin.

Wir wollten zum Imbissbereich, und weil es ein Wochentag war und Mittagszeit, quetschten sich dort die Büroratten in Gesundheitsschuhen und mit eingeschweißten Plastikausweisen um den Hals. Um sie herum waren alle üblichen Verdächtigen aus dem Fast-Food-Sektor versammelt: chinesisch, italienisch, amerikanisch, arabisch. Angeblich viel Abwechslung, aber im Grunde war es doch nur das übliche alte Pausenbrot wie in der Schule, mit verschiedenen Soßen getarnt.

Auch wenn ich Einkaufszentren also nicht leiden kann, bewunderte ich doch Lias Wahl dieses Treffpunkts. Es war ein öffentlicher Ort, der von Sicherheitsleuten überwacht wurde und wo Hunderte von möglichen Zeugen anwesend waren. Ich wunderte mich schon, dass ein Mädchen, das eigentlich nur eine Zwangsprostituierte aus einem fremden Land war, dieses Einkaufszentrum kannte; doch dann fiel mir ein, dass in ihrem Brief gestanden hatte, sie wäre eine Zeit lang die Freundin eines der Kerle gewesen, und ich erinnerte mich an ihre teure Frisur, die Fingernägel und ihre schicken Schuhe. Ich stellte mir vor, wie sie ihren Liebhaber dazu gebracht hatte, mit ihr shoppen zu gehen. Mit den Wimpern geklimpert und von Dessous und sexy Schuhen geredet, und währenddessen hatte sie sich im Kopf unentwegt Notizen gemacht. Die Kleine hatte was auf dem Kasten, das musste ich zugeben. Und dazu eine gehörige Portion Mut.

Malloy wollte, dass wir getrennt durch das Zentrum gingen, zwar immer in Sichtkontakt blieben, aber eben nicht offensichtlich zusammen dort waren.

»Falls mich jemand erkennen sollte«, sagte Malloy, nachdem er den Wagen auf einer fast leeren oberen Ebene des Parkhauses abgestellt hatte, »fliegst du nicht gleich auch noch auf. Wir wissen ja nicht, ob dein Freund aus Vegas Lias Brief gesehen hat und ob er aus Zandora rausgekriegt hat, was in dem Koffer ist, bevor wir da aufgetaucht sind. Jedenfalls ist es besser, wenn wir kein unnötiges Risiko eingehen.«

Ich klappte den Spiegel an der Rückseite der Sonnenblende herunter und warf schnell einen Blick auf diesen blonden Typen, diesen Daniel. Den Anblick meines Spiegelbilds konnte ich viel besser ertragen, wenn ich mir vorstellte, dass ich jemand anderes war.

Die abklingenden Blutergüsse um meine Augen herum wirkten noch brutaler und ließen die neuen blauen Kontaktlinsen unnatürlich hell leuchten. Morgens unter der Dusche hatte sich das weiße Klebeband auf meiner Nase gelöst, aber ein paar schwärzliche Überreste davon klebten noch auf meiner Haut, und ich bekam sie nicht ab, weil zu heftiges Reiben wehtat. Ich fuhr mir über den blond gefärbten Bürstenhaarschnitt. Ich würde mich selbst nicht wiedererkennen.

Wir stiegen aus und gingen hinunter zu den Geschäften. Ich ging in einiger Entfernung hinter Malloy an *GAP* und an *Body Shop* vorbei und schlängelte mich ungefähr in seinem Kielwasser durch die mittägliche Menge, bis wir zum bereits erwähnten Imbissbereich kamen.

Ich positionierte mich an einem Smoothie-Stand, von wo aus ich den gesamten Bereich und mehrere Ausgänge einigermaßen im Blickfeld hatte. Bei jeder mageren Blondine, die an mir vorbeiging, blieb mir fast das Herz stehen, aber keine von ihnen war Lia. Es wurde zwölf, es wurde später, doch nichts passierte.

Ich beobachtete Malloy, der bei *McDonald's* herumlungerte, und bemerkte, wie er ohne mich anzusehen mit dem Kinn eine winzige Bewegung machte, zu der Treppe hin, die zu einem Sitzbereich im ersten Stock hinaufführte. Ich war mir nicht sicher, ob er wollte, dass ich ihm nachkam, und so wartete ich erst einmal ab, als er hochging und verschwand. Keine zehn Sekunden später war er schon wieder auf dem Weg nach unten. Trotz seines scheinbar lässigen Gangs kam er mir angespannt vor, und daher war ich auch nicht überrascht, als ich das Wiesel entdeckte, meinen guten alten Freund aus Vegas, der hinter Malloy die Treppe herunterkam.

Ich drehte mich zur Seite und tat so, als informiere ich mich über das Angebot an Smoothies. Dabei beobachtete ich Malloy aus dem Augenwinkel. Er ging an mir vorbei in den Buchladen links neben mir. Ich hatte keine Ahnung, was er vorhatte. Das Wiesel offenbar auch nicht, aber der Kerl folgte Malloy in den Laden.

In einem Einkaufszentrum konnte eigentlich nichts passieren, nicht mit all den Sicherheitsleuten und den Zivilisten. Allerdings war mir sonnenklar, dass das Wiesel uns ins Parkhaus hinterherkommen würde, und auf einem großen, leeren Parkdeck sah die Sache gleich völlig anders aus.

Für den Fall, dass im Einkaufszentrum irgendetwas schieflaufen sollte, hatten Malloy und ich vereinbart, dass ich mich sofort aus dem Staub machen und mit dem Bus zurück zu seiner Wohnung fahren sollte. Er hatte mir einen Schlüssel gegeben, und als er ihn in meine Hosentasche gesteckt hatte, war ich mir beinahe wie ein Liebespaar oder so was vorgekommen. Mit Malloy hatte ich inzwischen mehr Zeit am Stück verbracht als mit irgendjemandem sonst, seit ich das Haus meiner Eltern in Chicago verlassen hatte. Dabei schliefen wir noch nicht einmal miteinander. Das fühlte sich so merkwürdig an, irgendwie unnatürlich.

Während ich Malloy dabei zusah, wie er sorglos in Büchern blätterte, als wäre keine blutrünstige Missgeburt hinter ihm her, überlegte ich, ob es nicht besser wäre, jetzt gleich zu verschwinden. Bevor ich mich entscheiden konnte, stolperte Malloy gegen das Wiesel, klopfte ihm auf die Schulter und grinste dabei genauso freundlich-dumm wie beim Besuch im *Eye Candy*. Ich war verblüfft und verwirrt, kniff die Augen zusammen und versuchte herauszufinden, was er da tat.

Nach dem Zusammenstoß mit dem Wiesel schlenderte Malloy zum Ausgang. Als das Wiesel ihm folgen wollte, ging der Diebstahlalarm los.

Sofort wurde das Wiesel von Sicherheitsleuten gestellt, und nach lauten Protesten zog einer der Wachmänner ein Geschenkbüchlein mit Goldrand aus seiner Jacketttasche. So ein albernes kleines Buch voller aufmunternder Zitate und Katzenkinderfotos, wie man es von der Oma geschenkt bekommt und in das man nie reinguckt. Balsam für die tiefschwarze Seele eines mörderischen Arschlochs.

Malloy ging an mir vorbei.

»Auto«, flüsterte er mir zu.

Dann war er verschwunden.

Das Wiesel wurde aus dem Einkaufszentrum geführt und schrie dabei die ganze Zeit wütend in sein Handy. Ich warf noch einen Blick auf die Liste der Smoothies, als ob ich mich nicht zwischen einem ›Berrylicious VitaWhip‹ und einem ›Banana Mango Fandango‹ entscheiden könnte. Die vollbusige, kuhäugige Brünette hinter der Theke drehte sich plötzlich mit einem Ausdruck von Panik im Gesicht zu mir um, als ob sie mich eben erst bemerkt hätte, obwohl ich schon einige Minuten da stand. Sie hatte eine dieser absurden, neumodischen Vokuhila-Frisuren mit Pony und ein Unterlippen-Piercing, das sich offenbar schmerzhaft entzündet hatte. Sie verzog das Gesicht, als sie das muntere Imbissketten-Servicemantra herunterbetete, und klang dabei angespannt und verzweifelt.

»Guten Tag, Sir, und willkommen im Nutra-Freeze Healthy Smoothie-Paradies! Was kann ich für Sie tun?«

Sir. Mein Gott, das war vielleicht abgefahren. Ich wartete ab, bis das Wiesel das Gebäude verlassen hatte, dann schüttelte ich den Kopf.

»Ich, äh, hab's mir anders überlegt«, sagte ich.

Sie sah ungeheuer erleichtert aus. Ganz ohne böse Hintergedanken dachte ich, dass sie mit ihrem beeindruckenden natürlichen Vorbau lieber den hässlichen orangefarbenen Nutra-Freeze-Kittel ausziehen und ins Pornogeschäft einsteigen sollte. Dabei fiel mir Sam wieder ein. Der Gedanke gab mir einen Stich ins Herz, deshalb konzentrierte ich mich darauf, schleunigst zu verschwinden.

Ich drängelte mich auf dem Weg, den wir gekommen waren, durch die Menschenmassen zurück zum Parkhaus. Um mich herum sah ich überall gefährliche, düstere Gestalten. Herumlungernde Jungs, Mütter mit Kinderwagen, Omas, die durch das Einkaufszentrum spazierten – für mich sahen sie alle wie Axtmörder aus. Trotz meines Verfolgungswahns schaffte ich es zurück auf die Parkebene, wo Malloys Geländewagen stand.

Von der anderen Seite des Wagens her war gedämpft das Geräusch von rhythmischen Faustschlägen und ein unterdrücktes Stöhnen zu hören. Das Blut gefror mir in den Adern. Einen oder zwei Herzschläge lang stand ich einfach nur da, erstarrt wie ein Reh im Scheinwerferlicht. Einem plötzlichen Impuls folgend, ging ich dann weg von Malloys Wagen schräg hinüber zu einem grünen Minivan, dem einzigen anderen Auto, das auf dieser Ebene parkte.

Als ich davorstand und demonstrativ meine Taschen nach einem Schlüssel durchsuchte, den ich nicht hatte, riskierte ich einen kurzen Blick über die Schulter zu Malloys Wagen. Ich sah Malloy in einem heftigen, chaotischen Gerangel mit einem Typen, der zwar kleiner war, aber sehr viel stämmiger. Es sah so aus, als ob Malloy den Kürzeren ziehen würde. Auf seinem geröteten Gesicht und auch auf dem ölverschmierten Boden war Blut. In diesem Moment wurde mir zweierlei klar: Erstens, dass der Typ, der mit Malloy kämpfte, das Nashorn war – der Kerl, der Sam ins Knie geschossen hatte. Und zweitens, dass ich eine geladene Knarre in der Tasche hatte.

19

Mein erster Gedanke war klar und eindeutig: *Bring das Arschloch um.* Mein Bauchgefühl sagte mir, dass er es gewesen war, der die beiden Kugeln in Sams Hinterkopf abgefeuert hatte.

Doch Malloy und er waren ineinander verschlungen wie Liebende und bewegten sich unvorhersehbar in alle möglichen Richtungen. Ich kann ziemlich gut schießen. Wenn ich in einem ruhigen, leeren Schießstand übe, treffe ich recht nahe an der Mitte des Pappkameraden, und das bei mehr als der Hälfte meiner Versuche. Aber in so einer Situation, wenn meine Hände zitterten, mit einer Waffe, mit der ich nicht vertraut war, und Malloy so dicht an dem Ziel ... nun, da wollte ich kein Risiko eingehen.

Ich griff in meinen Umhängebeutel, zog den Reißverschluss der Innentasche auf und legte die Finger um den genoppten, ergonomisch geformten Griff der kalten, schweren Waffe. Dann tastete ich ungeschickt am Lauf entlang nach dem Sicherheitsverschluss. Das Herz hämmerte mir dabei wie wild in der Brust.

Ich wollte etwas Cooles brüllen, wie Männer das immer tun, etwa: *Keine Bewegung, du Wichser, sonst baller ich dir die Eier weg!* Aber schließlich richtete ich einfach die Waffe auf ihn und schrie: »Hey!«

Das Nashorn und Malloy drehten sich beide zu mir um. Das Nashorn erkannte mich nicht, so verblüfft wie er diesen todessüchtigen blonden Typen mit Knarre musterte. Dann, bevor ich so richtig kapierte, was geschah, ergriff Malloy die Chance, die diese unerwartete Ablenkung bot. Er donnerte dem Nashorn voll eins auf die Kinnspitze. Der Kerl wurde herumgeschleudert und sackte auf dem Betonboden zusammen.

Ich rannte zu Malloy und starrte in sein blutiges Gesicht.

»Bist du okay?«, fragte ich.

»Du solltest mal den Typen sehen, der sich mit mir angelegt hat«, antwortete er mit dem Anflug eines Lächelns auf den angeschwollenen Lippen. Er öffnete die Fahrertür. »Lass uns bloß von hier abhauen, bevor noch mehr von denen aufkreuzen.«

Ich wollte um den Wagen herum zur Beifahrertür, als mein Blick auf das Nashorn fiel. Er war bewusstlos, lag mit dem Gesicht auf dem Beton und gab ein schnarchendes Geräusch von sich. Seine Arme und Beine zuckten wie bei einem Hund, der im Traum Hasen jagt. Ich bekam nicht einmal mit, dass ich es tat, aber ich hob die Waffe und zielte genau auf seinen Hinterkopf. Mein ganzer Körper war kalt und taub.

»Angel«, sagte Malloy und legte mir eine Hand auf die Schulter.

Ich schüttelte sie ab und zielte wieder. Ich dachte an Sam, an Georgie und an all die Drehs, die wir gemeinsam erlebt hatten. An Georgies frischen Kartoffelsalat und an das eine Mal, als Sam sich einen Umschnalldildo um die Stirn gebunden hatte, auf dem Set herumgerannt war und behauptet hatte, er sei ein Einhorn und wolle seinen Kopf in den Schoß einer Jungfrau legen. Ich ließ mich auf ein Knie fallen neben dem Mann, der ihn umgebracht hatte, und drückte die Mündung gegen die Wölbung seines Hinterkopfs.

»Denk mal 'ne Sekunde nach, Angel«, bat Malloy leise. »Bist du dir sicher, dass du das tun willst?«

Ich hörte Malloy sprechen, aber was er sagte, hatte nichts mit mir zu tun. In meinen Ohren klang nur immer wieder dieser Schrei, dieser grässliche, hohe, fast kindliche Schrei, der aus Sams Kehle gekommen war, als das Nashorn ihm ins Knie geschossen hatte. Das Einzige, was ich wirklich deutlich spürte, war diese rasende, betäubende Wut, die mich ergriffen hatte und nicht mehr loslassen wollte. Ich drückte ab.

Das Nashorn war schon tot, doch ich schoss noch ein zweites Loch neben das erste. Es war mir egal, denn ich musste das tun, für Sam. Der Rückschlag der Waffe vibrierte endlos durch meine Armknochen, und meine ungeschützten Ohren waren taub. Dann packte Malloy mich, zerrte mich grob ins Auto und fuhr mit quietschenden Reifen los.

»Gib mir die Waffe«, sagte er, als wir scharf in die Moorpark Street einbogen.

Ich ließ zu, dass er meine verkrampften Finger öffnete und mir das Ding aus der Hand nahm. Dann verstaute er die Waffe unter seinem Sitz.

Ich fühlte mich kalt und wie in Watte gepackt, als wäre ich unter Wasser. Scharfe, seltsame Details fielen mir in der vertrauten Umgebung des Valley mit all seinen Ladenketten ins Auge. Der Anblick kam mir unwirklich vor, wie von einem Comiczeichner auf Speed hingekritzelt. Ich wusste nicht, was ich fühlte, konnte keinen klaren Gedanken fassen.

Ich war mir nicht sicher gewesen, was ich von Malloy halten sollte, als er den Kerl in Vegas umgebracht hatte. Aber was sollte ich jetzt erst von mir halten? Dieser Kerl in Vegas hatte versucht, Malloy umzubringen. Malloy hatte sich einfach nur verteidigt, auch wenn er dann zu weit gegangen war. Ich hatte einen bewusstlosen Menschen erschossen. Klar, er hatte Malloy angegriffen, hatte es sicher auch auf sein Leben abgesehen gehabt. Und er hatte Sam vor meinen Augen ins Knie geschossen und ihn vermutlich später erschossen. Doch er war bewusstlos und vollkommen hilflos gewesen, als ich auf ihn geschossen hatte. Zu was für einem Menschen machte mich das?

Als ob er meine Gedanken lesen konnte, sah Malloy mich an und hob eine Augenbraue.

»Offenbar habe ich dich unterschätzt«, war alles, was er sagte.

Ich erinnerte mich daran, dass er gesagt hatte, ich hätte nicht das Zeug dazu, einen Menschen kaltblütig abzuknallen. Tabby hatte im Grunde dasselbe gesagt. Hatten sie sich in mir getäuscht? Hatten die Ereignisse der vergangenen, verrückten Tage mich so verändert? Oder war ich durch sie nur diejenige geworden, die ich schon immer gewesen war?

Als Malloy mich jetzt ansah, lag in seinen wachsamen Augen ein neuer Ausdruck. Ich wusste nicht, ob es Bewunderung oder Vorsicht war.

»Fahr mal ran«, zischte ich. Ich sah zur Seite, klammerte mich am Handschuhfach fest, als eine Welle von unerträglicher Übelkeit über mir zusammenschlug.

Nur knapp gelang es mir, die Tür zu öffnen, bevor ich kurz vor der Kreuzung von Riverside Drive und Van Noord Avenue den blätterverstopften Rinnstein vollkotzte.

20

Malloy wartete, bis ich nur noch trocken würgte. Mir war, als würde ich gleich bewusstlos oder mein Innerstes nach außen gestülpt. Nach einer Weile zog ich endlich die Tür wieder zu, lehnte mich zurück und drückte meinen pochenden Kopf an die Kopfstütze.

»Das ist normal«, sagte Malloy, legte den Gang ein und scherte wieder nach links in den fließenden Verkehr ein. »Viele Typen kotzen nach dem ersten Mal.«

Er griff unter seinen Sitz, und eine irrwitzige Sekunde lang dachte ich, er würde die Waffe hervorziehen. Stattdessen kam seine Hand mit einer ungeöffneten Wasserflasche wieder zum Vorschein. Er bot mir die Flasche an, ohne den Blick von der Straße zu nehmen. Dankbar nahm ich sie und trank einen großen Schluck. Das Wasser war lauwarm wie Tee, aber ich war durstig.

»Ich war dreißig«, erzählte Malloy, als wir an einer roten Ampel standen. »Es war zwei Tage nach meinem Geburtstag. Ich war damals noch neu in dem Job. Ich bin erst spät bei den Cops eingestiegen.«

Er steckte sich eine Zigarette in den Mundwinkel und drückte auf den Anzünder. Die Ampel wurde grün, und er gab Gas.

»Jedenfalls«, fuhr er fort, wobei die unangezündete Zigarette zwischen seinen Lippen wippte, »kam ein Notruf für mich und meinen Partner rein, dass eine Cracksüchtige ihr Neugeborenes in einer Toilette bei *Carl's Jr.* abgelegt hatte. Hatte es reinfallen lassen, so wie man einen Haufen reinfallen lässt.« Er schüttelte den Kopf. »Wir fanden sie dann gleich um die Ecke. Sie hat auf dem Boden gesessen und ein Pfeifchen geraucht, als ob nichts gewesen wäre. Über ihre Beine lief noch das Blut. Als mein Partner sie zur Rede stellte, tat sie so, als ob sie nichts hörte. Und als er einen Schritt näher kam, hat sie dieses Messer gezückt. Ich meine jetzt nicht so eine Art Taschenmesser, sondern ich rede von einem großen alten Küchenmesser von der Sorte, mit der sie im Fernsehen immer die Konservendosen durchsäbeln. Dieses Messer hat sie Laimert in die Wade gestochen. Ich habe sie erschossen.«

Der Anzünder sprang heraus. Malloy nahm ihn und hielt ihn an das Ende seiner Zigarette.

»Zuerst dachte ich, mit mir wäre alles in Ordnung. Ich meine, sie war ein mageres kleines Ding, fast selbst noch ein Kind, aber sie war total durchgeknallt. Sie hatte ihr eigenes Baby in einer dreckigen Toilette ertränkt und auf einen Cop eingestochen. Es wäre sowieso nicht mehr lange mit ihr gut gegangen, das war klar. Aber als ich zwei Stunden später irgendwelchen Papierkram erledigte, da habe ich sie plötzlich wieder vor mir gesehen, wie sie tot auf der Seite gelegen hat. Ich habe direkt in die Schreibmaschine gekotzt.«

Ich sah ihn an. Seine unerwartete Gesprächigkeit überraschte mich dermaßen, dass ich nicht wusste, was ich sagen sollte. Lalo Malloy, der spontan eine sehr persönliche Geschichte erzählte. Und das ausgerechnet mir. Zwischen uns hatte sich fast unmerklich irgendetwas Seltsames ereignet. Ich wusste nicht, was ich davon halten sollte.

Ich sah aus dem Fenster. Sherman Oaks wurde abgelöst von Valley Village, dann kamen wir nach North Hollywood, als wir auf Umwegen zurück zu Malloys Wohnung fuhren. Ich nippte an dem Wasser und überlegte krampfhaft, was ich sagen könnte. Ich wollte vergessen, was ich getan hatte, wollte das Gefühl beiseiteschieben, dass ich mir absolut fremd vorkam. Es gab Probleme, die wir lösen mussten. Darauf wollte ich mich konzentrieren.

»Was zum Teufel ist denn mit Lia passiert?«, fragte ich schließlich. »Glaubst du, dass sie das Wiesel und seinen Kumpel gesehen hat und verschwunden ist?«

»Vielleicht«, meinte Malloy. »Oder die beiden haben Lia schon geschnappt und haben nur noch auf uns gewartet.«

»Und jetzt?«

»Jetzt besorgen wir uns diese 2257-Information für den PDM-Film, von der du gesprochen hast«, sagte Malloy. »Vielleicht kriegen wir ja eine Führerscheinkopie von Lia.«

»Wahrscheinlich kriegen wir die Info sogar aus dem Internet bei dir zu Hause«, sagte ich.

Malloy nickte und drückte seine Zigarette im Aschenbecher aus.

»Hast du ein Pfefferminz oder so was?«, fragte ich.

»Handschuhfach«, sagte Malloy.

Ich öffnete das Fach und wühlte zwischen Straßenkarten und Servietten und Zeug herum, bis ich eine Dose *Fishermen's Friend* fand. Ich machte sie auf und warf eins ein. Malloy bog auf den Hollywood Way ab. Während das Bonbon auf meiner Zunge zerging, verschwammen allmählich die Einzelheiten der Ereignisse im Parkhaus. Ich hatte das Gefühl, es sei wichtig, sie im Gedächtnis zu behalten, um sie später in all ihrer Scheußlichkeit genießen zu können. Aber gleichzeitig war ich auch ziemlich froh, sie zu vergessen.

Wir fuhren schweigend. Malloy bog in seine Straße ein und parkte ein paar Häuser von der Bungalowanlage entfernt. Ich ging hinter ihm den Gehweg entlang bis zur Eingangstür.

»Weißt du was«, sagte ich. »Das klingt jetzt vielleicht total seltsam, aber ich habe plötzlich Hunger.«

Unerklärlicherweise erstarrte Malloy. Er antwortete nicht. Sein Körper spannte sich an und wurde gleichzeitig weich und geschmeidig wie bei einer Katze, die gerade eine Maus entdeckt hat. Langsam streckte er die Hand aus und ergriff meinen Oberarm.

»Was ist?«, fragte ich.

»Meine Brieftasche«, sagte er. »Ich ...«

Bevor er den Satz zu Ende bringen konnte, hörten wir einen kurzen, trockenen Knall wie von einem Feuerwerkskörper, und ein Wölkchen Steinstaub schoss aus der Mauer, nur um Haaresbreite an Malloys linker Schläfe vorbei.

»Los«, sagte er und stieß mich so heftig, dass ich fast hinfiel.

Ich habe keine Ahnung, wie ich auf den Füßen blieb und Malloy hinter mir nicht verlor, als wir den Gehweg zurückrannten, während um uns herum überall Feuerwerkskörper losknatterten. Angeblich verlangsamt sich in solchen Momenten ja immer alles auf Zeitlupentempo. Irgendwie stimmte das Klischee, aber irgendwie auch nicht. Um mich herum war plötzlich alles viel zu hell und überdeutlich, kristallklar und aufgeladen mit unheimlicher Bedeutung. Gleichzeitig kam es mir so vor, als würden die Dinge so schnell ablaufen, dass ich überhaupt nichts aufnehmen konnte. Ich war wie eine verwirrte alte Oma auf dem Rücksitz, die dauernd rumnörgelt, wohin um alles in der Welt wir denn so schnell wollten.

Das Erste, an was ich mich wieder deutlich erinnere, war die verbeulte Tür eines alten Chevy Nova, an den ich meine Wange drückte. Entweder hatte das Feuerwerk aufgehört, oder ich war taub geworden. Ich konnte nur noch das Klingeln in meinen Ohren hören. Mir kam es ziemlich gemütlich und sicher hier an der Seite des Nova vor, und wenn ich jetzt nur ein, zwei Sekunden schlafen könnte, dann war alles gut. Aber Malloy zerrte mich schon wieder weiter. Seine ungeduldigen Finger gruben sich in meine Muskeln und zwangen mich, den behaglichen Nova zu verlassen. Er schob mich durch die Fahrertür in seinen Geländewagen. Ich stieß mir das Kinn am Steuer und spießte mich fast auf dem Schaltknüppel auf, aber Malloy war direkt hinter mir, schob mich weiter, drehte den Zündschlüssel herum und trat aufs Gas, bevor die Tür ganz zu war.

Ich hatte gedacht, ich könnte nichts mehr hören, aber da lag ich falsch. Das Geräusch, mit dem das Rückfenster zersprang, klang wie das Ende der Welt.

»Verdammt!«, brüllte Malloy, riss das Steuer nach rechts und griff dann unter den Sitz nach meiner Waffe.

Ich nehme mal an, dass man die folgenden Ereignisse als Verfolgungsjagd bezeichnen kann. Wahrscheinlich war alles ziemlich spektakulär und aufregend, mit vielen Streifschüssen und herumfliegenden Kugeln. Auf einer Kinoleinwand hätte ich das Ganze bestimmt wahnsinnig toll gefunden, aber ich kann Ihnen eines sagen: Es macht nicht annähernd so viel Spaß, wenn man dabei im Fußraum unter dem Handschuhfach eingeklemmt ist, die Arme um den Kopf geschlungen hat, aus voller Kehle brüllt, hin und her geschleudert wird wie schlecht verstautes Gepäck und sich dabei nur wünscht, in dem brennenden Autowrack zu sterben, nur damit es endlich vorbei ist. Noch nie in meinem Leben hatte ich so eine beschissene Angst gehabt.

21

Aber wir starben nicht in einem brennenden Autowrack. Irgendwann wurde der Wagen langsamer und hielt an, und ich brauchte ein paar Sekunden, bis ich genug Mut hatte, um die Hände vom Gesicht zu nehmen und mich umzusehen.

Wir waren am L. A. River. Weit und breit war kein anderes Auto in Sicht. Als ich mich langsam aufrappelte und auf den Beifahrersitz kroch, fühlte sich mein Körper an, als wäre ich noch einmal zusammengeschlagen worden. Mein Herz klopfte immer noch so schnell, als würde es gleich wie ein kleines Alienbaby aus meinem Brustkorb hervorbrechen und davonlaufen.

Ich warf einen Blick hinüber zu Malloy. Er hielt das Steuer umklammert, die Lippen fest aufeinandergepresst, und atmete schwer durch die Nase. Eine Stelle in seiner angespannten Kiefermuskulatur zuckte unablässig, und an seinem Hals lief Blut herunter bis unter den Hemdkragen. Sein rechtes Ohrläppchen sah aus wie ein Stück rotes Kaugummi.

Eine eigenartige, unbestimmbare Spannung lag zwischen uns in der Luft, die sich in ihrer Intensität beinahe sexuell anfühlte, aber keiner von uns bewegte sich. Wir hockten einfach nur mehrere Minuten lang so da, ohne einander zu berühren, ohne ein Wort. Der Motor brummte im Leerlauf. In einem

Drahtzaun in der Nähe saß ein Spatz in einer der rautenförmigen Maschen. Langsam beruhigte sich mein Puls.

»Ich hab meine Brieftasche verloren«, sagte Malloy.

Ich runzelte die Stirn. »Was?«

»Im Parkhaus am Einkaufszentrum.« Er betrachtete den Spatz aus zusammengekniffenen Augen. »Während ich mit dem Typen gekämpft habe, den du umgenietet hast, ist eine meiner Taschen aufgerissen.« Er zog an dem ausgefransten Stück Stoff an seiner Hose. »Da muss sie dann wohl rausgefallen sein.«

»Scheiße«, sagte ich leise. »Wussten die deshalb, wo du wohnst?«

»Hätte auch schlimmer kommen können«, sagte Malloy und legte den Gang ein. »Die Cops hätten sie finden können. Meine Brieftasche neben einer Leiche. Das zu erklären wäre nicht leicht gewesen.«

»Dann haben wohl die Bösen die Leiche zuerst entdeckt, was?«, sagte ich. »Meinst du, sie haben sie weggeschafft?«

Malloy nickte und zündete sich eine Zigarette an.

»Die wollen genauso wenig wie wir die Cops dabeihaben«, sagte er.

»Müssen wir die Waffe dann trotzdem noch loswerden?«, fragte ich.

»Kann nicht schaden«, sagte Malloy. »Keine Bange, ich besorge dir eine andere.«

»Und jetzt?« Ich sah weg. Mir war nicht wohl bei dem Gedanken, dass ich Malloy in die Sache reingezogen hatte, aber ihn schien das nicht weiter zu stören. Er rauchte.

»Am besten verziehen wir uns irgendwohin, wo uns niemand erkennt«, sagte er. »Irgendwo, wo es einen DVD-Player gibt.«

Und so kam es, dass wir im *Palmview Court Motel* landeten.

An dem Namen *Palmview Court Motel* stimmte genau eines: Aus dem winzigen Büro hatte man einen wunderbaren Blick auf eine vertrocknete, rattenverseuchte braune Palme, die langsam an einer Kohlenmonoxidvergiftung einging. Der größte Teil der Unterschicht, die in diesem Motel abstieg, machte sich vermutlich nie die Mühe, aus dem Fenster zu sehen. Wahrscheinlich waren sie zu beschäftigt damit, an die fleckige Decke zu starren, während sie die Beine breitmachten, oder sie sahen sich die bunten Bildchen auf den Innenseiten ihrer Lider an, während sie mit einer Nadel im Arm wegdämmerten. Hübsch war es hier eher weniger, aber in jedem Zimmer gab es einen DVD-Player, fest in den an die Wand geschraubten Fernseher eingebaut.

Der dürre, hyperaktive Speed-Junkie am Empfang hatte einen Schuhkarton voller DVDs mit wild zusammenkopierten Pornoszenen. Auf einem handgeschriebenen Schild stand, dass man sie sich für zwei Dollar pro Stück ausleihen konnte. Als ich nach den DVD-Playern fragte, schüttelte der Angestellte den Karton auf eine Weise, die er wohl für anzüglich hielt.

»Die für Homos liegen eher unten«, meinte er, und seine seltsamen blauen Augen zuckten hektisch nach links und rechts, als suchten sie einen Fluchtweg aus ihren Höhlen. »Nicht dass ich was gegen Homos hätte. Jeder nach seinem Geschmack, finde ich. Jedenfalls, was ich sagen wollte, wenn Sie die DVD zurückbringen, kriegen Sie einen Dollar Leihgebühr erstattet.«

Ich vergaß immer wieder, dass ich ja jetzt ein Kerl war. Was wohl Malloy davon hielt, ständig für eine Art schwuler Daddy gehalten zu werden? Falls es ihn störte, dann war es ihm zumindest nicht anzumerken.

Die DVDs in dem Karton waren von der Sorte, die *sechs prickelnde Stunden voller Nonstop-Action xxx-trem* versprechen, auf denen in Wirklichkeit aber nur eine lahme Szene drauf ist mit einem Mädchen, von dem man vielleicht schon einmal gehört hat, und dazu endlose Stunden von miesem europäischen Schund von 1985. Ich machte mir nicht die Mühe, nach den Schwulenpornos zu suchen. Auch die ganz oben schaute ich mir nicht genau an, aus Angst, dass einer meiner Filme dabei war.

»Keine *Naughty Teens*«, sagte Malloy, der den Karton durchwühlte, während ich eincheckte, bar bezahlte und dabei geflissentlich das eingefrorene Grinsen des Motelangestellten und seine grauen, vergammelten Zähne übersah. Er bewegte sich unentwegt auf und ab und zuckte hinter seinem Tresen herum wie eine Puppe aus wild gewordenen Würstchen.

»Na ja«, sagte der Typ. »Wenn Sie hier drin nichts finden, gibt es noch *Le Sex Shoppe* drüben am Van Nuys Boulevard. Sagen Sie einfach, Reno vom *Palm* schickt Sie, dann bekommen Sie Rabatt.«

»Prima«, sagte ich und hatte das Gefühl, ich müsste dringend mein Gehirn ausspülen.

»Dann mal los«, sagte Malloy.

Ich war schon milliardenmal am *Le Sex Shoppe* vorbeigefahren, doch ich hatte den Laden noch nie betreten. Fast jede Porno-DVD, die ich haben wollte, konnte ich gratis kriegen, weil ich mal eine Zeit lang Rezensionen für *AVN* geschrieben hatte, und von Doc Johnson bekam ich kostenlos Spielzeug, weil ich auf unserer Webseite exklusiv nur seine Produkte zeigte. Es hatte für mich noch nie einen Grund gegeben, *Le Sex Shoppe* zu besuchen. Bis jetzt.

Viele Leute sind überrascht, dass solche Läden überhaupt noch laufen, wo es jetzt alles auch im Internet gibt. Doch viele Typen teilen sich den Rechner mit ihrer Frau, oder sie haben gar keinen, oder sie bezahlen lieber in bar für ihren Porno. An solchen Orten gibt es auch immer Kabinen mit Fernsehern, damit Kerle mit strenger weiblicher Aufsicht zu Hause sich in der Mittagspause schnell einen runterholen können.

»Da«, sagte Malloy und zeigte auf eine Reihe ähnlich aufgemachter DVDs in der Amateurabteilung. Keine Frage, das waren die *Naughty Teens*.

Als ich sie so nebeneinander stehen sah, wurde mir schlagartig die schiere Zahl der beteiligten Mädchen bewusst, die in dieses miese Geschäft verwickelt waren. Einundzwanzig DVDs standen da ordentlich aufgereiht. Auf jeder waren vier oder fünf Szenen. Klar gab es auch ein paar Wiederholungen, aber trotzdem hieß das, dass fast hundert Mädchen in dieses illegale Geschäft mit unfreiwilligen Pornodarstellerinnen verwickelt waren. Sicher kostete es eine ganze Stange Geld, so eine große Gruppe illegaler ausländischer Frauen zu kaufen, unterzubringen, zu ernähren und vor allem, die gesamte Organisation geheim zu halten. Ich konnte mir nicht vorstellen, dass die mickrigen Verkaufszahlen dieser DVDs allein so lukrativ waren, dass sich das Risiko lohnte.

Ich sagte Malloy, was für Überlegungen mir im Kopf herumgingen. »Mir kommt es nur merkwürdig vor, dass sie sich noch nicht einmal die Mühe machen, aus jedem Mädchen filmmäßig das Letzte herauszuholen«, sagte ich. »Eine viel beschäftigte Schauspielerin kann fünfundzwanzig Szenen im Monat drehen, und das auch ohne Pistole auf der Brust. Aber diese Mädchen machen nur eine oder höchstens zwei. Warum nicht die Investition ganz ausschöpfen?«

»Lia hat geschrieben, dass sie auch zur Prostitution gezwungen wurde, nicht nur zum Pornodrehen«, sagte Malloy. Er schaute sich das Cover mit »Kimberly« und Jesse Black an. »Diese DVDs sind vermutlich eher schnell zusammenkopierte Kataloge, die die verfügbare Ware anpreisen sollen. Wahrscheinlich machen sie das richtige Geld mit der Prostitution.«

»Mein Gott«, sagte ich leise.

»Und deshalb«, sagte Malloy, »besorgen wir uns jetzt diese 2257-Info.«

Wir gingen zurück ins *Palmview* und bezogen unser heruntergekommenes Motelzimmer. Es war grässlich, aber zumindest schoss dort niemand auf uns.

Als Erstes schloss ich mich im Bad ein und wickelte meine Bandagen ab. Ich war verschwitzt und roch säuerlich von alldem Adrenalin und Angstschweiß, und ich musste sofort duschen, sonst würde ich sterben. Es gab keine Seife, und rosthaltiges, lauwarmes Wasser tröpfelte aus dem Duschkopf wie Blut aus dem Handgelenk eines unentschlossenen Selbstmörders. Aber es war besser als nichts.

Als ich aus der Dusche kam, trocknete ich mich vorsichtig mit dem einzigen rauen, ehemals weißen Handtuch ab und stand dann eine Weile nur so da. Die Innenseite der Tür war mit einem großen schmalen Spiegel verkleidet, der mir ein leicht verzerrtes Bild meines nackten Körpers von den Knien aufwärts lieferte. Nackt war es unmöglich so zu tun, als wäre ich jemand anders.

Ich berührte meine Kopfhaut. Mein Kinn. Meinen Bauch. Die Blutergüsse waren inzwischen so weit verblasst, dass ich mir vorstellen konnte, sie wären nur Schatten. Ich nahm den roten Lippenstift, den ich Tabby gestohlen hatte, und legte etwas Farbe auf. Heute hört es sich seltsam an, aber als ich mich da im Spiegel sah mit diesen glänzenden roten Lippen, da fühlte ich mich wieder lebendig. Sexy. Echt. Ich fühlte mich wieder wie ich selbst. In diesem Augenblick beschloss ich, Lippenstift zu tragen, wenn ich den Hurensohn umlegte, der mich in diese Scheiße geritten hatte.

Malloy klopfte leise an die Tür, und ich fuhr zusammen und wischte mir schnell mit dem Handrücken über den Mund.

»Moment«, sagte ich und steckte den Lippenstift zurück in die Umhängetasche, dorthin, wo die Knarre gewesen war.

Ich zog ein sauberes T-Shirt an. Nicht das mit *Lakers*-Aufdruck, das ich weit nach unten in die Tasche verbannt hatte, sondern ein schlichtes rotes. Es war lang wie ein Kleid, genau wie das T-Shirt von Lia. Die Bandagen konnte ich einfach nicht sofort wieder umwickeln, also gönnte ich meinen Titten eine Pause und blieb, wie ich war.

Als ich rauskam, verschwand Malloy wortlos im Bad. Während er sich wusch, rief ich noch einmal Roxettes Handy an. Es schaltete immer noch sofort auf Voicemail. Auch bei ihr zu Hause nahm niemand ab. Danach verbrachte ich viel zu viel Zeit damit, die Folie um die *Naughty-Teens-17*-DVD und all die Sicherheitsaufkleber abzufummeln. Ich war kurz davor, das verdammte Ding aus dem Fenster zu feuern, als Malloy aus dem Bad kam. In seinem silbernen Bürstenhaar glitzerten Wassertropfen. Unter seinem Ohr war kein verkrustetes Blut mehr. Ich hielt ihm die DVD hin. Gelassen schlitzte er die Folie mit einem Taschenmesser auf und nahm die Scheibe heraus.

Er schob sie in den Player, und ich setzte mich aufs Bett. Zuerst wurde eine rote FBI-Warnung eingeblendet, dann kam die 2257-Info.

Der Film NAUGHTY TEENS 17 wurde am 12. Juli 2006 produziert. Alle Unterlagen und Aufzeichnungen, die nach U.S.C. Sec 2257 und 28 C.F.R., Absatz 25, erforderlich sind für diesen Film und alle zugehörigen Materialien, auf denen sich diese Information befindet, werden im Büro des Herstellers aufbewahrt: PDM Productions, 13505 Cielo Street, Chatsworth, CA 91311, und im Archiv von B. Handerlan verwaltet. Alle Personen, die in diesem Film auftreten, sind über 18 Jahre alt. Nur für Erwachsene geeignet. Nehmen Sie Ihre Rechte als erwachsener Bürger der U.S.A. wahr und genießen Sie auch die anderen XXX-Filme von PDM Productions.

Es gab keine Möglichkeit, auf Pause zu schalten, weil nirgends eine Fernbedienung zu finden war, aber Malloy schien die nötigen Informationen auch so mitzukriegen. Er schrieb nur die Adresse auf. Während er noch damit beschäftigt war, erschien das Menü. Die rechte Bildschirmhälfte war ausgefüllt mit dem großen Bild einer Brünetten, die nicht Lia war und eher verwirrt als sexy wirkte. Unter ihr erschien noch einmal der Titel, und in einem großen Kasten links lief unentwegt ein Trailer, der aus den verschiedenen Szenen der DVD zusammengestellt war. Eine davon zeigte Lia mit Jesse. Mir wurde ernsthaft schlecht, als ich ihn sah. Malloy stand auf und drückte auf Stopp. Der Bildschirm wurde grau, aber ich fühlte mich dadurch nicht besser.

»Alles in Ordnung mit dir?«, fragte er.

»Mir geht's besser, wenn er tot ist«, antwortete ich.

22

Das PDM-Büro sah genau so aus, wie ich es mir vorgestellt hatte. Mir kam es so vor, als wäre ich schon einmal dort gewesen, was aber nicht der Fall war. Doch im Valley gab es Hunderte solcher Orte. Vorne ein Gewirr aus muffigen Räumen, die durch die viel zu hoch eingestellte Klimaanlage immer eiskalt sind, eine riesige Lagerhalle dahinter. Ein paar fest angestellte Cutter hingen unrasiert und mit tiefdunklen Ringen unter den Augen in winzigen Studios herum, die nur durch die flimmernden Bilder von gegeneinanderklatschendem Fleisch erhellt waren. Frauen aus Mexiko und El Salvador schoben Hochglanzausdrucke in Tausende von DVD-Plastikhüllen. Ein paar Packerinnen, ein Gabelstaplerfahrer und dazu ein armer Teufel von der Qualitätskontrolle, der sich jeden Tag acht geistlose Stunden lang Pornos anschauen musste auf der endlosen Jagd nach digitalen Fehlern. Ein emsiger kleiner Bienenstock, der Tag und Nacht tätig ist, nur damit Sie sich gemütlich zu Hause unanständige Filme ansehen können.

Wie sich herausstellte, stand das B von B. Handerlan für Barbara, den Vornamen der Archivarin von PDM. Sie war blond, unscheinbar und fahlhäutig und hatte denselben Gesichtsausdruck von müder, genervter Überlastung wie Angestellte der Kraftfahrzeugstelle. Offensichtlich war es eine glatte Zumutung, dass sie sich nur unseretwegen aus ihrem durchgesessenen Stuhl erheben, zum Aktenschrank hinübergehen und die Unterlagen heraussuchen musste, die Malloy haben wollte.

»Wir wissen Ihre Bemühungen sehr zu schätzen, Miss Handerlan«, sagte Malloy.

»Kein Problem«, sagte sie in einem Tonfall, der deutlich machte, dass es in Wirklichkeit ein Riesenproblem war. »Wie war noch mal der Titel?«

»*Naughty Teens*«, sagte Malloy. »Siebzehn.«

»Ach ja«, sagte die Frau.

Während sie lautstark in den Hängeordnern blätterte, ließ ich meine Blicke über ihren Schreibtisch schweifen. Ein Bilderrahmen mit der Aufschrift *Mamis Engel* und einem Foto von zwei pausbäckigen Jungen stand darauf. In ein paar Jahren würden die beiden versuchen, selbst einen Blick auf die *Naughty Teens* zu erhaschen.

»Da haben wir's«, sagte sie. »*Naughty Teens 17*.«

Malloy ging ihr entgegen und riss ihr die dünne Mappe fast aus der Hand.

»Vielen Dank«, sagte er, legte die Mappe auf ihren Tisch und blätterte konzentriert durch den Inhalt.

Sekunden später hatte er die Model-Release-Verträge durchgesehen und den für »Kimberly« gefunden. Der Vertrag und der beigelegte Scan ihres Führerscheins belegten, dass ihr Name nicht Kimberly oder Lia war, sondern Amanda Rose Temmens. Nach dem Geburtsdatum auf dem Führerschein war sie neunzehn Jahre alt.

Malloy notierte sich die Nummer des Führerscheins und wollte die Mappe gerade wieder zuklappen, als er innehielt. Er zog leicht die Augenbrauen zusammen und notierte sich noch etwas.

Die Frau war eben erst wieder an ihrem Schreibtisch angekommen und wollte sich wieder in ihren Stuhl sinken lassen.

»Vielen Dank, Miss Handerlan«, sagte Malloy. »Ich hätte da noch eine andere Frage.«

Miss Handerlan blieb halb über ihrem Stuhl stehen und

machte ein finsteres Gesicht bei der Aussicht auf eine weitere Frage.

»Was?«, fragte sie.

»Haben Sie eine Kontaktadresse für die Leute, die diesen Film gedreht haben?«

»Was?«, sagte sie wieder. »Meinen Sie den Regisseur?«

»Ja«, sagte Malloy.

»Nun …«, antwortete sie. »Das müsste eigentlich in den Verträgen stehen.«

»Das habe ich gesehen«, meinte Malloy. »Aber da steht nur ein Postfach. Haben Sie keine andere Adresse oder vielleicht eine Telefonnummer?«

»Wenn wir das hätten«, sagte Miss Handerlan, »stünde es in den Unterlagen.«

»Hm«, sagte Malloy. »Was ist denn, wenn was schiefläuft mit dem Film und Sie irgendwen erreichen müssen?«

Sie zuckte mit den Schultern. »Wenn es da nicht drinsteht, kann ich Ihnen auch nicht weiterhelfen. Da müssen Sie mit dem Chef reden.«

»Auch gut«, sagte Malloy. »Kann ich sofort mit ihm reden?«

»Er ist nicht da«, sagte sie. »Er ist nicht in der Stadt.«

Mehr war aus ihr nicht herauszukriegen, das musste auch Malloy einsehen.

»In Ordnung«, sagte er. »Vielen Dank für Ihre Mühe.«

Die Frau antwortete nicht. Malloy warf mir einen Blick zu und deutete mit dem Kinn auf den Ausgang.

Auf dem Parkplatz, den sich PDM mit einer Verchromungswerkstatt, einer Firma für Abnehmprodukte und einem mysteriösen Unternehmen namens »J-Toc Manufaktur« teilte, zündete Malloy sich eine Zigarette an.

»Der Führerschein von Jesse Black war auch in der Akte«, sagte er leise.

Warum hatte ich daran nicht gedacht? Natürlich musste PDM auch Jesses Unterlagen in den Akten haben. Mit seinem echten Namen und einer Adresse war es ein Kinderspiel, ihn zu finden. Mir wurde fast schwindelig bei dem Gedanken – und eine leichte Übelkeit stieg in mir hoch.

»Was machen wir jetzt?«, fragte ich.

»Ich versuche mal, ob ich etwas über Amanda Rose Temmens herausfinden kann«, sagte Malloy. »Ich hab da einen alten Kumpel bei den Bullen, der mir noch einen Gefallen schuldet. Aber da kannst du nicht mitkommen. Du musst im Motel auf mich warten.«

Ich nickte und hörte nicht mehr richtig zu. Ich dachte nur noch an Jesse.

23

Ich musste wohl in dem dämmrigen, stickigen Motelzimmer im *Palmview* eingeschlafen sein. Mir kam es so vor, als hätte ich nur mal eben die Augen zugemacht, aber Malloy war schon wieder da. Er brachte Essen aus dem Thai-Imbiss, Wasser und Zigaretten mit.

»Und?«, sagte ich. »Was hast du herausgefunden?«

»Erst essen«, sagte Malloy und reichte mir einen Pappbehälter und eine Plastikgabel. »Du hast den ganzen Tag noch nichts gehabt.«

Vor der wilden Schießerei mit Verfolgungsjagd war ich hungrig gewesen, und als ich jetzt die kleine weiße Schachtel aufklappte und mir der würzige Geruch in die Nase stieg, knurrte mein Magen laut. Keine Ahnung, was ich da aß, aber es schmeckte göttlich, und ich schlang es förmlich hinunter.

Malloy aß langsamer als ich und ohne ein Wort zu sagen. Er saß mit hochgezogenen Schultern da und kaute, wobei er aus zusammengekniffenen Augen ins Leere starrte. Vielleicht hatte er etwas auf dem Herzen, etwas, das ihm keine Ruhe ließ, aber ich konnte ihn immer noch verdammt schwer einschätzen.

»Also«, sagte ich schließlich, »spann mich nicht länger auf die Folter.«

»Na gut«, sagte er, stellte die Pappschachtel mit Nudeln beiseite und wischte sich den Mund mit einer zusammengeknüllten Serviette ab. »Zunächst mal ist Lias Führerschein falsch. Amanda Rose Temmens starb mit fünf Monaten an plötzlichem Kindstod.«

»Echt?«, sagte ich. »Heißt das, dass wir die Typen, die den Film gemacht haben, drankriegen können?«

»Vielleicht«, sagte Malloy. »Aber ich schätze, der Boss dieses Vereins ist viel zu gut abgesichert. Der lässt sich nicht so einfach an die Karre fahren. Über so eine falsche Identität lacht der nur. PDM müsste wohl dran glauben, weil sie die Pornos vertreiben. Und das würde vielleicht ein oder zwei Sündenböcke mit reinreißen, aber den Boss selbst würde der Staatsanwalt nicht kriegen.«

»Sieht so aus«, sagte ich. »Was gibt's noch?«

»Nun, mein Kumpel beim LAPD hat Lia wiedererkannt, als er den Führerschein überprüft hat«, sagte Malloy. »Sie arbeiten gerade an einer unbekannten Leiche, die bei einem Busunfall an der Kreuzung Vanowen und Vesper Street umgekommen ist. Der Fahrer und mehrere Zeugen versichern, dass die Frau sich absichtlich vor den Bus geworfen hat.«

»Ist er sicher, dass es Lia war?«, fragte ich ungläubig.

»Der Unfall ist ein paar Hundert Meter von deinem Büro entfernt passiert, knapp fünf Minuten nachdem Lia aus deinem Toilettenfenster gestiegen ist. Es muss sie gewesen sein. Ihr Gesicht ist ziemlich ramponiert, aber sie haben anhand des Knochenbaus eine Zeichnung anfertigen lassen. Und jetzt kommt's: Sie haben die Zeichnung veröffentlicht und nach Zeugen gesucht, die die Frau identifizieren können. Da ist ein gewisser Jaime Martínez erschienen und hat behauptet, dass er sie am Abend vorher kennengelernt habe. In einer Bar. Sie hat ihm gesagt, sie hieße Brittany.«

Ich schüttelte den Kopf.

»Wie auch immer«, fuhr Malloy fort. »Sie ist mit diesem Martínez nach Hause gegangen. Er meinte, sie war sehr nervös und hatte kein Auto. Als er am nächsten Morgen zur Arbeit ist, hat er ihr angeboten, dass sie ein paar Tage bei ihm bleiben kann. Aber als er abends nach Hause kam, war sie verschwunden.«

Ich versuchte, mir den Ablauf der Ereignisse vorzustellen. »Sie ist mit diesem Vukasin zusammen, dem Typen aus der Bande, dem sie vorspielt, dass sie ihn liebt. Sie klaut den Koffer und haut ab. Ohne Auto kommt sie nicht weit, also organisiert sie sich in einer Bar einen Kerl, der motorisiert ist. Und der sie mitnimmt zu sich.«

»Und als der am nächsten Morgen zur Arbeit geht«, sagte Malloy, »schnüffelt sie herum und überlegt, was sie jetzt tun soll. Vielleicht entdeckt sie die Pornosammlung des Typen und erkennt Zandora wieder. Vielleicht telefoniert sie herum und stößt auf dich. Da gibt es eine ganze Menge Vielleichts, aber irgendwie gerät sie schließlich in dein Büro. Dann tauchen die Schläger auf. Vielleicht hat jemand, den sie angerufen hat, denen einen Tipp gegeben, oder sie hat ein Taxi genommen, und die Wichser haben sie über die Taxizentrale gefunden. Egal wie, sie ist am Arsch. Sie sieht sie kommen, versteckt den Koffer und versucht zu fliehen. Und als sie merkt, dass sie den Typen nicht entkommen kann ...«

»Verdammte Scheiße«, sagte ich leise.

Ich konnte mir nicht vorstellen, wie verzweifelt ein Mädchen sein musste, dass sie sich lieber vor einen Bus warf, als sich von diesen Frauenhändlern wieder einfangen zu lassen. Lia musste in den letzten Sekunden ihres Lebens mit aller Kraft gehofft haben, dass ihre Nachricht ankommt. Dass die alte Freundin aus ihrer Heimat, die sie seit mehr als zehn Jahren nicht mehr gesehen hatte, irgendwie ihrer kleinen Schwester helfen konnte. Wahrscheinlich hätte sie sich nie im Leben vorstellen können, welche Kettenreaktion sie damit ausgelöst hatte.

Ich schnappte mir eine Wasserflasche, schraubte sie auf und trank einen großen Schluck.

»Ich habe noch mehr erfahren«, sagte Malloy und nahm ein Päckchen Zigaretten aus der schon aufgerissenen Stange. Er zündete sich eine an und steckte das Päckchen ein. »Und es wird noch viel schlimmer.«

»Noch schlimmer?«, fragte ich stirnrunzelnd. »Wie das denn?«

»Ich hab zufällig Erlichman getroffen«, sagte er. »Der hat mir erzählt, dass sie deinen beschlagnahmten Computer mithilfe einer Spezialfirma nach verborgenen oder gelöschten Dateien durchsucht haben. Keine Ahnung, wie die das machen, aber das ist nicht der Punkt. Der Punkt ist, dass sie ein paar Fotos gefunden haben. Von jungen Mädchen, Angel. Sehr jungen.«

»Heilige Scheiße«, flüsterte ich. Ich stellte die Flasche heftig hin und stand auf. Ich bekam kaum Luft; es war, als hätte ich einen gezielten Fußtritt vor die Brust bekommen.

Mein Leben war zu Ende. *Daring Angels* und alles, was ich sonst erreicht hatte, war tot und begraben, genau da, wo der Boss mich haben wollte. Eine Anklage wegen Drogen, häuslicher Gewalt, sogar wegen Mordes, konnte ich irgendwie überstehen, aber eine Ermittlung in Sachen Kinderpornografie überlebte niemand. Nicht in meiner Branche. Dieses Arschloch mit dem nichtssagenden Gesicht hatte mich vollkommen zugrunde gerichtet. Er hatte nicht nur einfach versucht, mich umzulegen; nein, er hatte mir meine Lebensgrundlage entzogen, und zwar für alle Zeiten. Kalte Wut stieg in mir auf und nahm mir den Atem, heftiger als je zuvor. Am liebsten hätte ich alles in dem Scheiß-Motelzimmer kurz und klein geschlagen.

»Sie gehen davon aus, dass Sam und du einen kleinen Kinderpornoring nebenher betrieben habt«, sagte Malloy. »Und dass du Sam loswerden wolltest und dann irgendetwas an dem Plan schiefgelaufen ist.«

Malloy hatte die Augen wegen des Zigarettenrauchs halb geschlossen. Mir fiel plötzlich auf, wie gebannt er mich anstarrte, so als versuchte er, meine Reaktion einzuschätzen.

»Was ist denn?« Ich war kurz davor zu explodieren. »Du glaubst doch nicht im Ernst ...«

»Du hast diese Teenie-Filme verteidigt«, sagte Malloy. »Sag du's mir.«

Mir war nicht bewusst, dass ich zum Schlag ausgeholt hatte. Malloy reagierte schnell, aber nicht schnell genug, und ich erwischte sein Stoppelkinn mit den Handknöcheln. Die Zigarette flog ihm aus dem Mund und fiel auf den Teppich. Vollkommen von Sinnen stürzte ich mich auf ihn und drosch wie mit Windmühlenflügeln und mit aller Kraft auf ihn ein. Er schnappte mich einfach, drehte mich um, sodass mein Rücken an seinem Bauch war, umklammerte mich und presste mir die Arme an den Leib. Ich schlug und trat heftig um mich. Außer meinem stoßweisen Atmen gab ich keinen Laut von mir. Ich erwischte seine Schienbeine und Knie ein paarmal richtig hart, aber er stand wie eine Mauer und wartete geduldig, bis ich mich abgeregt hatte. Irgendwann war ich völlig außer Atem und kam mir furchtbar blöd vor.

»Fertig?«, fragte Malloy.

»Fick dich«, zischte ich.

»Hör mal, Angel ...«

»Dass du Scheißkerl das von mir auch nur denken kannst«, sagte ich.

»Tut mir leid«, sagte er. »Ich musste sichergehen.«

Er ließ mich los, und ich stolperte ein paar Schritte. Ich drehte mich zu ihm um, setzte mich dann unvermittelt auf das Bett, Ellenbogen auf die Knie gestützt, und versuchte, wieder zu Atem zu kommen.

Malloy ließ sich wieder auf den Stuhl fallen und rieb sich das linke Schienbein.

»Angel«, sagte Malloy, »ich bin kein netter Kerl. Ich hab in meinem Leben schon eine Menge gemacht, auf das ich nicht stolz bin, aber es gibt eine Grenze, verstehst du? Alles, was Kinder angeht, besonders kleine Mädchen, da ist für mich Schluss. Wenn du ein paar Typen umlegen willst, die dich am Arsch gekriegt haben, dann bin ich dabei, kein Problem. Aber ich musste wissen, wo deine Grenze ist. Das ist mir wichtig, Angel.«

»Jetzt weißt du's«, sagte ich und sah ihn aus zusammengekniffenen Augen an.

Er blickte mir lange Sekunden direkt ins Gesicht, bevor er antwortete.

»Ja, ich glaub, jetzt weiß ich es.«

Wir schwiegen beide. Draußen hupte jemand und fluchte auf Spanisch. Ich roch beißenden Rauch, der immer stärker wurde, und Malloy und ich merkten gleichzeitig, woher er kam.

»Scheiße«, sagte ich, als Malloy durch das Zimmer stürzte und auf dem brennenden Teppichboden herumtrampelte, der sich an der Zigarettenglut entzündet hatte.

Ich hustete und wedelte mit der Hand vor meinem Gesicht herum, während Malloy mit dem Fenster kämpfte und es schließlich aufbekam.

»Wolltest du den Laden hier abfackeln?«, fragte ich.

»Ist sicher nicht das erste Mal in dieser Bruchbude, dass jemand den Teppich ankokelt«, sagte er. »Und wohl auch nicht das letzte Mal.«

Ich lachte, aber es fühlte sich nicht echt an. Das Lachen erstarb mir in der Kehle, und ich verschränkte die Arme vor der Brust. Ich fühlte mich leer.

Malloy blieb mit dem Rücken zu mir am Fenster stehen. Ein paar Minuten lang passierte nichts. Dann klingelte sein Handy.

»Was ist los, Didi?«, fragte er, als er das kleine Handy aufgeklappt und es sich ans Ohr gepresst hatte.

Während er zuhörte, wurde sein Ausdruck sehr ruhig und ernst. Dann gab er das Handy wortlos an mich weiter.

»Didi?«, fragte ich.

»Angel«, sagte Didi. Ihre Stimme klang abgehackt und verrauscht. »Bei mir sind hier zwei schwanzlose Wunderknaben mit Knarren.« Sie wurde von einem dumpfen Schlag und einem Klappern unterbrochen, als hätte sie ihr Handy fallen lassen. »Pisser!«, brüllte sie. »Nur zu, schlag noch mal zu, du kleiner Scheißer. Schlag zu, so viel du willst, ein Schwanz wächst dir davon nicht.«

»Didi!«, schrie ich. »Was ist da los bei dir?«

Es rauschte nur noch. Dann hörte ich eine sehr jung klingende, männliche Stimme.

»Hör zu, du Nutte«, sagte der Typ. »Beweg deinen fetten Arsch so schnell du kannst hierher. Sonst kannst du deine liebe Freundin Didi vergessen.«

Im Hintergrund hörte ich Didi fluchen.

»Wohin denn?«, fragte ich. »Zu Didi?«

»Komm einfach«, sagte der Knabe, und dann war das Gespräch zu Ende.

24

Während der gesamten Fahrt zu Didis Haus in Winnetka sagten wir beide kein Wort. Nur der Fahrtwind pfiff durch das kaputte Rückfenster. Mir kreiste noch das Adrenalin im Blut wegen der Kinderpornosache, aber ich konnte keinen klaren Gedanken fassen. Ich hatte furchtbare Angst um Didi und kam fast um vor Schuldgefühlen, weil ich sie in diesen Albtraum mit hineingezogen hatte.

Malloy hielt vor Didis Haus. Ein gelber Hummer-Geländewagen stand in ihrer Einfahrt und ragte wie ein riesiges Spielzeugauto über ihrem kleinen Saturn auf. Die Haustür stand einen Spaltweit offen.

Malloy deutete auf den grauen Caprice, der auf der anderen Straßenseite parkte. Er war leer. »Das ist der Wagen, mit dem sie observiert wurde, als sie bei mir war.«

»Die Cops?«, sagte ich. »Wo sind die denn, etwa drin? Vielleicht haben sie Didi schon gerettet, und wir können wieder ...«

Aus dem Haus ertönte der harsche Knall eines Schusses und sofort danach ein zweiter.

»Verdammte Scheiße!« Malloy warf mir eine Waffe zu und zog seine eigene. »Komm schon.«

Mir blieb keine Zeit zum Nachdenken. Ich konnte nur die schwere Knarre in die Hand nehmen und Malloy folgen.

Sobald wir in Didis gemütlichem, vertrautem Haus waren, traf mich die Wirklichkeit wie ein Schlag in die Magengrube. Ich sehnte mich so heftig und verzweifelt nach Didi und meinem früheren Leben zurück, dass mir ganz übel wurde. Auf einem Regal über ihrem Fernseher saß immer so ein riesiger Teddy aus Spitze, der Duftpotpourri enthielt. Ich hatte sie ständig damit aufgezogen, dass er das albernste und scheußlichste Ding aller Zeiten war, aber sie liebte ihn heiß und innig. Jetzt kam mir der vertraute, warmwürzige Duft nach Pfirsichen wie der Geruch eines toten Geliebten vor. Ich war froh, dass es so dunkel war, denn überall an den Wänden hingen gerahmte Fotos, und jedes Einzelne davon hätte mir das Herz abgedrückt. Im Dunkeln waren sie nur Rechtecke aus Glas.

Weiter hinten im Haus hörte ich Geräusche. Didi war genau wie ich oder eigentlich noch schlimmer: Ich konnte es nicht leiden, dass jemand mit mir in meinem Bett schlief, aber sie ging da noch einen Schritt weiter. Sie ließ ihre Liebhaber noch nicht einmal in ihr Schlafzimmer. Didi und mir wurde immer wieder vorgeworfen, wir würden uns wegen unserer Privatsphäre zu sehr anstellen – aber wenn man sein Geld damit verdient, der Welt das Allerintimste zu zeigen, muss man sich eben im Privatleben ein paar Rückzugsmöglichkeiten schaffen. Didi hatte sich zwei völlig getrennte Zimmer eingerichtet: eins für Sex und eins zum Schlafen. Das Zimmer für Sex – das Spielzimmer nannte sie es – hatte wahrscheinlich früher einmal als eine Art Wohnzimmer gedient. Als Didi das kleine Haus zu ihrer viel besuchten Junggesellinnenbude umgestaltete, verwandelte sie dieses Zimmer in eine schicke Liebeslounge, die direkt aus einem ihrer Filme von etwa 1979 hätte stammen können.

Während ich hinter Malloy den engen Flur entlangging, wurde der süße Pfirsichduft von einem schärferen Geruch verdrängt. Im Spielzimmer fanden wir dann ein Bild vor, das sich für den Rest meines Lebens in mein Gedächtnis eingrub.

Im Zimmer befanden sich fünf Männer. Drei waren tot, und einer lag im Sterben.

Er war ein hübscher tätowierter Junge, wahrscheinlich Mitglied einer Rockband, die wohl niemals eine Platte veröffentlichen würde. Er lag in der hinteren Ecke und hatte versucht, auf Hände und Knie hochzukommen, doch er hatte es nicht mehr geschafft. Jemand hatte ihm in den Hals geschossen. Der Junge gab eigenartig quietschende Geräusche von sich, die in einem anderen Zusammenhang vielleicht witzig geklungen hätten.

Der Tote links neben ihm sah wie ein Möchtegern-Hollywoodstar aus. Er war gut gekleidet, groß, muskulös wie ein männliches Model. Er kam mir irgendwie bekannt vor. Ich war mir ziemlich sicher, dass ich ihn aus der Branche kannte. Der massigen Ausbeulung innen an seinem linken, maßgeschneiderten Hosenbein nach zu urteilen, würde ich wetten, dass er vor der Kamera arbeitete. Er passte irgendwie nicht recht in diesen amateurhaft und extrem schlampig inszenierten Leichenhaufen.

Bei den anderen beiden Toten handelte es sich offensichtlich um die beiden Zivilbullen aus dem Caprice. Einer war auf der gepolsterten Liebesschaukel zusammengebrochen. Die Ketten, an denen sie aufgehängt war, klirrten leise, als säße der Geist von Jacob Marley aus Dickens' *Weihnachtsgeschichte* darin und würde sachte hin und her schwingen. Der rechte Schuh des Cops war heruntergefallen, und durch ein kleines Loch in der verknautschten schwarzen Socke konnte man einen Zeh sehen. Das Loch war zwar nicht groß genug, dass der Zeh komplett hindurchgepasst hätte, aber das wäre wahrscheinlich bis Schichtende noch geschehen, wenn er so lange gelebt und auf den Füßen geblieben wäre. Knapp zwei Meter weiter lag sein Partner auf dem Rücken am Boden. Ein Lederetui mit der Polizeimarke darin lag nur wenige Zentimeter von seiner offenen Hand entfernt.

Über den Cop am Boden beugte sich der Einzige im Raum, der unverletzt geblieben war. Der Typ sah aus, als könnte er auch ein Mitglied in der Band des sterbenden hübschen Jungen sein. Er war ebenfalls reichlich tätowiert, allerdings nicht so hübsch. Wahrscheinlich der Schlagzeuger. Er hielt eine Art blutverschmierten weißen Knüppel wie ein Höhlenmensch hoch über den Kopf. Als er uns bemerkte, gab er ein seltsames kurzes Knurren von sich und ließ die Waffe fallen.

Kaum hatte der Knüppel den Boden berührt, prallte er ab und begann wie eine zornige Hornisse laut zu summen. Er tanzte über den Teppichboden davon und zog einen langen weißen Schwanz hinter sich her. Dann wurde mir klar, dass es sich um einen Vibrator handelte. Ich weiß nicht, warum, aber ich wollte unbedingt dieses Ding einfangen und abstellen. Viel lieber wollte ich mich damit befassen, als mit diesem Albtraum um mich herum. Ich schob meine Kanone hinten in den Hosenbund und wollte den blutigen Vibrator am Kabel packen und den Stecker herausziehen.

»*Nicht!*«, schrie Malloy.

Ich fuhr zusammen, und mein Herz hämmerte.

»Fass nichts an«, stieß Malloy zwischen zusammengebissenen Zähnen hervor.

Ich nickte und biss mir auf die Unterlippe. Der Vibrator brummte und hopste weiter vor sich hin. Der Typ, der über den toten Cop gebeugt war, starrte Malloy mit großen Augen und leerem Blick an.

»Also, Meister«, sagte Malloy und zielte mit seiner Pistole genau zwischen die weit aufgerissenen Augen des Jungen. »Kannst du mir mal sagen, was zum Teufel hier los war?«

»Sie ... ich ...«, war alles, was der Junge herausbrachte, bevor er sich hastig von dem toten Cop entfernte und sich das nachgemachte Siebzigerjahre-T-Shirt vollkotzte.

»Ganz toll«, sagte Malloy. »Sieht so aus, als wäre die Party schon vorbei.«

»Wo ist Didi?«, fragte ich. »Didi!«

Die Badezimmertür auf der anderen Seite des riesigen runden Bettes stand einen Spaltweit offen. Auf dem Türrahmen war Blut.

»Didi!«, rief ich noch einmal.

»Mach schnell, Angel«, sagte Malloy ruhig. »Wahrscheinlich kommt gleich die Verstärkung.«

Ich rannte hinüber zum Badezimmer und schob die Tür mit der Fußspitze ganz auf.

Didi saß vornübergebeugt neben der Toilette und hielt eine Hand über die Schüssel. Über die Vorderseite ihres weißen, mit Marabufedern gesäumten Negligés zogen sich lange dunkelrote Streifen. Ihr Gesicht war totenblass und glänzte vor Schweiß, und unter dem verschmierten rosa Lippenstift waren die Lippen blau. Mit der Hand, die über der Toilettenschüssel hing, stimmte etwas ganz und gar nicht, aber ich konnte einfach nicht näher hinsehen. Die Schüssel war voller Blut.

»Ihr habt euch verflucht lang Zeit gelassen«, sagte Didi. »Schau dir das mal an.« Sie hob die Hand oder vielmehr das, was davon noch übrig war. »Der kleine Scheißer hat mir in die verdammte Hand geschossen.«

Ich stürzte zu ihr und umarmte sie. Sie fühlte sich kalt und glitschig an, wie eine Art Meerestier.

»Sie haben gesagt, sie wären Freunde von Jesse«, fuhr sie fort und lehnte sich schwer an mich. »Dieser feige Hurensohn hatte zu viel Schiss, das selbst zu erledigen, deshalb hat er diese Deppen geschickt. Die beiden Tätowierten kenne ich nicht, aber der Niedliche, das ist Mitch Magnums Sohn. So gut bestückt wie sein Alter, hat gerade die ersten Schritte im Geschäft gemacht. Heilige Jungfrau, was für eine Verschwendung.« Sie schüttelte den Kopf. »Dann sind die Cops aufgekreuzt, und ab da ist alles voll aus dem Ruder gelaufen.« Sie wischte sich den Mund am Unterarm ab. »Mein Teppich ist total hinüber.«

»Na los, Didi«, sagte ich. »Wir bringen dich hier weg.«

»Du hast dir ja die Haare abgeschnitten«, sagte sie und strich mit ihrer unverletzten Hand über meinen Hinterkopf. »Na, ich weiß nicht, Süße. Bei Belladonna sah's ganz gut aus, aber ich glaub, an dir gefällt mir das nicht. Du siehst damit ... zu lesbisch aus.«

»Wenn das alles hier vorbei ist, lass ich es wieder wachsen, versprochen«, sagte ich. »Also, los jetzt. Beweg deinen dicken Hintern, damit wir hier rauskommen.«

»Kann ich nicht, Angel«, sagte Didi, schluckte schwer und strich sich die verklebten Haare aus dem Gesicht. »Geht ihr mal ruhig.«

»Ich lass dich nicht allein«, sagte ich und packte sie vorn an ihrem seidenen Negligé. »Mach schon.«

»Hör mal, Süße«, sagte Didi und schob sanft meine Hand beiseite. »So kann ich doch nirgends hingehen. Da kommen doch sicher gleich noch 'ne ganze Menge Cops, oder? Die bringen mich dann ins Krankenhaus und sehen zu, dass ich wieder fit werde. Du kannst da nicht mit, die verhaften dich doch sofort.«

»Quatsch«, sagte ich verzweifelt und voller Panik. »Auf keinen Fall.«

»Geh schon«, sagte Didi und stieß kraftlos meine Hand weg. »Ich warte hier. Vielleicht kommt ja dieser sexy Detective Erlichman und rettet mich.« Sie fuhr sich über die schweißnassen Haare. »Wie seh ich aus?«

»Du siehst scheiße aus, Didi«, sagte ich mit zugeschnürter Kehle. Ich hatte Mühe, überhaupt einen Ton herauszubekommen

»Na, kann man nichts dran ändern«, antwortete Didi mit einem verkrampften Grinsen. »Wenigstens hab ich was Hübsches an. Lass dir das eine Lehre sein, Angel. Zieh dich immer hübsch an, man weiß ja nie. Du könntest plötzlich ins Krankenhaus kommen und dort einen gut bestückten Arzt kennenlernen.«

Ich sah an mir hinunter, auf das weite, wenig schmeichelhafte T-Shirt und die Jeans, und musste plötzlich losheulen.

»Na, nicht doch, hör sofort auf«, sagte Didi. »Ich hab es doch nicht so gemeint, was ich über deine Frisur gesagt hab. Das sieht schon gut aus, echt. Ich brauch nur eine Weile, um mich daran zu gewöhnen, weiter nichts. Nun mach dich schon vom Acker. Wenn du jetzt wegen mir verhaftet wirst, tret ich dir persönlich in den Arsch. Los!«

Da wurde mir klar, dass sie im Sterben lag. Ich sah es ihrem Gesicht an, ihren glänzenden, glasigen Augen und dem verkrampften Lächeln. Sie hatte viel zu viel Blut verloren. Sie würde es nicht überleben.

Natürlich hatte ich schon gehört, wie Leute sagten, sie würden Seelenqualen durchleiden, aber ich hatte bis zu diesem Moment nicht gewusst, wie sich das anfühlte. Didi war die letzte Verbindung zu meinem alten Leben. Das letzte Bindeglied zu der Frau, die ich vor dieser ganzen Sache gewesen war. Mein Haus und mein Unternehmen waren weg, aber bis jetzt hatte ich immer noch Didi gehabt und hatte auf sie zählen können, egal, was für Lügen über mich in die Welt gesetzt wurden. Mir war nicht klar gewesen, wie sehr ich diese Sicherheit brauchte, die ich in diesem blutigen Badezimmer für immer verlor.

»Na gut«, sagte ich und wandte mich mit einem Gefühl von Kälte und Leere unter den Rippen zum Gehen. Ich konnte mich nicht überwinden, »Tschüs« oder »Bis später« oder sonst etwas in dieser Richtung zu sagen, deshalb sagte ich gar nichts.

An der Tür blieb ich stehen und sah mich um. Didi hatte die Wange auf den Toilettensitz gelegt, das Gesicht weg von der Tür. In der Ferne hörte ich Sirenengeheul. Mir blieb nichts anderes übrig: Ich sah zu, dass ich wegkam.

25

Als wir wieder im Motel waren, war ich hellwach. Mir kam es so vor, als könnte ich nie wieder schlafen. Ich wollte mich nicht in das einzige Bett im Zimmer legen. Malloy zuckte mit den Schultern und ließ sich wortlos selbst darauf nieder. Er streifte die Schuhe ab, zog das Jackett aus und packte Waffe und Holster auf den Nachttisch. Dann legte er sich komplett angezogen auf die Tagesdecke und war fast sofort eingeschlafen. Er lag ausgestreckt auf dem Rücken, die Hände locker auf der Brust gefaltet wie ein Verstorbener, der in der Leichenhalle auf den Abschiedsbesuch der trauernden Familie wartet. Er schnarchte nicht. Hätte sich sein Brustkorb nicht sachte auf und ab bewegt, hätte man wirklich meinen können, er sei tot.

Ich saß einfach nur in dem unbequemen Stuhl und dachte an gar nichts. Ich wartete darauf, dass die Sonne aufging.

Am Morgen kam die ganze Scheiße mit Didi in den Nachrichten. Für mich war sie schon tot, deshalb fühlte ich nichts, als die aufgeblasene Nachrichtensprecherin verkündete, dass der ehemalige Pornostar Diane Kellick, besser bekannt als Didi DeLite, in ihrem Haus in Winnetka erschossen worden war. Sie brachten ein paar Standfotos aus der guten alten Zeit von einer scharfen Didi mit blonder Farrah-Fawcett-Frisur und einem listigem Lächeln. Es hätte ihr sicher gefallen, dass man sie so in Erinnerung behielt. Der gut aussehende Detective Erlichman sagte vor der Kamera, dass die Polizei noch nicht wisse, ob eine Verbindung bestehe zwischen dem ermordeten Gitarristen einer hiesigen Band namens Smackdown und der flüchtigen Mordverdächtigen Angel Dare. Ich lachte. Ich konnte nicht anders.

»Was ist denn so witzig?«, fragte Malloy, der gerade aus dem Bad kam und sich über die silbernen Stoppeln an seinem Kinn strich.

»Nichts«, sagte ich und zuckte die Schultern. »Alles. Ich weiß nicht.«

»Wir haben doch die Adresse von der Führerscheinkopie«, sagte er und zog das Jackett an. »Wollen wir Jesse Black einen Besuch abstatten?«

»Darauf habe ich schon die ganze Nacht gewartet«, sagte ich. Das klang gut. Ich hoffte, dass es auch stimmte.

»Laut seines Model-Release-Vertrags«, sagte Malloy und nippte an dem Kaffee aus dem *7-Eleven*, während wir darauf warteten, dass wir endlich auf die 101 kamen, »heißt Jesse Black in Wirklichkeit Christopher Aaron Mezger. Geboren am 10. Februar 1986. Wohnhaft zurzeit 1889 Draco Way. Das ist drüben in West Hills in der Nähe des Bell Canyon Park. Nette Gegend.«

Ich nickte und zwang mich, meinen Kaffee zu trinken, obwohl er wie heiße Möbelpolitur schmeckte.

»Jetzt kundschaften wir erst mal die Ecke aus«, sagte Malloy. »Observieren ihn, stellen fest, wo er hingeht und so. Mit wem er zusammen ist. Wir müssen seine Gewohnheiten kennen, damit wir ihn mal allein erwischen.«

»Genau«, sagte ich. Mein Kopf tat weh. Ich musste mich beherrschen. Am liebsten würde ich dieses Arschloch sofort über den Haufen schießen, sobald ich ihn vor mir hatte.

Jesses Haus war ein architektonisches Schmuckstück, doch leider vollkommen vermüllt. Überall lagen Bierdosen und

Klamotten und Zigarettenkippen herum. Sein Ferrari stand halb in der Einfahrt und halb auf dem Rasen. Vor dem Haus parkten einige andere teure Schlitten, mehr oder weniger legal abgestellt.

Malloy parkte auf der anderen Seite der schmalen Straße. Während wir das Haus beobachteten, kamen zwei Mädchen heraus, die eine blond, die andere brünett, und stolperten den Weg herunter zur Straße. Sie wirkten wie Windhunde mit Silikontitten und trugen teure Klubsachen, die für neun Uhr morgens viel zu nuttig wirkten. Abends zuvor hatten sie bestimmt richtig gut ausgesehen, aufgehübscht und zurechtgemacht, damit ihre Vorteile in der schummrigen Barbeleuchtung voll zur Geltung kamen. Im unbarmherzigen Tageslicht sahen die beiden aus, als wären sie hart rangenommen worden; um den Mund war ihre Haut von kratzigen männlichen Bartstoppeln gerötet, und die Wimperntusche war rund um die verquollenen Augen verschmiert. Schließlich schafften sie es in ein kleines zweisitziges BMW-Sportcoupé und fuhren damit weg.

Malloy und ich warteten. Mehrere junge, gut aussehende Menschen verließen das Haus, wobei einige offensichtlich noch einen echt hohen Alkoholspiegel im Blut hatten. Es dauerte fast zwei Stunden, bis Jesse endlich herauskam.

Er trug schwarz-rote lange Sporthosen und ein eng anliegendes ärmelloses T-Shirt. Er war verkatert, sein Gesicht war blass und aufgedunsen, aber selbst so sah er noch blendend aus.

Allein schon bei seinem Anblick flatterte mir das Herz wild, fast wie bei einer selbstzerstörerischen Verliebtheit. Ich hatte in diesem Moment nur einen einzigen, brennenden Wunsch: Ich wollte diesem Kerl eine Kugel in den Kopf jagen.

Vielleicht hätte ich getan, was Malloy mir strikt verboten hatte, wäre ausgestiegen und hätte den Scheißkerl gleich in seiner Einfahrt umgenietet. Aber Jesse hatte noch einen anderen Typen bei sich, einen nicht besonders gut aussehenden Schwarzen mit rasiertem Schädel und einem erstaunlich muskulösen, perfekten Körper. Er war ebenfalls in Sportklamotten, offensichtlich waren die beiden auf dem Weg ins Sportstudio.

Malloy und ich blieben Jesse den ganzen Tag auf den Fersen und fanden schnell heraus, dass er fast nie allein war. Nach dem Sportstudio gingen er und sein Kumpel in ein teures Bio-Café namens *PURE*, wo sie drei atemberaubend und völlig gleich aussehende Blondinen trafen. Mit zweien verschwand der muskulöse Typ, und Jesse kümmerte sich um die dritte. Sie taten so, als würde sie am Ventura Boulevard shoppen, dann blies die Blondine ihm einen in seinem Ferrari, den Jesse auf dem Parkplatz von *Bed, Bath & Beyond* abgestellt hatte. Jesse fuhr sie zum Café zurück und danach zu einer Werkstatt, wo er den Ferrari abgab und von dem nächsten schönen Mädchen abgeholt wurde, einer üppigen, kurvenreichen Latina mit einem Gesicht wie die junge Sophia Loren. Es war wirklich unglaublich, welche Kaliber von Frauen auf diesen Typen flogen.

Das neue Mädchen fuhr ihn hinüber zum Studio von *Vixen Video* in der Van Nuys Street. Er besorgte es ihr völlig angezogen fast eine halbe Stunde lang, bevor sie ihn aussteigen ließ und wegfuhr. Unbefangen rückte er bei sich alles zurecht und ging ins Studio. Wenige Minuten danach erspähte ich eine zurzeit ziemlich angesagte, megascharfe asiatische Newcomerin, Heidi Ho. Sie schleppte gerade ihre Settasche über den Parkplatz. Jesse blieb nicht lange, gerade Zeit genug für eine schnelle Szene. Als er wieder aus dem Gebäude kam, wartete schon das nächste schöne Mädchen auf ihn, diesmal ein braun gebranntes, durchtrainiertes Fitnessmodel. Auch sie machte einige Minuten mit ihm herum, bevor sie ihn an der Werkstatt absetzte. Sobald er seinen Wagen zurück hatte, holte er in einem nahen Coffeeshop einen Kumpel ab. Der Junge war höchstens achtzehn und sehr nervös. Die beiden holten sich fettfreie Soja Lattes zum Mitnehmen und fuhren dann zu einem verglasten Büroturm am Ventura Boulevard in Tarzana.

»Wirklich unglaublich«, sagte ich zu Malloy, als Jesse und sein Freund in die Lobby gingen. »Das ist jetzt echt nicht wahr.«

»Was?«, fragte Malloy mit gerunzelter Stirn.

»Das ist das Büro von *Spotlight Escort*«, sagte ich. »Sie vermitteln ihren Kunden bekannte männliche Pornostars. Viele von den Kerlen lassen sich darauf ein, aber ich hätte nie gedacht, dass Jesse für Geld auch auf schwul macht.«

»Was du nicht sagst«, meinte Malloy. »Das passt ja perfekt.«

»Perfekt?«, fragte ich. »Wie meinst du das?«

»Genau so kriegen wir ihn dran.«

26

Wir verließen Jesse und seinen nervösen Freund und fuhren hinaus nach Panorama City. Wie sich bald herausstellte, war unser Ziel ein bescheidenes Haus, das in jedem südkalifornischen Arbeiterviertel hätte stehen können.

Malloy ließ mich im Wagen warten, während er zur Tür ging und klopfte. Eine winzige, großmütterlich wirkende Frau mit leuchtend orangefarbenen Haaren und einer goldenen Brillenkette mit Glasperlen machte ihm auf, bat ihn hinein und schloss die Tür. Nach knapp einer Viertelstunde kam er wieder heraus.

»Erklärst du mir jetzt, was wir hier eigentlich tun?«, fragte ich, als er wieder im Wagen saß.

»Wenn wir Jesse mieten wollen«, sagte Malloy, »brauchen wir eine Kreditkarte. Hier.« Er gab mir eine der Karten. »Ich hab dir auch eine besorgt. Für alle Fälle.«

»Sind die gestohlen?«, fragte ich und betrachtete die Karte. Sie war auf eine gewisse Linda M. Kozlen ausgestellt. Es wollte mir nicht in den Kopf gehen, dass die nette alte Dame gestohlene Kreditkarten verhökerte.

»Klar«, sagte Malloy. »Wenn dir was Besseres einfällt, lass es mich wissen.«

Mit seiner neuen Karte mietete Malloy erst einmal einen

Chrysler Sebring und buchte dann damit ein Zimmer im *Woodland Hills Hilton*. Dann fuhren wir zu einem Baumarkt, um uns auszurüsten.

Ich brauche sicher nicht zu erwähnen, dass das *Hilton* selbstverständlich um Längen besser war als das *Palmview*. Fast wünschte ich, wir könnten dort bleiben. Jedenfalls nutzte ich die Gelegenheit, in dem sauberen Badezimmer ausgiebig heiß zu duschen. Auch Malloy duschte und rasierte sich. Dann rief er vom Zimmertelefon aus bei *Spotlight* an, während ich meinen Umhängebeutel mit sauberen, flauschigen Handtüchern und den vom Hotel für die Gäste bereitgestellten Toilettenartikeln füllte. Es war erstaunlich, wie sanft und verhalten Malloys raue Stimme klingen konnte, genau wie bei einem Freier, der zum ersten Mal einen Stricher bestellt.

»Äh, ja, also hallo«, sagte er. »Ich möchte gerne einen Termin ausmachen mit … äh … Jesse Black.«

Als ich aus dem Bad kam, sah er mich an und hob eine Augenbraue.

»Macht er nicht?«, sagte Malloy. »Verstehe. Nein, kein Problem. Ich will nur … also, ich will eigentlich nur … Nein, keine Fetische.« Er wartete. »Nein, Küssen muss nicht sein.« Wieder Pause. »Hören Sie, das verstehe ich völlig, aber ich will nun mal Jesse.«

Ich ging zu ihm hinüber und setzte mich auf das Bett.

»Klar«, sagte Malloy und sah auf seine Kreditkarte. »Nur eine Stunde. Mein Name ist Gerald Selbin. S wie in Seehund, E-L-B-I-N.« Er schüttelte eine Zigarette aus dem Päckchen. »Genau.« Er schnippte das Feuerzeug an und hielt das Ende der Zigarette in die Flamme. »Visa.« Er las die Nummer und das Gültigkeitsdatum vor. »Richtig. Ich habe verstanden, dass darin kein Trinkgeld enthalten ist. *Hilton Woodland Hills*. Zimmer 403. Um neun? Wunderbar. Haben Sie vielen Dank.«

Malloy legte auf und schüttelte den Kopf.

»Was ist denn?« Ich zitterte, und vor Aufregung war mir schon wieder schlecht.

»Jesse küsst nicht, bläst nicht, wichst nicht, und er lässt

sich genauso wenig ficken«, meinte Malloy. »Nur top, haben sie gesagt.«

»Ja klar«, sagte ich und erinnerte mich an sein Gewicht auf mir und seine Hände an meinem Hals. »Aber für mich wird er dann doch seinen Arsch hinhalten müssen.«

Die Warterei zog sich ewig hin. Malloy und ich besprachen immer wieder jede Einzelheit unseres Plans. Ich fühlte mich wie bei meinem allerersten Rendezvous. Alles sollte so perfekt wie möglich sein.

Jesse kam zwanzig Minuten zu spät. Als er endlich aufkreuzte, war ich so aufgeregt, dass ich bei seinem Klopfen fast einen Herzinfarkt bekam.

»Alles klar?«, fragte Malloy.

Ich nickte.

Malloy ging zur Tür, und ich zog mich ins Bad zurück. Die Tür ließ ich einen schmalen Spaltweit offen, damit ich hindurchspähen konnte.

»Gerald?«, fragte Jesse. Ich konnte ihn noch nicht sehen, doch schon der Klang seiner trägen, arroganten Stimme brachte mein Blut in Wallung.

»Ja«, sagte Malloy. »Bitte, komm doch rein.«

Jesse trat in mein eingeschränktes Blickfeld. Er trug Jeans und ein schwarzes T-Shirt mit der Aufschrift STARFUCKER. Der Blick aus seinen schönen blauen Augen war distanziert; er war schon ganz in der Rolle des Edelstrichers. Mir kam alles viel zu einfach vor.

»Du siehst großartig aus«, sagte Malloy zu ihm, zog einen Hundertdollarschein hervor und legte ihn auf den Nachttisch. »In real sogar noch besser als in deinen Filmen.«

»Tatsache«, meinte Jesse, blickte auf das Geld und wieder in die unendlichen Weiten. »Danke.«

»Könntest du vielleicht bitte ...«, sagte Malloy, der perfekt den nervösen Freier mimte, »dein ... Ich würde gern mal ... was sehen.«

»Kein Problem«, sagte Jesse und machte die Hose auf.

Während Jesse damit beschäftigt war, seinen Schwengel hochzukriegen für den bevorstehenden Job, schlich ich aus dem Bad und drückte ihm die Mündung meiner Knarre in die weiche Stelle zwischen Hals und Schädel.

»Halt deine Scheißhände so, dass ich sie sehen kann«, sagte ich.

»Mann, verdammte Scheiße.« Jesse hob die Hände bis in Schulterhöhe.

Malloy zog seine Waffe und lächelte.

»Du erinnerst dich doch an Angel Dare«, sagte er. »Oder?«

Jesse riss die Augen auf. Ich drückte die Mündung fester auf seine Haut.

»Bin ich immer noch dein Lieblingsstar?«, fragte ich.

Er sagte kein Wort.

»Dann hör mal gut zu«, sagte Malloy. »Wir drei werden jetzt einen kleinen Ausflug machen.«

»Kann ich ...?« Jesse deutete mit dem Kinn auf seine entblößte und rapide schrumpfende Existenzgrundlage. »Hat jemand was dagegen, wenn ich ihn wieder wegpacke?«

»Nur zu«, sagte ich. »Du brauchst ihn sowieso nicht mehr.«

27

Wir zwangen Jesse, mit uns über die Feuertreppe hinunter zum Hotelparkplatz zu gehen. Ich hatte ihm den Arm um die Taille gelegt, als ob er mein Freund wäre, und drückte ihm unter seinem T-Shirt die Waffe ins Kreuz. Malloy folgte uns dicht auf den Fersen.

Niemand bekam mit, wie Malloy den neuen Mietwagen aufschloss und den Kofferraum aufspringen ließ. Mit einem weißen Kabelbinder aus dem Baumarkt fesselte er Jesse die Hände auf dem Rücken.

»Los, rein da«, sagte ich und bohrte Jesse die Mündung in die Nieren.

»Das ist jetzt nicht dein Ernst«, sagte Jesse.

»Doch, todernst«, sagte Malloy.

»Stell dich nicht so an, Jesse«, sagte ich. »Das ist doch Luxus im Vergleich zu dem Scheiß-Honda Civic.«

Malloy trat Jesse in eine Kniekehle. Der Kerl knickte ein und fiel mit dem Gesicht zuerst in den Kofferraum.

»Ihr Arsch–«, schrie Jesse, doch Malloy schob seine Beine hinterher und schloss den Deckel, bevor Jesse *–löcher* brüllen konnte.

»Fahren wir«, sagte er.

Wieder war es eine lange, schweigsame Fahrt, diesmal begleitet von rhythmischem Hämmern und gedämpften Flüchen aus dem Kofferraum. Ich schaltete das Radio ein und suchte einen Sender mit Rockklassikern, um Jesse zu übertönen. Wir fuhren zu einem Ort, den Malloy kannte. Irgendwo draußen in der Wüste zwischen Nichts und einem Kaff namens Needles. Ich wollte gar nicht wissen, warum Malloy diesen Ort kannte, aber ich war froh, dass er Erfahrung hatte. Alles lief perfekt.

Nach der Ankunft verbrachten wir zwei anstrengende Stunden damit, in dem steinigen, unnachgiebigen Boden eine tiefe Grube auszuheben. Die Wüstennacht war traumhaft schön, der kühlblaue Himmel stand voller Sterne; Tausende von Sternen, die gelassen über das hinwegsahen, was wir vorhatten.

Malloy hievte Jesse aus dem Kofferraum, während ich vom Rücksitz einen Metallklappstuhl und eine Rolle Isolierband holte. Als Jesse die frisch ausgehobene Grube mitten in der Landschaft sah, versuchte er wegzurennen, stolperte, schwankte, zappelte und wirbelte Staub auf. Malloy holte ihn mit Leichtigkeit ein und brachte ihn zurück, die Knarre unter sein rechtes Ohr gedrückt. Er zwang Jesse, sich auf den Stuhl zu setzen, den ich am Grubenrand aufgestellt hatte, und ich fesselte ihn mit dem Isolierband daran.

»Damit kommst du nicht durch«, stieß Jesse hervor. Sein Gesicht war dunkelrot, die Augen weit aufgerissen.

»Fang doch mal ganz von vorne an«, sagte ich und zeigte ihm noch einmal meine Waffe, für den Fall, dass er sie vergessen hatte.

»Mit was?«, fragte er.

Ich hieb mit dem Griff auf seinen linken Wangenknochen. Er kreischte auf wie ein Mädchen und fiel fast hintenüber. Malloy hielt die Stuhllehne mit einer Hand fest. An Jesses Nase lief ein dünner Faden Blut herunter.

»Fang mit dem Koffer voller Geld an«, schlug ich vor.

»Schon gut, schon gut.« Jesse warf einen Blick auf die Grube und sah dann mich an. »Scheiße.« Er schluckte und fuhr sich mit der Zunge über die Lippen. »Das Geld gehört meinem Onkel. Damit sollte eine neue Ladung Mädchen bezahlt werden. Vukasin hatte den Koffer und sollte ihn zum Treffpunkt bringen. Aber dann hat sich diese kleine Fotze an ihn rangemacht und ist mit dem Geld verschwunden, als er mal nicht aufgepasst hat.«

»Vukasin?« Ich erinnerte mich an den ungewöhnlichen Namen aus Lias Brief.

»Vukasin ist der Kroate, der bei dir im Büro nach Lia gesucht hat«, sagte Jesse. »Der Kleine. Der, der nicht tot ist.«

Ich nickte. Also war das Wiesel Lias »Freund« gewesen.

»Dann erzähl mir mal von diesem Treffen«, sagte ich.

»Alle halbe Jahre oder so trifft sich mein Onkel mit diesen Typen in einer Lagerhalle beim Flughafen von Los Angeles. Sie bringen sechs neue Mädchen und nehmen sechs verbrauchte mit.«

»Verbrauchte?«, sagte ich und wechselte einen Blick mit Malloy, der im Hintergrund rauchte. »Was meinst du mit verbraucht?«

»Na, eben Mädchen, die nicht mehr so gut aussehen«, sagte Jesse. »Die HIV oder Hepatitis C haben. Die eben nicht mehr die Kohle reinbringen.«

»Verdammte Scheiße«, sagte ich. »Was passiert dann mit denen?«

Jesse zuckte mit den Schultern und grinste fies. »Na, was wohl? Sie dürfen sich hübsch auf ihrem Altenteil ausruhen«, sagte er. »Zusammen mit all den anderen Kätzchen und Hündchen und verbrauchten Huren, die nicht mehr arbeiten können.«

Ich schlug ihm mit der Faust hart ins Gesicht. Ich hätte wohl besser wieder den Griff der Waffe benutzt, weil es höllisch wehtat, aber ich war stinksauer und nicht in der Stimmung zum Nachdenken. Ich schlug einfach zu.

»Scheiße!«, fauchte Jesse. »Du blöde Zicke! Wenn du es unbedingt wissen willst – sie werden billig nach Mexiko verkauft. Vielleicht werden sie da zu Tacos verarbeitet. Oder zu

Leim. Woher zum Teufel soll ich denn wissen, was mit einem Haufen ausgelutschter alter Hexen passiert?«

»Ausgelutschte alte Hexen?« Ich schüttelte meine verkrampften Finger aus. »Wie alt sind die denn wohl, neunzehn? Jünger als du, Jesse.«

Jesse zuckte genervt mit den Schultern.

»Ist doch egal«, sagte er.

»Und wie bist du da reingeraten?«, fragte ich.

»Durch meinen Onkel«, sagte Jesse. »Er ist der Boss. Ihm gehört das Geschäft mit den Mädchen. Ihm gehört noch viel mehr, Grundstücke, Restaurants und so. Er hat mich auch zum Film gebracht. Ich hab mal was für ihn vor laufender Kamera gemacht, und danach haben dauernd Regisseure bei mir angerufen. Denen hat gefallen, was ich zu bieten habe. Und so ist eben eins zum anderen gekommen ...« Er zuckte wieder mit den Schultern und gab tatsächlich noch immer an, selbst mit einer Knarre an der Schläfe.

»Und wann hast du angefangen, dein Einkommen mit Privatficks aufzubessern?«

»Sex gegen Geld ist Sex gegen Geld«, sagte er. »Wir sind doch alle Huren in dieser Branche, Angel. Solltest du doch selbst am besten wissen.«

Von diesem lahmen Spruch ließ ich mich nicht provozieren. Meine Handknöchel taten mir schon genug weh.

»Dieser Onkel von dir«, sagte ich. »Das ist wohl der Typ mit der nichtssagenden Visage, oder? Der bei dem angeblichen Dreh alle Fragen gestellt hat.«

»Ja«, sagte Jesse.

»Und er ist auch der Boss von eurer Frauenhandel-Organisation? Er hat mir den Mord an Sam angehängt und die Kinderpornos in meinen Computer geschmuggelt?«

»Richtig«, sagte Jesse.

»Wie heißt er?«, fragte ich.

Jesse sah mich aus zusammengekniffenen Augen an.

»Ich krieg das sowieso heraus«, versicherte ich ihm und zeigte auf die Grube. »Bring's lieber einfach hinter dich.«

Jesse sah weg wie ein schmollendes Kind. Ich biss mir auf die Unterlippe und trat gegen seinen Stuhl. Jesse stürzte mit dem Gesicht voran in die Grube.

»Verdammte Scheiße!«, brüllte er, drehte das Gesicht zur Seite und spuckte Sand aus.

Er war noch immer an den Stuhl gefesselt, nur befand sich der Stuhl jetzt mit den Beinen nach oben auf seinem Rücken wie eine Art seltsamer Schildkrötenpanzer. Jesses Arsch ragte in die Luft; er versuchte so angestrengt, seine Hände freizukriegen, dass die Haut um die Fessel ganz rot wurde. Sein gesamtes Gewicht lag auf einer Wange und den Knien.

Ich nahm eine der brandneuen Schaufeln aus dem Baumarkt und warf eine Ladung Kies und Sand auf ihn hinunter.

»Alan!«, sagte Jesse, spuckte und hustete dabei. »Er heißt Alan Ridgeway! Alan Ridgeway!«

»Er muss ja ziemlich sauer auf dich sein«, sagte ich und ging am Rand der Grube in die Hocke. »Erst kriegst du es nicht mal hin, mich zu erschießen, und dann schickst du mir diese Idioten auf den Hals, statt dich selbst darum zu kümmern.«

»Hol mich hier raus!«, sagte Jesse und warf sich von einer auf die andere Seite. »Scheiße, hol mich sofort hier raus! Ich krieg keine Luft!«

»Ganz schön ätzend, was?«, sagte ich und spendierte ihm noch eine Schaufel voll.

»Hör doch mal, Angel«, sagte er und versuchte, seine panische Stimme weicher klingen zu lassen. »Ich wollte dir doch nie was antun. Das war mein Onkel. Er hat mich dazu gezwungen. Er hat das Ganze geplant. Du bist doch eigentlich hinter ihm her, nicht hinter mir.«

»Mach dir da keine Sorgen«, sagte ich. »Den krieg ich auch noch.«

Jesse brabbelte weiter diesen ganzen verzweifelten Quatsch, den Männer so von sich geben, wenn sie mit dem Rücken an der Wand stehen. Ich sparte mir die Mühe zu antworten. Stattdessen dachte ich darüber nach, was zum Teufel ich eigentlich wirklich tun wollte.

Wie lange hatte ich von diesem Augenblick geträumt und mir ausgemalt, was ich alles mit Jesse anstellen wollte, sobald ich ihn in die Finger bekam. Nachts war ich eingeschlafen mit Fantasien, wie ich ihn mit bloßen Händen erwürgte und mit glühenden Zigaretten seine Haut verbrannte, bis er sich genauso benutzt und missbraucht fühlte wie ich. Jetzt hatte ich meine Chance, aber ich war kalt und leer.

Es wäre einfach, weiter Schaufel um Schaufel Sand auf ihn zu werfen, bis ich ihn nicht mehr hören konnte. Das war ein mieser Tod, genau der Tod, den so ein Stück Scheiße wie er verdient hatte, aber der Anblick, wie er die Augen zugekniffen hatte, als er auf mich schoss, ging mir nicht aus dem Kopf. Er hatte nicht mal den Mumm besessen, mir in die Augen zu sehen. So wie er wollte ich nicht sein. Was sich am Ende zwischen uns abspielte, sollte genauso intim sein wie das, was er mir in der leeren Villa in Bel Air angetan hatte. Ich wollte ihm in die Augen sehen, wenn ich es tat.

Ich warf einen Blick hinüber zu Malloy. Er war zum Wagen gegangen, rauchte immer noch und betrachtete die Sterne. Vermutlich wusste er, dass ich das allein durchziehen musste.

Ich machte einen Schritt auf die Grube zu und sah auf die Knarre in meiner Hand. Malloy hatte sie mir gegeben; sie war eine etwas ältere Schwester der Smith & Wesson, mit der ich das Nashorn umgelegt hatte. Ich schob sie in den Hosenbund und rutschte hinunter in die Grube zu Jesse.

Er flennte, als ich neben ihm landete. Es war verdammt schwer, den Stuhl mit ihm darauf wieder hinzustellen. In der Grube war zu wenig Platz, und Jesse wog mindestens fünfzig Pfund mehr als ich. Aber ich hatte mir etwas in den Kopf gesetzt, das mir Kraft gab. Als ich Jesse aufgerichtet hatte, fing er sofort wieder an zu brabbeln und bettelte um sein Leben. Sein Gesicht war mit Rotz und Tränen und Dreck vollgeschmiert. Er wirkte so jung, wie ein Kind, das gerade auf dem Schulhof vermöbelt worden war. Ich musste mich anstrengen, um in ihm das aufgeblasene Arschloch zu sehen, das mich mit lustvollem Vergnügen gewürgt hatte, sodass ich immer wieder das Bewusstsein verlor. Ich zog die Waffe, nahm sein sandverkrustetes, zerkratztes Kinn in die Hand und sah in seine schönen blauen Augen. Er hatte furchtbare Angst, die Verzweiflung stand ihm ins Gesicht geschrieben. Ich hatte nicht vorgehabt, etwas zu sagen, doch dann kamen die Worte einfach so. Im improvisierten Vorsprechen war ich schon immer viel besser gewesen als Jesse.

»Endstation für dich, du Schlappschwanz«, sagte ich.

Dann erschoss ich ihn.

28

Ich begrub Jesse. In der stillen Wüstennacht hallte das leise prasselnde Geräusch der Steinchen und des Sandes auf dem Metallstuhl besonders laut. Ich hätte schon Hilfe gebrauchen können, aber ich war froh, dass Malloy sich zurückhielt und es mir allein überließ. Ich brauchte die Zeit, um mich wieder zu fangen.

Nicht dass ich ausgeflippt oder verstört war wegen dem, was ich getan hatte. Ich kann nicht genau beschreiben, was ich fühlte, als ich den Mann begrub, der mich vergewaltigt hatte. Das Nashorn umzulegen war anders gewesen, viel impulsiver. Was ich mit Jesse gemacht hatte, hatte damit nichts zu tun. Auf gewisse Weise begrub ich mein altes Ich in diesem Loch. Der Mensch, der ich gewesen war, bevor ich einem Mann in die Augen gesehen und ihn erschossen hatte, war tot. Und der Mensch, der ich jetzt war, die zarte, frisch geschlüpfte Killerin, zu der Jesse mich gemacht hatte, brauchte einfach das langsame, stumpfsinnige Schaufeln, so wie ein Insekt Zeit braucht, die Flügel zu trocknen und herauszufinden, wie es mit seinem neuen Körper umgehen soll.

Weil das Töten noch nicht vorbei war.

»Fertig?«, fragte Malloy, als ich zurück zum Wagen kam. Er betrachtete mich aus zusammengekniffenen Augen, spuckte auf seine Finger und drückte die Zigarette damit aus. Die Kippe ließ er in eine kleine Plastiktüte fallen, in der schon mehrere andere waren.

Ich nickte. Bei der körperlichen Arbeit hatte ich nicht gemerkt, wie kalt die Nacht war, und ich spürte die Kälte immer noch kaum. Als wir schnell das restliche Werkzeug im Kofferraum verstauten, entdeckte ich dort auf dem Boden ein kleines, teures Handy und eine Handvoll Kleingeld. Wahrscheinlich war das Jesse aus der Tasche gefallen, als er herumgetobt hatte. Ich steckte das Handy in meinen Umhängebeutel; sicher hatte er ein paar ganz nützliche Nummern gespeichert. Malloy stieg ein und bedeutete mir, das auch zu tun.

»Du hast da was ...« Malloy zeigte auf sein Kinn und gab mir eine Papierserviette aus einem mexikanischen Restaurant.

Ich klappte die Sonnenblende herunter und sah in den Spiegel. Auf meinem Gesicht waren vier kreisrunde Blutstropfen, die wie ein kleines Sternbild aussahen. Einer am Kinn, einer im Mundwinkel, einer unterm Auge und einer an der Schläfe. Als ich sie wegwischte, fiel mir auf, dass meine Blutergüsse fast verheilt waren. Trotzdem war ich völlig verändert.

Als Malloy den Motor abgestellt hatte, war das Radio noch an gewesen, und als er jetzt wieder startete, plärrte es viel zu laut los. Die sentimentale Rockballade war ein Hit gewesen, als ich in der Branche angefangen hatte. An den Namen der Band konnte ich mich nicht erinnern, aber im Moment war es mir auch egal. Malloy streckte die Hand aus, um das Radio abzustellen.

»Lass nur«, sagte ich. Ich wollte etwas hören, das keinerlei Bedeutung hatte.

Malloy nickte und legte die Hand wieder aufs Lenkrad. Wir redeten nicht. Malloy fuhr zurück zum *Palmview.*

Wir bogen in den fast leeren Parkplatz des Motels ein, als die Sonne aufging. An Schlaf war kaum zu denken, das wussten wir beide. Mir war kalt, obwohl Malloy mir wieder sein Jackett gegeben hatte.

»Kaffee?«, fragte Malloy.

»Gerne«, antwortete ich.

Wir gingen zu einem *Starbucks* ein paar Hundert Meter weiter. Das clevere Design des Ladens, das sicher das Endergebnis etlicher Marktstudien war, fiel mir so auf die Nerven, dass wir unseren teuren Kaffee mit zurück zum Auto nahmen. Weder Malloy noch ich sagten laut, *Und jetzt?*, aber wir dachten es beide.

»Roxette«, sagte ich schließlich. »Ich glaube, wir sollten herauskriegen, wo zum Teufel sie abgeblieben ist.«

Malloy zuckte mit den Schultern und trank seinen Kaffee, während ich versuchte, Roxette unter ihren Nummern zu erreichen. Sie war nirgends.

Dann verplemperten wir zwei Stunden damit, alle Orte abzuklappern, an denen sie sein könnte. Nichts. Seit dem vergangenen Freitag und dem Treffen mit Celestine hatte kein Mensch sie gesehen oder von ihr gehört.

»Sie hätte sich inzwischen mit dem ganzen verdammten Geld nach Südamerika absetzen können«, sagte Malloy.

Ich schüttelte den Kopf.

»Geld ist ihr nicht wichtig«, sagte ich. »Ihre Leute sind stinkreich, und sie kassiert dazu noch einen hohen Tagessatz. Sie hat den Koffer genommen, weil sie neugierig ist, weil sie klaut. Bestimmt nicht wegen der Knete. Außerdem hat der Koffer ein Zahlenschloss. Wahrscheinlich hat sie noch nicht mal versucht, ihn zu öffnen.«

»Wo zum Teufel steckt sie dann?«, fragte Malloy. »Meinst du, sie hat einen Rückfall und sich irgendwo zugedröhnt?«

»Vielleicht«, sagte ich.

»Sie hat immer Crystal genommen, oder?«, fragte Malloy.

»Ja«, sagte ich.

»Wenn sie also wieder mal was wollte, wen würde sie anrufen? Wer könnte ihr welches besorgen?«

Ich wusste sehr wohl, wer ihr Crystal besorgen würde, aber allein an den Namen zu denken, machte mir schon Bauchschmerzen.

Selbst wenn man nur kurze Zeit im Pornogeschäft tätig ist, gewöhnt man sich doch sehr schnell an Drogenopfer, genauso wie man sich am Set an heraushängende Analschleimhaut gewöhnt und daran, dass die Kerle sich Nadeln in ihre Riemen setzen, und an all die anderen alltäglichen Scheußlichkeiten der modernen Pornoindustrie. Aber ich muss gestehen, dass mir der erbärmliche Abstieg in die Drogen von Thick Vic Ventura sehr unter die Haut gegangen war. Wir hatten miteinander geschlafen, waren eine Zeit lang zusammen gewesen, aber das war es nicht: Vic war clever und witzig. Und echt. Und mir so verdammt ähnlich.

Wie ich kam Vic aus der Chicagoer South Side, und er war auch italienischer Abstammung, genau wie ich. Sein richtiger Name war Joey Pagliuca. Er war mit meinen Brüdern auf der St.-Laurence-Schule gewesen und hatte eine Freundin gehabt, die zwei Klassen über mir die Queen-of-Peace-Schule besucht hatte. Er ging nach Hollywood, als ich gerade mit dem Studium anfing. Mit seinen Tätowierungen und den langen schwarzen Haaren sah er wie ein Rockstar aus – er war nicht gerade eine Schönheit, aber er hatte eine unglaubliche Ausstrahlung. In L. A. wollte er als Stand-up-Comedian Karriere machen. Er nahm alles und jeden auf den Arm, war klug und wunderbar sarkastisch. Richtig erfolgreich war er als Komödiant nie geworden. Schließlich waren es nicht seine dreckigen Witze, sondern seine erstaunliche Ausstattung, die ihn berühmt machte und ihm den Spitznamen Thick Vic eintrug.

Wie viele Kerle, die mit außergewöhnlich großen Schwänzen gesegnet (oder geschlagen) sind, hatte er oft Probleme, einen hochzukriegen. Sein Prügel wurde nie völlig hart, und er witzelte immer, dass er, wenn es einmal doch passieren würde, wahrscheinlich ohnmächtig werden würde, weil sein Gehirn nicht mehr genug Blut bekam. Immerhin schaffte er es mit einem festen Griff um die Wurzel, die dreiundzwanzig Zentimeter mit genug Blut zu füllen und hart genug für einen Fick zu werden.

Das war vor der Kamera. Ansonsten war mir das ziemlich egal. Viele Typen glauben, dass sie bei mir keine Chance haben, weil sie nicht mit dreiundzwanzig steinharten Zentimetern ankommen. Aber in Wirklichkeit nützt der größte und härteste Schwanz der Welt gar nichts, wenn die Kerle es einer Frau nicht mit der Zunge besorgen können; und Vic war nicht nur verdammt gut beim Lecken, sondern hatte auch selbst großen Spaß daran. Er war einer der besten Liebhaber, die ich je gehabt hatte.

Doch es wunderte niemanden, dass sein Rockstar-Lebensstil und die ständigen Partys nach ein paar Jahren in der Branche ihren Tribut forderten. Es fiel ihm immer schwerer, bei den Drehs einen hochzukriegen, und bald hatte er den Ruf, unzuverlässig zu sein. Für männliche Pornodarsteller ist so ein Ruf das Todesurteil.

In der Pornoszene ist alles, was als normales Liebesleben bezeichnet werden könnte, im besten Fall anstrengend. Wenn die Karriere des einen steil nach oben geht, und der andere auf dem Weg nach unten ist, dann ist die Gefühlskatastrophe vorprogrammiert. Es war genau wie in dem Film *A Porn Star is Born*. Als Vic keine Jobs mehr bekam, fing er an zu klammern und wurde eifersüchtig. Er zickte in der Öffentlichkeit herum wie ein italienischer Macho, und wenn sich die Nachbarn früher über unser lautstarkes Sexualleben beschwert hatten, dann nervten wir sie jetzt nur noch mit lautstarken Streitereien. Allmählich verlor Vic vollkommen die Kontrolle über seine Sauferei und die Drogen. Ich wollte nicht darauf warten, bis er sich wie Cal Jammer in meiner Einfahrt das Gehirn rauspustete, deshalb gab ich unserer Beziehung den Gnadenstoß. Ich glaube nicht, dass ich für seinen darauf folgenden Zusammenbruch verantwortlich bin. Er war schon ziemlich fertig gewesen, bevor ich ihn vor die Tür gesetzt hatte. Aber wahrscheinlich ist seine Version davon völlig anders. Zuletzt hatte ich gehört, dass er sich nach seinem dritten gescheiterten Entzug über Wasser hielt, indem er den Mädchen Drogen besorgte.

Bei einer unserer ersten Begegnungen hatte Roxette lachend zugegeben, dass sie vor ihrem durch Drogen ausgelösten Herzstillstand immer mit Thick Vic von Party zu Party gezogen war. Sie hatte mir erzählt, dass er mir nach all den Jahren immer noch hinterhertrauerte und dass er, wenn er unter dem Einfluss von Crystal halluzinierte, sie immer für Angel Dare gehalten hatte.

Malloy erzählte ich von alldem nichts. Ich sagte nur, dass ich jemanden kannte, der vielleicht wusste, wo Roxette sich vergraben hatte.

Thick Vic zu finden war leicht. Eine Handvoll Anrufe ergab, dass er sich zurzeit von Taylor Simone aushalten ließ, einem früheren Pornostar, die das Opfer der Schönheitschirurgie geworden war.

Taylor und ich waren ungefähr zur gleichen Zeit sehr angesagt gewesen. Sie war hübsch auf diese typisch kalifornische Art, so wie fast alle damals. In ein paar Szenen traten wir zusammen auf, aber ich erinnere mich nur, dass sie leckte, als wäre sie eine Hündin, die mit aller Gewalt an ihrem Halsband zerrt, und dass ich danach tagelang wund war. Sie wohnte draußen im Valley Village in der Nähe der Schnellstraße. Ihr trauriges kleines Haus war ein einziges Chaos aus herumliegenden Dessous und Chihuahuas und Wodkaflaschen. Sie öffnete uns die Tür in Kinderboxershorts mit einem Batman-Motiv, ansonsten trug sie nichts als ihre sonnengebräunte Haut. Sie sah schlimmer aus, als ich es mir vorgestellt hatte.

Mich überraschte, dass jemand, der so dünn war, ohne fremde Hilfe stehen konnte. Wie sie sich mit den beiden fünfzig Pfund schweren Strandbällen aus Silikon überhaupt aufrecht halten konnte, war mir ein Rätsel. Die Riesentitten klebten wie festgeschweißt an ihrem eckigen Brustkorb, und ich dachte, sie müsste gleich vornüberkippen. Unter ihrem dünnen, ausgefransten Haar blickte ein billig aufgemachtes Puppengesicht hervor, das wie eingefroren wirkte und völlig taub von zu vielen Operationen. Ihre Fingernägel waren endlos lange, gekrümmte rosa Krallen, und ihre nervös ins Leere greifenden, knochigen Hände warfen dunkle Schatten auf ihrem eingesunkenen Bauch wie bei Nosferatu. Sie hatte sich mit einem aufdringlich süßlichen Parfüm eingenebelt und roch wie billiger Vanilletortenguss aus der Dose.

Ich habe diese neue Mode nie verstanden, dass die Mädchen nichts aßen außer grünen Salat und Eiswürfel, aber süß wie Kuchen riechen wollten. Bei Taylor war dieser kindische Duft noch schlimmer, weil er die Schnapsfahne nicht überdecken konnte und erst recht nicht den Gestank von Verwahrlosung, der ihrem langsam sterbenden Körper anhaftete. Sie machte keine Anstalten, ihre monströsen Titten zu bedecken, als sie in der offenen Tür stand und uns böse anfunkelte.

»Kommt ihr wegen dieses Mädchens?«, fragte sie.

Malloy und ich sahen uns erstaunt an.

»Wir suchen Vic«, sagte Malloy.

»Er ist los und sucht jemanden, der diese durchgeknallte Scheißschlampe aus meinem Badezimmer holt«, sagte Taylor. Sie zeigte nach rechts in einen düsteren, vollgestellten Flur. »Wenn er nicht bald wieder auftaucht, ruf ich die Cops. Vic können sie auch gleich mitnehmen. Ich hol die Cops. Könnt ihr mir ruhig glauben.«

»Habt ihr überhaupt 'ne Ahnung, wen ihr hier grad aufs Kreuz legen wollt?«, schrie eine heisere Stimme. »Ja? Ihr werdet mich noch kennenlernen!«

Es war Roxette.

Plötzlich heulte Taylor los. Ihre eingefrorenen Züge fielen in sich zusammen, und es zeigte sich kurz so etwas wie ein menschlicher Ausdruck in ihrem Gesicht. Doch selbst beim Heulen konnte sie mit ihren aufgespritzten Lippen nur wie ein halb toter Fisch nach Luft schnappen.

»Ich hab ihm gesagt, dass er keine Mädchen mehr mitbringen soll«, sagte Taylor und stützte sich am Türrahmen ab. »Was er sonst macht, ist seine Sache, aber das hier ist mein Haus. Es ist *mein* Haus.«

»Das ist wirklich schrecklich«, sagte Malloy, legte ihr sanft die Hand auf die Schulter und schob sie aus der Tür, damit wir hinein konnten. »Wenn er schon bei Ihnen wohnen darf, sollte er Sie wenigstens mit Respekt behandeln.«

»Genau das meine ich auch.« Taylor sah hoch zu Malloy. »Ich bin nicht eifersüchtig. Ich will ihm gar nicht vorschreiben, was er tun und lassen soll. Ich will einfach nur in meinem eigenen Haus mit Respekt behandelt werden. Ist das zu viel verlangt?«

»Natürlich nicht«, sagte Malloy und bedeutete mir, dass ich die Tür schließen solle. Als sie zu war, sah er mich über Taylors Kopf hinweg an und zeigte mit dem Kinn in Richtung Badezimmer.

Ich ließ ihn mit Taylor stehen und ging den Flur entlang zu dem Badezimmer, aus dem ich Roxettes Stimme gehört hatte.

»Roxette«, sagte ich und klopfte zögernd an die Tür.

»Ich weiß genau, was ihr vorhabt«, antwortete Roxette. »Ich bin ja nicht blöd.«

»Ich weiß doch, dass du nicht blöd bist, Roxette«, sagte ich. »Warum machst du nicht mal auf? Dann reden wir darüber.«

»Denkt ihr, ich wüsste das nicht mit dem Transmitter?«, flüsterte sie. »Ich weiß alles über den Transmitter.«

Ich schüttelte den Kopf. Das klang gar nicht gut. Dann holte ich tief Luft und setzte alles auf eine Karte.

»Roxette«, sagte ich wieder. »Roxette, hier ist Angel.«

»Angel?« Plötzlich klang ihre Stimme ängstlich.

»Darf ich reinkommen?«, fragte ich.

»Woher soll ich wissen, dass du es wirklich bist?«, fragte sie und hörte sich näher an, als hätte sie sich an die Tür gedrückt. »Was für Schuhe habe ich angehabt, als wir uns zum ersten Mal begegnet sind?«

Ich verdrehte die Augen. Das war fast ein Jahr her. Ich konnte mich noch nicht einmal daran erinnern, welche Schuhe *ich* an dem Tag getragen hatte. Ich versuchte, mir das Bild von Roxettes Füßen ins Gedächtnis zu rufen. Es war mitten in einem heißen Sommer in San Fernando gewesen, und mir war so, als könnte ich mich an ihre lackierten Zehennägel erinnern, also mussten es offene Schuhe gewesen sein. Irgendwelche Sandalen, aber mehr fiel mir nicht ein. In meinem Kopf war nur Leere.

»Tut mir leid«, sagte ich. »Ich weiß es beim besten Willen nicht mehr.«

Hinter der Tür war ein abgebrochenes Schluchzen zu hören.

»Ich weiß es auch nicht mehr«, sagte Roxette und heulte los, als hätte ich ihr gerade das Herz gebrochen. Dem rhythmischem Hämmern nach zu urteilen, schlug sie wohl mit dem Kopf gegen die Tür.

»Bitte, Roxette«, sagte ich. »Mach doch wenigstens einen Spaltweit auf. Ich komm auch nicht rein, wenn du nicht willst.«

Das Hämmern hörte auf.

»Okay«, sagte sie unvermittelt, als wäre es nie ein Problem gewesen, dass ich das Badezimmer betreten wollte.

Ich hörte, wie das Schloss sich öffnete. Ein Stück ihres schweißnassen Gesichts wurde in dem schmalen Spalt sichtbar. Ein einzelnes Auge mit einer stecknadelkopfgroßen Pupille starrte mich an wie das eines gehetzten Tiers.

»Ach du Scheiße«, sagte Roxette. »Sie haben dir die Haare abgeschnitten!«

Eine heiße, knochige Hand kam zum Vorschein und zerrte mich hinein.

Taylors Badezimmer sah so aus, als wäre es für eine lebensgroße Barbiepuppe entworfen worden. Rosa gemustertes Rosa, abgesetzt mit Rosa, rosa Vorleger, sogar eine rosa Toilette. Die neu hinzugefügten Spritzer von unregelmäßigem Dunkelrot passten absolut nicht zu dem kaugummifarbenen, mädchenhaften Farbschema.

Roxette war nackt und leichenblass. Für den Großteil von Amerika war ihr nackter Körper nichts Neues, aber es gab eine Veränderung. Oben an ihrem rechten Schenkel hatte sie ein Loch. Sie hielt eine rosa Zahnbürste umklammert, deren Borsten mit Blut verklebt waren. Auf dem Boden waren überall Bandagen verstreut, und im Becken der rosa Toilette erspähte ich eine platt gedrückte Kugel. Es war leicht zu erkennen, dass sie sich die Kugel mit der Zahnbürste aus dem Bein gebohrt hatte. Entsetzt sah ich, dass sie schon wieder mit den Borsten an dem Loch herumfummelte.

»Ich bin mir ziemlich sicher, dass ich den größten Teil des Transmitters rausgeholt hab«, sagte sie, ohne aufzublicken. »Aber die sind so konstruiert, dass sie sich wieder komplett aufbauen, wenn auch nur der kleinste Rest im Körper bleibt. Man kann nicht vorsichtig genug sein.«

»Wer war das?«, fragte ich. »Wer hat dich angeschossen, Roxette?«

»Diese Typen, die mein Dad geschickt hat, damit sie mich ausspionieren«, erzählte sie. »Sie haben in ihren Augen Kameras, die ihre Bilder über Satellit in sein Büro senden. Wenn du denkst, so was gibt es nur im Film, dann täuschst du dich gewaltig. Meinem Dad gehört die Firma, die diese Technologie für die Kamera-Augen erfunden hat. Kannst mir ruhig glauben, es laufen dauernd Berichte darüber im Discovery Channel. Als mein Dad rausgefunden hat, dass ich den Koffer habe, hat er ihnen befohlen, mir eine Transmitterkugel zu verpassen, damit sie mich besser verfolgen können. Die dachten, ich wüsste das nicht, aber denen hab ich's vielleicht gezeigt, was? Ich bin abgehauen und hab's denen so richtig gezeigt.«

»Das hast du«, sagte ich und versuchte, nicht auf das Bein zu sehen, in dem sie immer noch herumbohrte. »Und was ist mit dem Koffer passiert?«

Sie zeigte auf einen Haufen klatschnasser Handtücher in der Badewanne. »Ich hab ihn in feuchte Handtücher gewickelt, um das Signal zu blockieren. Und jetzt muss ich vor drei Uhr heute Nacht in Vancouver sein, sonst ...«

Sie sah auf und war plötzlich verwirrt.

»Wer bist du?«, fragte sie.

»Ich bin Angel«, sagte ich.

»Und woher weiß ich, ob das auch stimmt?«, fragte sie.

Sie glitt ab in ihre Drogenhalluzination.

»Sie haben meinen Kater vergiftet«, sagte sie. »Ich hab seinen Kopf in meiner Handtasche gefunden.«

Dann schrubbte sie weiter an ihrem Schenkel.

Ich vermutete, dass Vukasin sie angeschossen hatte. Entweder er oder ein anderer von Ridgeways Handlangern. Vermutlich hatte, wer immer das Überwachungsband geklaut hatte, methodisch jeder einzelnen erkennbaren Person, die an dem Tag in meinem Büro gewesen war, einen Besuch abgestattet. Roxette war leicht zu erkennen. Und es war nicht schwer, sie zu finden. Ich hatte keine Ahnung, wie sie dem Typen entkommen war, der ihr die Kugel verpasst hatte, und wie sie dabei noch den Koffer hatte mitnehmen können, konnte ich mir erst recht nicht vorstellen. Doch offensichtlich hatte die ganze Sache sie total aus der Bahn geworfen. Statt zu den Cops war sie zu Thick Vic Ventura gegangen.

Ich überlegte hin und her, wie ich sie dazu bringen konnte, mir den Koffer zu überlassen. Ich suchte verzweifelt nach einer cleveren Geschichte, die sich irgendwie in ihre sprunghafte Psychose einfügte, aber mir fiel partout nichts ein. Dann stellte sich heraus, dass ich gar keine Geschichte erfinden musste. Roxette gab mir den Koffer einfach so.

»O mein Gott!«, sagte sie plötzlich, fuhr herum und fasste mich härter am Arm, als man es einem so dürren kleinen Ding zutrauen würde. »Verdammte Scheiße, du musst mir einen echt riesigen Gefallen tun.«

»Klar«, sagte ich vorsichtig und versuchte, mich aus ihrem Griff zu befreien. Aber sie ließ nicht locker.

»Du musst unbedingt die Transmitter zu einem Nachrichtensender bringen.«

»Mach ich«, sagte ich. Mit Mühe bewahrte ich eine neutrale Miene, als sie ihr erhitztes Gesicht an meines presste. Ihr Blick war leer und ziemlich furchterregend.

»Schwör es mir beim Grab deiner Mutter«, sagte sie. »Schwör es mir, oder du stirbst sieben Tode.«

»Ich schwöre beim Grab meiner Mutter«, sagte ich und zwang mich, nicht zurückzuweichen.

»Okay«, sagte sie, ließ mich plötzlich los und lief in einem engen Kreis herum wie ein Zootier. »Okay, okay, okay. Wir brauchen ein Handtuch.«

Während ich eines der nassen Handtücher aus der Badewanne nahm, angelte sie die Kugel aus der Toilette. Ich hielt ihr das Handtuch hin, und sie legte die flache Kugel mitten auf den feuchten Stoff. Dann wickelte sie das Ganze in ein weiteres Handtuch und gab mir das Bündel.

»Nimm das am besten auch mit«, sagte sie und drückte mir den Koffer in die Arme. »Und den Kopf von meinem Kater.«

Sie nahm einen Seifenschwamm aus rosa Tüll in die Hand und sprach leise mit ihm, bevor sie ihn behutsam oben auf meine tropfende Last legte.

»Beeil dich«, sagte Roxette. »Du musst es bis zu den Acht-Uhr-Nachrichten schaffen. Denk dran, dass du beim Grab deiner Mutter geschworen hast, Charlie.«

Ich hatte keine Ahnung, wer Charlie war, und meine Mutter war quicklebendig gewesen, als wir das letzte Mal voneinander gehört hatten, aber ich wollte einfach nur noch raus aus diesem Badezimmer.

»Ich schwöre«, sagte ich.

Sie schob mich zur Tür hinaus und schloss hinter mir sofort wieder ab. Am anderen Ende des Flurs warf ich die nassen Handtücher, die Kugel und den Seifenschwamm auf den Boden und stellte den Koffer vor mich auf den Teppich. Dann starrte ich einen Moment lang auf die drei nebeneinander liegenden Nummernrädchen aus Messing, bis mir die Kombination wieder einfiel, die Lia an jenem Tag in meinem Büro benutzt hatte. 666. Die Zahl des Tiers aus der Apokalypse.

Entweder waren Roxettes Crystal-Halluzinationen ansteckend, oder vielleicht fehlte es mir nach der durchwachten Nacht einfach an Schlaf, aber als ich die Schlösser aufschnappen ließ, überfiel mich auf einmal die irrationale Angst, dass in dem Koffer kein Geld, sondern etwas Schreckliches sein könnte. Mit großer Überwindung schaffte ich es schließlich, den Deckel zu heben.

Er war voller Geld, wie Ridgeway gesagt hatte. Ich hatte keine Zeit, nachzuzählen, aber es sah wirklich nach viel aus. Da lagen Päckchen um Päckchen Hunderter mit Banderole und obendrauf Lias ursprünglicher Brief. Ich klappte den Koffer wieder zu. Das Geld konnte ich später zählen.

Als ich ins Wohnzimmer zurückkam, war Malloy dabei, mit aller Kraft seine Tugend zu verteidigen und Taylors Finger aus seiner Hose herauszuhalten. Ein fetter weißer Chihuahua besprang wie wild Malloys Bein.

»Nun komm schon, Süßer«, sagte Taylor. »Sei doch nicht so schüchtern.«

»Verdammt noch mal«, zischte Malloy. »Warum hat das so lange gedauert?«

Er wand sich aus Taylors schnapsgetränkten Zudringlichkeiten und starrte dann mit großen Augen auf den Koffer. Als er sich von ihr löste, brach Taylor in lautes Schluchzen aus.

»Lass uns bloß schnell hier verschwinden«, sagte ich. »Bevor noch ...«

Natürlich musste Thick Vic genau in diesem Moment mit der Kavallerie auftauchen, die ihm dabei helfen sollte, Roxette aus dem Badezimmer zu kriegen.

Seine Handlanger waren zwei ältere Biker, ein Dick-und-Doof-Pärchen in identischen Lederwesten und mit identischen Narben. »Dick« war klein und sah aus wie ein Fass; auf seinem kinnlosen Gesicht wuchsen mehr weiße Haare als auf seinem großen, glänzenden Schädel. »Doof« war groß und mager und hatte die langen schwarzen Haare zu zwei Zöpfen geflochten, genau wie dieser Indianer, der im Fernsehen immer wegen der Umweltverschmutzung rumgeheult hatte. Irgendwann stellte sich heraus, dass der Typ gar kein echter Ureinwohner Nordamerikas war. Ich vermutete mal, dieser Kerl hier war auch keiner.

Vic nach fast zehn Jahren wiederzusehen wäre wahrscheinlich sehr viel schwieriger gewesen, hätte ich nicht das Mädchen, das ihn einmal geliebt hatte, zusammen mit Jesse Black in der Wüste begraben. Jetzt stand ich mit einem Koffer voller gestohlenem Geld in Taylor Simones Wohnzimmer, warf Vic und seinen beiden Kumpels einen abschätzigen Blick zu und entschied, dass sie keinerlei Bedrohung waren.

Vics lange Haare waren fast verschwunden, und der spärliche Rest war zu einem geringelten Pferdeschwänzchen zurückgekämmt. Verglichen mit seinem zerbrechlichen, klapperdürren Körper sah der Angestellte im *Palmview* direkt wie Arnold Schwarzenegger aus. Gesicht und Arme waren voller Narben und verschorfter Wunden von den Einstichen und dem ewigen Kratzen wegen eingebildeter Krabbeltiere. Wenn man Vic eine verpasste, zerfiel er wahrscheinlich zu einem Häuflein Staub auf dem vollgepissten Teppich.

»Nimm deinen ganzen Scheiß und verzieh dich«, kreischte Taylor plötzlich und griff nach Malloy. »Ich hab jetzt 'nen neuen Freund, der mich mit Respekt behandelt, du kleines Stück Junkie-Scheiße.«

»Mann«, sagte Malloy und wich ihrem verzweifelten Griff aus.

»Du verlogene Scheißhure!«, brüllte Vic. »Du hast gesagt, du wärst immer noch wund von der letzten OP, und dann bumst du hinter meinem Rücken 'nen anderen Kerl?«

»Wenn das große tote Ding zwischen deinen Beinen mal zu was gut wäre und nicht nur rumliegen würde wie 'ne platt gefahrene Scheißschlange«, sagte Taylor und kämpfte sich auf die Füße, »dann müsste ich mich nicht nach 'nem anderen Kerl umsehen!«

»Bei Roxette hab ich prima einen hochgekriegt«, sagte Vic.

Taylor kreischte auf und stürzte sich auf Vic. Die beiden krachten zu Boden, und Plateauschuhe und Unterwäsche flogen durch die Gegend. Die Biker sahen Malloy und mich an und zuckten mit den Schultern. »Doof« zündete sich eine Zigarette an, und »Dick« schlenderte in die Küche. Aus dem Badezimmer kam immer noch Roxettes Geheul. Malloy ließ sich von »Doof« Feuer geben und zeigte dann zur Tür. Vic und Taylor krachten in einen zierlichen CD-Turm aus Draht, der stabiler aussah als sie beide zusammen, und warfen ihn um. CDs und splitternde CD-Gehäuse verteilten sich über den Boden. Niemand beachtete den Aktenkoffer. Niemand hielt uns auf, als wir gingen.

Wir konnten nur ins *Palmview* zurück. Malloy fuhr noch einmal los, um den Mietwagen zurückzugeben und Essen und Zigaretten zu besorgen. Wie betäubt saß ich auf dem Bett mit dem Umhängebeutel, der meinen mickrigen weltlichen Besitz enthielt, und dem Aktenkoffer, in dem genau hundertachtzigtausend Dollar waren. Ich hatte nachgezählt.

Ich fühlte mich immer noch seltsam verletzlich wegen der unguten Geschichte mit Jesse. Dazu kam der dumpfe, ständige Schmerz, weil ich Didi und Sam verloren hatte. Und mein Haus und meine Agentur und alles, was mir einmal wichtig gewesen war. In diesem Wahnsinn schien es weder Ordnung noch Logik zu geben. Dauernd passierten scheinbar zufällig total verrückte Dinge, die mich wie an einem unzerstörbaren Würgehalsband mit sich in eine bestimmte Richtung zerrten. Ich wollte wirklich so eine Art knallharter Racheengel sein, und als ich an Jesses Grab gestanden hatte, war ich mir auch beinahe so vorgekommen; doch im Moment war ich nur noch verwirrt und absolut unfähig, mich zu konzentrieren. Ich wusste nicht mehr, was ich tun sollte.

Dabei war das Spiel noch lange nicht vorbei. Das war es erst, wenn Ridgeway tot war. Jesses Tod war ein Schritt in die richtige Richtung, aber in Wahrheit war er doch nur ein Werkzeug gewesen. Ridgeway war der Kopf des Ganzen, er war für alles verantwortlich, was mir angetan worden war. Ich durfte nicht zulassen, dass ich zusammenbrach, bevor ich ihn erwischt hatte. Und bis es so weit war, brauchte ich eine Aufgabe, der ich gewachsen war. Damit ich die Dinge wieder in den Griff kriegte.

Also tat ich zweierlei. Zuerst packte ich das Geld aus dem Koffer in meinen Beutel um und stopfte dann den Koffer voll mit den Gästehandtüchern und Toilettenartikeln aus dem *Hilton*, bis er ungefähr wieder das richtige Gewicht hatte. Dann zog ich die hochhackigen Designerstiefel von Manolo Blahnik an.

Als Malloy zurückkam, stand ich neben dem Bett mit dem Gesicht zur Tür. Die Hüfte vorgeschoben und nackt bis auf die Stiefel, begrüßte ich ihn mit einem Lächeln. Auf meinem Mund glänzte der billige rote Lippenstift. Ich wusste, dass ich auch mit den kurzen Haaren verdammt gut aussah. Ich sah aus wie eine Frau.

»Lalo«, sagte ich. »Komm her.«

Malloy stellte seine Einkäufe vorsichtig auf den kleinen Tisch und machte die Tür hinter sich zu.

»Angel ...«, sagte er, aber ich ließ ihn nicht ausreden.

Ich spürte, wie er mit sich kämpfte, sich zurückhalten und cool bleiben wollte, aber ich wusste, dass er verlieren würde. Schließlich bin ich ein Profi. Ich fegte seinen Widerstand so leicht weg, wie er den Schläger in Vegas fertiggemacht hatte.

Die schiere Lust, die hinter der Mauer stoischen Widerstands aufloderte, stieg mir zu Kopf. Ich brauchte sie wie andere Leute Luft zum Atmen brauchen und berauschte mich völlig daran, sog sie tief in mich hinein, als er mich hochhob, mich atemlos an sich drückte und dann auf das klapprige Bett warf. Er stürzte sich schwer und gierig auf mich, und seine großen Hände berührten mich überall, genau wie ich es mir wünschte. Aber als ich nach unten griff und seine Hose öffnen wollte, war die Mauer plötzlich wieder da. Er wich mir aus und rollte auf die Seite.

»Angel«, sagte er wieder. »Ich ...«

Ich versuchte, ihn zu küssen, aber er ließ mich nicht. Sein Gesicht war gerötet, er hatte die Augen halb geschlossen.

»Angel«, fing er noch einmal an.

»Ja?«, fragte ich.

Mich überfiel auf einmal die lähmende Angst, dass er einer dieser Typen war, die nicht darüber hinwegkommen, dass ich einmal ein Pornostar gewesen war. Einer von denen, die schon die bloße Anzahl ihrer Vorgänger total abtörnt. Aber mein Instinkt sagte mir, dass er keineswegs abgetörnt war. Sein Körper vibrierte förmlich vor gezügeltem Verlangen. Ich konnte mir nicht vorstellen, was ihn zurückhielt, bis er es mir sagte.

»Ich ...«, sagte er und wandte den Blick ab. »Ich bin nicht ... nicht so gebaut wie die Kerle in deinen Filmen.«

Ich musste alles aufbieten, damit ich nicht laut loslachte. Also darum ging es? Der Obermacho Malloy hatte Angst, dass sein Schwanz zu klein war, um Angel Dare zu befriedigen? Genau diese oder ähnliche Befürchtungen hatte ich mir schon unzählige Male anhören müssen, aber nicht in einer Million Jahren hätte ich es von Malloy erwartet.

Ich griff nach unten und legte die Hand auf das, was er hatte. Er war nicht Thick Vic, aber wie die meisten Kerle untertrieb er ziemlich.

»Das macht gar nichts«, sagte ich.

Und dann bewies ich es ihm.

Danach lagen wir dicht nebeneinander, ohne uns zu berühren. Ich kann nicht sagen, dass ich mich wieder ganz wie die Alte fühlte. Ich glaube nicht, dass ich jemals wieder die Angel Dare von früher sein kann. Stattdessen fühlte ich mich wie eine stärkere und kraftvollere Version dieser neuen Frau, zu der ich geworden war. Malloy stand auf und tappte hinüber zu dem Tischchen, um sich eine neue Schachtel Zigaretten zu holen. Er war kein Hollywood-Muskelmann, aber nackt machte er eine gute Figur.

»Vielleicht sollten wir einfach zusammen abhauen«, sagte er und wandte mir halb den Rücken zu, während er die Schachtel aufriss.

»Wie meinst du das?«, fragte ich und stützte mich auf einen Ellenbogen.

»Ich meine, vergiss den ganzen Scheiß hier«, antwortete er und schüttelte eine Zigarette heraus. »Wir könnten nach Belize gehen oder so. Ich weiß nicht.«

»Du willst mit mir durchbrennen, Lalo?«, fragte ich und konnte mir ein Lächeln nicht verkneifen.

Er zuckte mit den Schultern und zündete die Zigarette an, dann kam er zurück ins Bett, legte sich hin und schob einen kräftigen Arm unter seinen Kopf.

»Wäre das so schlimm?«, fragte er.

Wäre es das wirklich? Er war ein guter Liebhaber. Ernst,

ruhig, aber voller Leidenschaft und darauf konzentriert, dass es mir Spaß machte. Offenbar war er auch kein Anhänger der überzogenen Kunststückchen, die heutzutage anscheinend Pflicht im Bett sind, weil alle ihre Vorstellungen von gutem Sex aus Pornos beziehen. Die Kerle gehen mit einem Pornostar ins Bett und glauben wohl, dass wir diesen Scheiß jeden Tag haben wollen. Ich gebe Ihnen mal einen guten Rat. Wir machen das, was wir in den Pornos machen, weil es gut aussieht, und nicht, weil es sich gut anfühlt. Jede Person, die einmal einen Dreiloch-Rittberger rückwärts absolviert hat, wird Ihnen das bestätigen, und ich rede jetzt nicht nur von den Mädchen. Glücklicherweise musste ich das Malloy nicht erklären. Und was noch wichtiger war, er wollte nicht kuscheln. Er rauchte einfach und ließ mir Raum.

Ich hatte in L. A. nichts mehr zu verlieren. Didi war tot. *Daring Angels* war tot. Angel Dare war tot, oder zumindest war sie eine ganz andere geworden. Bis zu diesem Moment hatte ich an nichts anderes als an Rache gedacht. Gab es denn wirklich ein neues Leben für mich? Einen neuen Anfang?

Vielleicht sollte ich tatsächlich aussteigen, solange ich im Vorteil war. Ich hatte hundertachtzig Riesen aus Ridgeways Portokasse als Wiedergutmachung für das, was er mir angetan hatte. Konnte ich es nicht einfach dabei belassen und verschwinden? Mit Malloy? Warum nicht?

Ich wusste genau, warum nicht. Solange Ridgeway, dieses Arschloch, lebte, hatte ich keine Ruhe. Ich konnte nicht aussteigen. Vielleicht hätte ich es tun sollen, aber ich konnte es nicht.

»Nein«, sagte ich. »Ich kann nirgends hin, bis dieses Arschloch das bekommen hat, was es verdient. Ich kann einfach nicht, Lalo.«

»Ridgeway dranzukriegen wird nicht einfach«, sagte er. »Vielleicht ist es sogar unmöglich. Vielleicht erwischt er dich zuerst. Typen wie er bekommen fast nie das, was sie verdienen.«

»Das weiß ich«, sagte ich. »Aber ich muss es versuchen. Es ist alles, was mir noch bleibt.«

Malloy nickte, rauchte und sagte nichts. Nach einer oder zwei Minuten fing er an zu erzählen.

»Nachdem meine Frau mich verlassen hat und mit Paloma zurück nach Santa Fe ist«, sagte er, »da habe ich mich lange Zeit mit keiner Frau ernsthaft getroffen. Ich meine, klar, ich hab schon rumgevögelt, aber ich hab keine wirklich an mich rangelassen. Damals hab ich noch gesoffen, und mir war so ziemlich alles scheißegal. Dann habe ich eine Frau kennengelernt. Eine Prostituierte, weißt du? Ein Callgirl, aber von mir hat sie nie auch nur einen Cent genommen. Sie hieß Carla. Sie kam aus El Salvador. Lange Beine. Bildhübsch. Die Kerle standen bei ihr Schlange.«

Ich schwieg.

»Einer ihrer Freier hat sie umgebracht«, sagte er. »Hat sie erdrosselt.« Er nahm die Zigarette aus dem Mund und berührte seine Lippen mit dem Daumen. »Wir wussten, wer der Täter war, aber wir konnten ihm nichts beweisen. Er ist ungeschoren davongekommen.«

Ich drehte mich zu ihm um. Er sah mich nicht an. Sein Blick war starr auf die Wasserflecken an der Decke gerichtet.

»Es war so ein billiger Hollywood-Drecksack«, fuhr Malloy fort. »Aber er hatte Beziehungen. Und gute Anwälte. Carla war nur ein totes Callgirl. Sie zählte nicht, deshalb wurde er freigesprochen.«

Er nahm einen langen Zug von der Zigarette.

»Es dauerte drei Jahre, dann hatte ich ihn«, sagte Malloy. »Ich hab ihn mit raus in die Wüste genommen und dafür gesorgt, dass er sich nichts mehr wünschte, als dass er das Carla nie angetan hätte. Dann habe ich ihn umgelegt.«

Seine Zigarette war fast bis zum Filter heruntergebrannt. Er drückte sie in dem billigen Glasascher aus, der auf dem eingebauten Nachttisch stand.

»In diesen drei Jahren«, sagte er, »konnte ich an nichts anderes denken. All die Planerei, wie ich diesen Typen umbringen wollte, hat jede Sekunde meines Lebens aufgefressen. Ich habe von nichts anderem geträumt. Ich hatte nichts anderes. Bei der

Arbeit habe ich dämliche Fehler gemacht. Beinahe hätte ich mich umlegen lassen. Und das alles, weil ich an nichts anderes denken konnte als daran, wie ich diesen Typen drankriegen würde. Wegen Carla.« Er zündete sich die nächste Zigarette an. »Ich hatte die Sauferei nicht mehr im Griff. Ich verlor meine Dienstmarke. War selbst schuld daran. Ich war total am Arsch, und ich wusste es genau, aber ich konnte einfach nicht aufhören. Es war ein Gefühl, als wäre ich total verliebt, weißt du? Nur, dass es Hass war.«

Ich wusste so genau, wovon er sprach. Genauso hatte ich mich bei Jesse gefühlt. Und bei Ridgeway war es noch immer so. Wenn man mir vor zwei Wochen erzählt hätte, wie viel ich mit einem Typen wie Malloy gemeinsam hatte, hätte ich nur gelacht. Jetzt war er wahrscheinlich der einzige Mensch auf der Welt, der verstand, was ich durchmachte.

»Dann war es vorbei«, fuhr er fort. »Ich hatte zugesehen, wie dieser Scheißkerl seinen letzten Atemzug tat. Er war tot, aber für mich war alles genau wie vorher. Ich vermisste Carla noch genauso. Ich hatte drei Jahre lang mein ganzes Leben darauf ausgerichtet, diesen Kerl zu kriegen, und als ich es geschafft hatte, wusste ich nicht mehr, was ich mit mir anfangen sollte. Ich dachte, es würde ein großer Triumph werden, aber das war es nicht.« Er sah mich an. »Ich glaube, ich will damit nur sagen, dass Rache dir nicht all das geben kann, was du dir davon versprichst. Das ist alles.«

Ich setzte mich auf und wollte mir mit der Hand durch die Haare fahren, die nicht mehr da waren. Ich wusste, dass er recht hatte. Ich wollte mit ihm durchbrennen und ein vollkommen neuer Mensch werden. Irgendwo ganz neu anfangen, wo noch nie jemand etwas von Angel Dare gehört hatte. Das wollte ich wirklich, aber ich wusste, es würde nichts daraus werden.

»Ich weiß, dass du recht hast«, sagte ich. »Ich weiß das, ehrlich. Aber ich kann nicht abhauen, bevor ich das nicht erledigt habe. Vielleicht danach ...«

Ich redete nicht weiter, weil ich nicht konnte. Ich glaube

nicht, dass einer von uns beiden ernsthaft daran glaubte, dass es ein Danach geben würde.

Malloy sah weg. Anscheinend kämpfte er mit sich, versuchte Worte zu finden, die einfach nicht kommen wollten. Schließlich sagte er nur: »Okay, Angel. Wenn es das ist, was du willst.«

»Ich zeige dir, was ich will«, sagte ich.

Es war ein billiger Trick, nichts als eine körperliche Ablenkung von all den Problemen, mit denen ich mich jetzt nicht auseinandersetzen wollte. Wir waren beide nicht richtig bei der Sache, aber wir schliefen trotzdem miteinander, nur damit wir nicht mehr reden und denken mussten. Als wir fertig waren, machte sich eine unendliche Müdigkeit in mir breit. Ich wollte noch nachrechnen, seit wie vielen Stunden ich nicht mehr geschlafen hatte, aber noch beim Zählen dämmerte ich weg.

Ich hatte das Gefühl, als hätte ich eine Ewigkeit geschlafen, als ich plötzlich hochschreckte, weil an die Tür gehämmert wurde. Obwohl ich noch ziemlich verschlafen war und kaum einen klaren Gedanken fassen konnte, sorgte das Adrenalin dafür, dass ich schnell auf die Beine kam und mich anzog. Als ich im Zimmer stand, wurden mir zwei Sachen klar. Malloy war weg. Und der Koffer auch.

29

Mir blieb gar keine Zeit, wütend zu sein oder mich verraten zu fühlen, weil ich viel zu sehr damit beschäftigt war, die nächsten zehn Sekunden zu überleben. Zumindest fühlte es sich so an. Ich schnappte meinen Beutel vom Boden und stürzte ins Badezimmer. Das Türschloss war ein Witz, aber es konnte mir weitere zehn Sekunden verschaffen, was mir zu dem Zeitpunkt wie die Verdoppelung meiner mir noch verbleibenden Lebenszeit vorkam. Ich stand in dem siffigen kleinen Badezimmer und war fest entschlossen, nicht dort zu sterben. Ich betrachtete das winzige Fenster und dachte an Lia. Und fragte mich, ob ich wohl genug Mumm hatte, mich vor einen Bus zu werfen, wenn es keine andere Möglichkeit mehr gab.

Wer auch immer an die Tür gehämmert hatte, war jetzt im Zimmer und mit der Tür zum Bad beschäftigt. Ich hatte keine Ahnung, ob es die Cops oder die Bösen waren, aber ich wollte es auch nicht wissen. Das Fenster ließ sich nur ein kleines Stückweit öffnen, deshalb riss ich den Duschvorhang herunter und wickelte ihn um meine Faust. Ich brauchte mehrere Schläge, aber endlich zerbarst das dicke, verdreckte Glas. Den Beutel warf ich zuerst hinaus und hoffte dabei verzweifelt und entgegen aller Logik, dass mein blauer Kaffeebecher nicht zerbrach. Ich spürte noch nicht einmal die gezackten Glasreste, als ich mich durch den Fensterrahmen quetschte.

Erst als ich auf dem Boden landete, fiel mir ein, dass ich mit den hochhackigen Stiefeln an den Füßen eingeschlafen war. Ein schlanker Sechshundert-Dollar-Absatz brach ab, mein Fußgelenk verdrehte sich, und ein stechender Schmerz schoss mir durch das Bein. Ich sah mich in der vollgemüllten Gasse um. Mit einem abgebrochenen Absatz konnte ich nicht rennen, deshalb öffnete ich ohne langes Nachdenken einen großen rostigen Müllcontainer, warf den Beutel hinein, hechtete hinterher und zog den Deckel hinter mir zu.

Die Erinnerungen an mein Müllsackkleid lösten scharfe Stiche in meinem Magen aus, als ich stinkende, undichte Müllbeutel über mich zerrte, den Kopf einzog und stumm betete, was ich seit der ersten Klasse nicht mehr getan hatte.

Ich hörte Männerstimmen und schnelle Schritte auf dem Asphalt. Dann war Stille.

Mein Knöchel pochte. Der Kopf tat mir weh. Der Gestank war unerträglich, selbst als ich mir das T-Shirt über die Nase hielt. Nach und nach wurde ich wieder ruhiger, und ich versuchte zu begreifen, was Malloy getan hatte.

Wieder und wieder hatte ich mir eingehämmert, ihm nicht zu trauen, nicht das hilflose Weibchen zu sein, das ganz auf ihn angewiesen war. Aber es war so viel einfacher gewesen, ihm die Zügel zu überlassen. Jetzt war er abgehauen und hatte mich sitzen lassen. Die Tatsache lähmte mich wie eine unsichtbare Wunde, und eine stumpfe, hoffnungslose Wut machte sich in mir breit. Oberflächlich gesehen, war mein weibliches Ego verletzt: Mein schwarzer Gürtel im Bett hatte nicht ausgereicht, um ihn zu halten. Aber es ging um so viel mehr. Ich hatte ihn als einen Freund gesehen. Ich hatte gedacht, unsere Freundschaft würde ihm etwas bedeuten. Ich hätte es besser wissen müssen.

Ich blieb viel länger in dem Container, als eigentlich nötig gewesen wäre, aber ich wollte absolut kein Risiko eingehen. Selbst als ich nach einer halben Ewigkeit vorsichtig den Deckel anhob, zuckte ich innerlich zurück und rechnete mit einer Kugel.

In der Gasse war niemand. Jedenfalls dachte ich das zunächst. Als meine ungleichen Absätze den Boden berührten, bemerkte ich, dass der Haufen Müll an der Hauswand in Wirklichkeit ein Mensch war. Und als ich das Schimmern von silbernen Haaren unter dem schmutzigen Rot entdeckte, verknotete sich mir der Magen. Ich wusste sofort, dass es Malloy war.

Ich wollte weggehen und nicht einen Blick zurückwerfen, aber ich musste es genau wissen. Ich humpelte zu der Stelle, wo er mit dem Gesicht nach unten in einer öligen Pfütze lag. In seinem Hinterkopf war ein sauberes kleines Loch, und ich war dankbar, dass er auf dem Bauch lag. Ich bin keine Ballistikexpertin, aber selbst ich weiß, dass das kleine Loch die Eintrittsstelle der Kugel ist. Auf der anderen Seite, an der Austrittsstelle, war bestimmt ein viel größeres, viel hässlicheres Loch. Die andere Seite war einmal sein Gesicht gewesen. Das brauchte ich nicht zu sehen.

Ein Stück entfernt von der Leiche lag der offene Koffer. Die Handtücher und Toilettenartikel, mit denen ich ihn gefüllt hatte, während Malloy Zigaretten geholt hatte, waren die Gasse entlang verstreut, als ob der Koffer geöffnet, auf den Boden geschleudert und an die Mauer geworfen worden wäre. Ich wusste nicht, warum ich am Abend zuvor das Geld in meinen Beutel umgepackt hatte. Vielleicht hatte ich eine Vorahnung gehabt. Ich fragte mich, ob Malloy sich entschlossen hatte, mit dem Geld zu verduften, als ich nicht mit ihm nach Belize abhauen wollte. Oder hatte er von Anfang an vorgehabt, sich die Kohle unter den Nagel zu reißen, und mich nur deshalb gefragt, als er nach dem Sex gemerkt hatte, dass ihm etwas an mir lag? Ich fragte mich, ob er die Handtücher noch gesehen hatte, bevor er starb.

Ich wollte Trauer fühlen, wollte um den Mann weinen, der mich gerettet und gevögelt und betrogen hatte. Doch ein schwindelerregendes, schwereloses Gefühl der Entschlossenheit durchflutete mich. Ich war von allem Überflüssigen befreit, als hätte ich endlich mein Kampfgewicht erreicht. Nun hatte ich wirklich alles verloren. Nichts stand mehr zwischen mir und Alan Ridgeway.

Ich zog Malloys Schlüssel aus seiner Tasche und schlich nach vorn zur Einfahrt des *Palmview*. Dabei sah ich mich ständig nach allen Richtungen um, damit mich auch niemand von hinten überraschte. Keine Cops. Keine Bösen. Niemand außer einer ausgemergelten Tussi auf Speed, die barfuß auf dem Umgang im ersten Stock hin und her ging und eindringlich vor sich hin flüsterte. Ich schob mich in Malloys Wagen und verriegelte die Türen. Im Inneren roch es noch nach ihm, und das schmerzte auf eine dumpfe, abstrakte Art. Ich musste den Sitz weit nach vorn schieben, damit ich an die Pedale herankam.

Ich fuhr vom Parkplatz und hatte keinen Schimmer, wohin ich fahren sollte. Es gab keinen vernünftigen Plan, keine ausgeklügelte Vorgehensweise, nichts. Ich fuhr einfach.

Ich bog auf die 101 Richtung Westen. Vielleicht hatte Malloy doch recht gehabt. Vielleicht war es wirklich am besten, abzuhauen. Ich konnte weiterfahren bis San Francisco und dort in ein Flugzeug steigen, irgendwohin fliegen. Ich konnte diesen ganzen Wahnsinn einfach hinter mir lassen.

Aber was mir am Abend zuvor unmöglich gewesen war, fühlte sich auch heute immer noch genauso falsch und unmachbar an. Ich musste Ridgeway kriegen oder dabei draufgehen. In diesem Moment fiel mir Jesses Handy wieder ein.

Ich verließ die Schnellstraße und fuhr auf den Parkplatz eines *Burger King*. Es dauerte nur einen Augenblick, dann entdeckte ich beim Durchscrollen der gespeicherten Nummern die von Onkel Alan.

Die nächste Stunde verbrachte ich damit, das kleine Handy auf- und wieder zuzuklappen. Es war mir peinlich, aber ich wünschte mir sehnlichst, dass Malloy da wäre, sich eine Zigarette anzündete, die Augen zusammenkniff und mich wissen ließ, was wir tun sollten.

Schließlich drückte ich die Kurzwahltaste für Ridgeways Nummer.

»Christopher«, meldete er sich, kaum dass er abgenommen hatte. »Wo zum Teufel steckst du? Ich hab jetzt wirklich die Schnauze gestrichen voll von deiner Arroganz und Unfähigkeit. Du sollst dich einzig und allein um diese halbe Portion von Sex-Tussi kümmern, und nicht mal das kriegst du hin. Wir müssen wirklich einmal ernsthaft über deine Position in dieser Organisation reden.«

Das Herz klopfte mir wie wild in der Brust. Ich bekam kaum Luft genug zum Sprechen.

»Tut mir leid«, sagte ich. »Jesse kann gerade nicht ans Telefon kommen. Möchten Sie eine Nachricht hinterlassen?«

Am anderen Ende herrschte lange Zeit Schweigen. Ich konnte hören, dass er rauchte.

»Angel?«, fragte Ridgeway dann.

»Ja«, sagte ich.

»Nett, von dir zu hören«, antwortete er. »Wo ist denn dieser Nichtnutz von meinem Neffen?«

»Das soll uns im Moment nicht kümmern«, sagte ich. »Fragen Sie lieber, wo Ihr Geld ist.«

»Na gut«, sagte er. »Wo ist mein Geld?«

»Ich habe es genau neben mir«, sagte ich. »Wenn ich es Ihnen zurückgebe, dann ist diese leidige Geschichte zwischen uns ein für alle Mal erledigt. Richtig?«

»Endlich wirst du vernünftig«, sagte er. »Ich wollte wirklich immer nur das zurückhaben, was mir gehört.«

»Wir treffen uns hinter dem Gelände 2372 Saco Street. Sie wissen, wo das ist, nicht wahr? Das ist der Parkplatz, auf dem Ihr nichtsnutziger Neffe mich nicht hat umbringen können.«

»Ja«, sagte er. »Ich weiß, wo das ist.«

»Wir treffen uns dort heute um Mitternacht«, sagte ich. »Kommen Sie allein.«

Ich klappte das Handy zu und schaltete es dann ganz ab.

Dann saß ich einfach nur da und umklammerte das Lenkrad. Ich zitterte am ganzen Körper, und mir war schlecht.

Mitternacht? Warum zum Teufel hatte ich das nur gesagt? Es waren noch beschissene sechzehn Stunden bis Mitternacht. Ich konnte mir überhaupt nicht vorstellen, was ich so lange mit mir anfangen sollte.

Die Stunden vergingen. Ich fuhr durch die Gegend, kaufte mir etwas zu essen und aß es nicht. Kaufte mir Schuhe und warf die Stiefel mit dem kaputten Absatz weg. Starrte auf die eintönige, vertraute Landschaft aus kleinen Einkaufszeilen im Valley. Noch war es nicht zu spät, die Stadt zu verlassen. Aber ich tat es nicht. Ich wartete bis Mitternacht.

Mein Plan, soweit man von einem Plan sprechen konnte, war simpel: Sobald ich Ridgeway vor mir hatte, wollte ich ihn erschießen. Mir war egal, ob er Scharfschützen postiert hatte. Die konnten mich gern erledigen, wenn ich vorher ihn umgelegt hatte. Hauptsache, der Scheißkerl fuhr vor mir in die Hölle.

Als es fast schon an der Zeit war, dass ich mich auf den Weg Richtung Innenstadt machte, durchwühlte ich meinen Umhängebeutel auf dem Beifahrersitz. Mein blauer Becher war in drei Teile zerbrochen. Der kleine Roboter war ebenfalls kaputtgegangen; der grinsende Kopf und ein Arm hatten sich von dem verbeulten Körper gelöst. Mein eigener kleiner Vorrat an Bargeld war weg; die Scheine und Münzen lagen bestimmt noch auf dem Nachttisch im *Palmview*, wo ich sie hatte liegen lassen. Ich besaß nur noch das *Lakers*-T-Shirt, das ich nicht anziehen wollte, weil es mich an Lia erinnerte, die Knarre, mit der ich Jesse umgebracht hatte, und Ridgeways Geld. Es war total verdreht, doch irgendwie der Situation angemessen. Ich warf die kaputten Sachen in die Mülltonne bei einem *7-Eleven*, zog mein versifftes T-Shirt aus und das *Lakers*-T-Shirt an und steckte die Waffe hinten in den Hosenbund.

Ich kam eine Stunde und fünfzehn Minuten zu früh an der verlassenen Lagerhalle an. Niemand war da. Ich stellte Malloys Wagen in der Nähe des *Mercado* ab und ging dann vorsichtig zum Treffpunkt. Ich hatte nicht gedacht, dass Geld so schwer sein konnte; trotzdem bewältigte ich die kurze Strecke viel leichter als beim letzten Mal.

Es war immer noch kein Mensch zu sehen. Die Industrieruinen ringsum waren ebenso verlassen wie an dem Tag, an dem Jesse auf mich geschossen hatte. Dennoch hatte ich das Gefühl, als schwebte der Hinweis MEINE TASCHE IST VOLLER HUNDERTDOLLARSCHEINE!!! in Neonleuchtschrift über meinem Kopf.

Ich erreichte das Grundstück ohne einen Zwischenfall. Außer mir war niemand da. Also wartete ich. Auf eine Art war das Warten schlimmer, als angeschossen zu werden. In einer Endlosschleife gingen mir alle meine Zweifel, all die beschissenen Dinge, dir mir passiert waren, durch den Kopf. Aber ich wollte ja unbedingt dieser beinharte Racheengel sein, und deshalb war ich da. Und wartete.

Schließlich tauchte nicht Ridgeway auf, sondern das Wiesel. Lias Freund, Vukasin.

»Was soll der Scheiß?«, sagte ich zu ihm, als er um die Ecke des Gebäudes auf den Hof kam. Ich zog meine Knarre und zielte mitten auf seine Brust. »Ich hab deinem Boss doch gesagt, er soll allein kommen.«

»Hallo, Angel«, sagte er lächelnd. Er trug einen teuren, brandneuen Ledertrenchcoat über einem Hemd, das dem Letzten an Scheußlichkeit in nichts nachstand. »Schicke Frisur.«

»Fick dich«, sagte ich. »Ruf deinen Boss an und sag ihm, dass ohne ihn kein Deal stattfindet.«

»Würde ich ja gern.« Vukasin lächelte immer noch und kam einen Schritt näher. »Aber leider, leider hab ich vergessen, mein Handy aufzuladen. Wie dumm von mir.«

»Keinen Schritt näher«, warnte ich ihn.

»Und jetzt schießt du wirklich auf mich?«, fragte er, legte den Kopf schief und ging einen Schritt zurück. »Unser kleines Mädchen ist erwachsen geworden, was?«

Ich bemerkte ein Flackern in seinem Blick, der kurz nach rechts und zurück zu meinem Gesicht zuckte. Mein ganzer Körper war in Alarmbereitschaft, und ich fuhr nach links herum – genau im richtigen Moment, um in etwas Hartes, Schweres zu rennen, das mit meiner Schläfe kollidierte. Nur ein einziger, schadenfroh höhnischer Gedanke folgte mir in die Dunkelheit … *toller Racheengel.*

30

Ich kam in einem unbekannten Kofferraum wieder zu mir. Er war viel bequemer als der Kofferraum des klapprigen Civic, und sogar noch bequemer als der des Sebring. Trotzdem kotzte es mich an, dass ich schon wieder gegen meinen Willen in einem Kofferraum lag. Ich war auch wieder gefesselt und geknebelt. Meine Kopfschmerzen waren stärker als je zuvor, und eine träge, schwindelerregende Übelkeit stieg in mir hoch. Fast wünschte ich mir, ich wäre schon tot.

Ein richtig harter Typ hatte ich sein wollen. Was hatte ich mir nur dabei gedacht? Ich war ein Pornostar, verdammt noch mal, und keine Amazone. Beinahe konnte ich sehen, wie Malloy den Kopf schüttelte, grinste und in seinem trockenen Ton den Schlamassel kommentierte, in den ich mich schon wieder hineingeritten hatte. In diesem Moment hasste ich ihn aus tiefstem Herzen dafür, dass er mich erst so von sich abhängig gemacht und mich dann verlassen hatte.

Das Auto, in dem ich lag, wurde langsamer und hielt. Schritte kamen zum Heck, und ich zuckte zusammen, als der Kofferraumdeckel aufsprang. Vukasin würde bestimmt nicht zögern, wenn er mir eine Kugel in meinen Schlampenarsch verpassen wollte.

Doch es war nicht Vukasin, der den Kofferraum öffnete.

Vermutlich war es der Mann, der mir auf dem Gelände hinter der Lagerhalle eins übergebraten hatte. Ich nahm an, dass er der Nachfolger des blonden Prolls war, den Malloy in Vegas getötet hatte. Er war jünger, sah besser aus und hatte seine dunklen Haare sorgfältig mit Gel zu einem modischen Wuschellook gestylt. Was von seinem Körperbau unter der schlichten schwarzen Kleidung zu erkennen war, deutete eher auf ein Model als einen Gewichtheber hin, aber er hob mich mühelos aus dem Kofferraum und schwang mich wortlos über die Schulter.

Von meiner Position kopfüber, die Wange an den Rücken des Schlägers gedrückt, stellte ich fest, dass der bequeme Kofferraum zu einem schnittigen schwarzen Chrysler 300 gehörte. Ich wurde noch eine richtige Expertin für Kofferräume. Für zukünftige Entführungen würde ich ab jetzt immer einen Chrysler 300 verlangen.

Ich stellte auch fest, dass wir uns hinter einem dieser grässlichen, heruntergekommenen Apartmenthäuser aus der Nachkriegszeit befanden, wie man sie häufiger in den ärmeren Gegenden des nördlichen Valley sieht. Schmutziger Putz, abblätternde Farbe. So wie Hunderte von ähnlichen Blocks in Südkalifornien.

Vukasin war auch da, hatte meinen Umhängebeutel in der Hand und sprach in ein Handy.

»Ja«, sagte er, »ich habe sie und ich habe das Geld.« Er sah zu mir herüber. »Ja, ich verstehe.«

Er klappte das Handy zusammen und gab dem Kerl, der mich trug, ein Zeichen.

»Der Boss hat gesagt, dass wir ihn im *Sneaky Pete's* an der 98th Street West in der Nähe des Flughafens treffen sollen.« Vukasin warf den Beutel in den Kofferraum und knallte den Deckel zu. »Die Übergabe ist genau nebenan. Du schnappst dir die Mädchen, die rausgehen, fährst zur Übergabe, parkst den Wagen hinter der Halle und gehst dann zum Boss im *Pete's*. Um Angel kümmere ich mich selbst.«

»Ich dachte, der Boss will sie zusammen mit den rausgehenden Mädchen haben?«, sagte der Schläger und rückte mich auf der Schulter zurecht.

»Da wird sie auch sein«, sagte Vukasin. »Wir haben nur vorher noch ein paar Dinge zu klären.«

Er fing meinen Blick auf und zwinkerte mir zu.

Der Schläger trug mich durch eine Sicherheitstür und ein paar Treppen hinauf, und dann standen wir vor einem Apartment im ersten Stock. Wie bei den meisten dieser billigen Wohnhäuser blickten alle Apartments auf einen zentralen Innenhof – wenn man die einsame klapprige Bank und das bisschen Dreck mit Unkraut darin als Hof bezeichnen wollte. Der Innenhof war von der Straße aus nicht einsehbar. Man konnte so ziemlich alles hier veranstalten, was man wollte, und niemand bekam etwas davon mit.

Vukasin schloss die Wohnungstür auf. Das Innere sah allerdings gar nicht wie ein normales Apartment aus. Es war ein lausiges kleines Verlies. Die schmuddeligen Wände waren mit schlecht imitiertem Mauerwerk bemalt. Überall stand klappriges Gerät aus Holz herum, dick mit mattschwarzer Farbe vollgekleistert. An einer Wand hing ein großes Andreaskreuz mit eingeschraubten Ringhaken. Eine dünn gepolsterte Streckbank mit stählernen Fesseln an allen vier Beinen stand an der anderen Wand. Billige, dünne Flogger und zerbrechlich wirkende Paddel hingen an wahllos in eine Wand geschlagenen Nägeln. Der Teppichboden hatte Flecken, die ich nicht näher betrachten wollte. Ich dachte an Ulka und ihr edles Studio und hätte gern gewusst, was sie wohl von dem hier so hielt.

»Leg sie irgendwo hin«, sagte Vukasin.

Der Schläger ließ mich gehorsam unter dem Andreaskreuz auf den Boden fallen und machte, dass er wegkam. Einer der Flecken, die ich nicht näher hatte betrachten wollen, war jetzt zwei Zentimeter von meiner Nase entfernt.

Ich fragte mich, ob alle anderen Apartments in diesem finsteren Gemäuer ebenfalls in solche billige Fantasiesets verwandelt worden waren. Drehten sie hier die *Naughty-Teens*-Filme? Kamen auch die Freier hierher?

Jetzt war ich allein mit Vukasin. Und nun? Ich lag auf der Seite. Meine Hände waren mit einem kurzen Stück Nylonseil hinter meinem Rücken gefesselt, meine Fußknöchel ebenso. Geknebelt war ich mit einem fest verknoteten Taschentuch, das mir in die Mundwinkel schnitt.

Vukasin hängte seinen Ledertrenchcoat an einen Haken neben der Tür, hockte sich neben mich und schob mir das *Lakers*-T-Shirt bis über die Brüste hoch. Ich hatte keine Zeit gehabt, sie zu bandagieren, als ich aus dem *Palmview* geflohen war, und überhaupt war es mir irgendwie sinnlos vorgekommen, mit der Transvestitennummer weiterzumachen.

»Für mich bist du wirklich viel zu alt, Angel«, sagte er, packte eine Brust und drückte sie so fest, dass es wehtat. »Aber du machst mich an. Deine Freundin Zandora fand ich auch ziemlich geil. Eine Zeit lang jedenfalls.«

Er griff hinter meinen Kopf, knotete den Knebel auf und zog mir das feuchte Tuch aus dem Mund. Dann riss er mich hoch, sodass ich mit dem Gesicht ihm zugewandt auf den Knien balancierte. Aus der Tasche zog er ein Rasiermesser, klappte es auf und schnitt mir zügig das T-Shirt vom Leib, wobei er mehr als einmal die Haut darunter verletzte. Das genügte, um mich aus meiner Lethargie zu holen. Ich hatte mich praktisch damit abgefunden, erschossen zu werden; ich bildete mir sogar schon ein, dass das ein edler, schneller Tod wäre. Aber ein langsamer Tod durch ein Rasiermesser ist eine völlig andere Sache.

Als mein T-Shirt nicht mehr im Weg war, schlang Vukasin einen mageren Arm um mich und küsste mich, wobei er mir meine wunden Lippen gegen die Zähne drückte wie ein gieriger Teenager. Ich ließ ihn machen und verwendete stattdessen alle Energie darauf, das Seil um meine Handgelenke zu lockern. Es wollte und wollte nicht, und dann war es plötzlich wundersamerweise so locker, dass ich eine Hand aus der Schlinge ziehen konnte.

Ich hatte nur einen Versuch. Ich erinnerte mich an das kitschige Hemd, das er in Vegas angehabt hatte, das mit dem

Muster aus Spielkarten und Würfeln, und ich erinnerte mich an die Pistole, die ich darunter hinten im Hosenbund gefunden hatte. Heute trug er ein anderes geschmackloses Polyesterhemd, aber auch das hing lose über den Bund. Ich konnte nur hoffen, dass er ein Gewohnheitstier war.

Als er nach unten tastete, um meine Jeans aufzuknöpfen, ergriff ich die Gelegenheit. Die Pistole war genau da, wo ich sie vermutet hatte. Einen Herzschlag später hatte ich sie herausgezogen und hielt sie ihm unters Kinn.

»Runter von mir«, sagte ich.

Er ließ das Messer fallen und wich langsam zurück, die Augen zu wütenden Schlitzen zusammengekniffen. Offensichtlich zweifelte er jetzt nicht mehr daran, dass ich ihn erschießen würde.

»Zurück«, befahl ich und hielt die Knarre weiter auf sein Gesicht gerichtet.

Kein bissiges Geplänkel mehr. Keine pampigen Antworten. Er ging einfach rückwärts auf die kitschige kleine Bondage-Bank zu.

»Leg dich auf den Bauch und mach dich an den Handschellen fest«, sagte ich. Er legte sich eine um und schloss sie, dann fummelte er ungelenk mit einer Hand an der anderen herum.

Ich machte meine Füße los und legte ihm die zweite Handschelle und die Fußfesseln selbst an. Dann stopfte ich ihm meinen speichelfeuchten Knebel in den Mund, verknotete das Tuch fest hinter seinem Kopf und nahm ihm die Schlüssel aus der Tasche. Ich schnappte mir auch seinen Trenchcoat, weil das aufgeschlitzte *Lakers*-T-Shirt nicht mehr zu gebrauchen war. Seine Knarre steckte ich tief in eine Tasche und griff von einem Regal einen Satz Handschellen und eine Rolle stabiles, breites Isolierband. Für alle Fälle.

Ich hätte Vukasin umbringen können, ohne auch nur ein Mal darüber nachzudenken. Das hätte mich überhaupt nicht gestört. Aber es hätte mir auch keinerlei Befriedigung verschafft. Ich wollte meine Zeit nicht damit verschwenden, einen Helfershelfer von Ridgeway nach dem anderen umzulegen.

Der Boss hatte die ganze Sache geplant. Jetzt musste er auch dafür bezahlen.

Im Flur des verlassenen Apartmenthauses herrschte eine unnatürliche Stille. Ich stand mit Vukasins Schlüsseln in der Hand da und überlegte. Hätte ich die Stadt verlassen wollen, dann wären der Trenchcoat und meine Jeans in Ordnung gewesen, aber da ich mir Ridgeway schnappen wollte, brauchte ich richtige Klamotten. Wenn die Mädchen hier drehten und Freier empfingen, hatten sie wahrscheinlich auch irgendwo in diesem Gebäude eine Garderobe. In ihrer Szene für *Naughty Teens 17* hatte Lia einen obszönen neonpinkfarbenen Nuttenfetzen getragen, aber von den anderen unartigen Gören waren einige schlicht als nettes Mädchen von nebenan gekleidet gewesen. Deshalb hoffte ich, auch etwas anderes als Stripperklamotten und Cheerleaderkostüme zu finden.

Hinter den ersten paar Türen, die ich aufmachte, fand ich nur weitere Sets. Ein Klassenraum, ein Büro, ein Gefängnis mit kleinen Zellen hinter Holzgittern. Das Schaurigste war ein Kleinmädchen-Zimmer, mit süßen Plüschtieren und einem rosa Himmelbett. Es gab auch einige spärlich eingerichtete Einzimmerwohnungen, die wie Stundenhotelzimmer aussahen. Alle waren leer.

Ich ging nach unten und öffnete ein paar Türen im Erdgeschoss. Die Schlösser an diesen Türen waren teuer und neu, und jede hatte mehr als eins. Die erste Tür, die ich aufschloss, führte in ein – so nahm ich zuerst an – leeres Apartment. In dem Zimmer, das ich von der Eingangstür aus sehen konnte, war keinerlei Einrichtung, aber es brannte Licht. Ich wollte gerade die Tür schließen und weitersuchen, als eine Blondine aus der Tür zu einem Zimmer links um die Ecke spähte.

»Hallo?«, sagte ich.

Daraufhin kam sie ganz zum Vorschein. Sie war nackt. Ihr Gesicht war hübsch, aber sie war offensichtlich erschöpft, und ihr dürrer, unterentwickelter Körper war voller Blutergüsse und Kratzer. Sie machte keine Anstalten, sich zu bedecken. Ihr Blick huschte hin und her, genau wie Lias. Sie sagte nichts.

»Sprichst du Englisch?«, fragte ich.

Sie reagierte nicht, was Antwort genug war, aber beim Klang meiner Stimme erschienen zwei weitere Mädchen hinter ihr. Auch sie waren nackt, und auch sie schien das nicht zu stören. Jede Form von Würde oder Schüchternheit war ihnen längst abhanden gekommen. Sie waren stumm, hatten sich damit abgefunden.

Ich durchsuchte die winzige Wohnung und fand absolut nichts. Keine Kleidung, keine Möbel, keine Hygieneartikel, gar nichts. Nur diese drei nackten Mädchen.

Ridgeway hatte hier ein ziemlich durchdachtes Arrangement aufgebaut. Das Apartmenthaus war das perfekte Versteck für die illegal ins Land geschmuggelten Mädchen und gleichzeitig ein Ort, wo ungestört Pornos gedreht und Freier empfangen werden konnten. In dieser Gegend dachte sich niemand etwas bei dicken Sicherheitsriegeln und mehrfachen Schlössern. Für die Nachbarn sahen alle diese Sicherheitsmaßnahmen aus, als sollten damit Einbrecher abgehalten werden. Niemand kam auf den Gedanken, dass hinter den gesicherten Türen Mädchen gegen ihren Willen festgehalten wurden.

Ich ging die ganze Reihe von Türen entlang und öffnete eine nach der anderen. In jeder Wohnung waren drei Mädchen, insgesamt fünfzehn. Sie waren alle blass, verängstigt und sehr, sehr jung. Ich wäre überrascht gewesen, wenn auch nur die Hälfte von ihnen über achtzehn war. Alle Mädchen waren nackt, und in keiner Wohnung gab es Kleidung oder Schuhe. Noch nicht einmal Decken oder Handtücher. Es zeugte von einer geradezu abscheulichen Genialität, wie der Widerstandswille der Mädchen dadurch gebrochen wurde, indem man ihnen weder Kleider noch ein Bett zum Schlafen gewährte.

Ich musste meine gesamten nonverbalen Überredungskünste aufwenden, um sie alle aus ihren kleinen, mit Teppichboden ausgelegten Gefängnissen zu holen.

»Spricht eine von euch Englisch?«, fragte ich, als ich alle zitternden Mädchen in dem Hof versammelt hatte.

»Ja«, antwortete eine große, ungelenke Brünette.

»Ein bisschen«, sagte eine Blondine mit üppigem Hintern und deutete durch den Abstand zwischen Daumen und Zeigefinger an, wie viel »ein bisschen« Englisch war.

»Okay«, sagte ich und sprach langsam und deutlich. »Wo sind Kleider?«

Die Brünette zeigte auf eine Eckwohnung links im Erdgeschoss. Dort entdeckte ich eine Garderobe voller nuttiger Kleider und Kostüme. Es sah wie im *Sissy Boudoir* bei Ulka aus, nur waren hier auch Kleider in kleineren Größen vorhanden.

»Zieht euch alle etwas an«, sagte ich.

Die Mädchen gehorchten mir sofort. Diejenigen, die kein Englisch verstanden, folgten dem Beispiel derjenigen, die mich verstanden hatten. Sie waren so daran gewöhnt, zu tun, was man ihnen befahl, dass es mich wütend machte.

Ich hatte gehofft, dass es hier auch ein paar Klamotten für brave Mädchen geben würde, aber offenbar wurden die woanders aufbewahrt.

»Okay«, sagte ich. »Alle angezogen?«

Ich betrachtete meine kleine Nuttenarmee. Sie trugen trashige Minikleider aus Lycra, Plastikschuhe mit Plateausohlen, Lack-Hotpants und bauchfreie Tops. Es sah so grotesk aus, dass es fast lustig war, doch plötzlich fiel mir ein ganz bestimmtes Arschloch ein, das bei diesem Anblick bestimmt nicht lachen würde.

Ich führte die Mädchen hinauf zum Verlies, in dem Vukasin angekettet war. In meiner Abwesenheit hatte er mit aller Gewalt versucht freizukommen, aber nur erreicht, dass die Bank umgefallen war und nun auf der Seite lag. Seine Handgelenke bluteten, doch er hatte sich nicht befreien können.

Ich bückte mich nach dem offenen Rasiermesser und gab es der Blonden, die ein bisschen Englisch konnte. Doch sie verstand auch ohne Worte, was ich ihr damit sagen wollte. Mit Genugtuung sah ich, wie in den fünfzehn Augenpaaren unbändiger Lebenswille und offener Widerstand aufblitzte, als die Mädchen in fremden Sprachen miteinander flüsterten und nach und nach begriffen.

Als ich mich abwandte, hörte ich durch den Knebel Vukasins gedämpftes, hilfloses Quieken. Er riss wie wild an den Fesseln, als er versuchte, seinem Schicksal zu entkommen. Ich überließ die Mädchen ihrer Rache; ich musste mich um meine eigene kümmern.

Auf dem Weg nach draußen ging ich noch einmal an der Garderobe vorbei. In meinem Kopf nahm langsam ein Plan Gestalt an. Ich streifte die schmutzige Jeans ab und schlängelte mich in einen Stringtanga-Bikini mit Plastikclips an der Seite zum schnellen Ausziehen. Darüber zog ich ein glänzend schwarzes Minikleid aus Stretchlack. Es gab auch einen Werkzeugkasten aus Plastik, der voll mit Schminkutensilien für neunundneunzig Cent das Stück war. Schnell legte ich eine dicke Schicht Kriegsbemalung auf und krönte das Ganze mit einer kirschroten Prinz-Eisenherz-Perücke à la Betty Page. Dann fuhr ich in Strippersandalen mit kilometerhohen Absätzen und versteckte schließlich alles unter Vukasins Ledertrenchcoat. Der Mantel roch noch nach ihm. Doch während der Geruch von Malloys Jackett mich immer beruhigt hatte, machte mich der Mief des Wiesels nur noch wütender.

Als ich mich zum Gehen wandte, fand ich mich vor einem Ganzkörperspiegel wieder. Ich sah hinein und wusste plötzlich, dass mein Plan funktionieren würde. Ich wusste auch genau, was ich bisher falsch gemacht hatte. Die ganze Zeit hatte ich versucht, eine beinharte Actionheldin zu sein. Ein Malloy mit Titten hatte ich sein wollen, und wohin hatte mich das gebracht? Es gab für mich nur einen Weg, Ridgeway zu kriegen. Es war die einzige Methode, die ich wirklich in- und auswendig kannte: Eine Frau muss das einsetzen, womit Mutter Natur sie ausgestattet hat.

31

Sneaky Pete's und das *Eye Candy* haben ungefähr so viel gemeinsam wie die Imbissbude um die Ecke und ein Edelrestaurant. *Sneaky Pete's* ist billig, hardcore und vollkommen niveaulos. Gestrippt wird bis auf die Haut, und zwar ohne Einschränkungen. Ich habe dort nie getanzt; ehrlich gesagt, kann man das, was die Mädchen da tun, kaum »tanzen« nennen.

Als ich auf den Parkplatz neben dem schmierigen kleinen Etablissement eingebogen war, überprüfte ich mein neues Gesicht im Rückspiegel. Ich richtete die glänzende rote Perücke, zog mir die schwarzen Kirschlippen nach und drückte die falschen Wimpern noch einmal an. Ich hatte keine Zeit zu verlieren. Nur noch zwanzig Minuten, bis der Schuppen zumachte.

Ich ging hinein und fragte nach dem Geschäftsführer. Drinnen roch es vertraut nach Schweiß, Babyöl und nach gescheiterten Existenzen. Die Männer drängten sich in den dunklen Ecken zusammen, drehten ihre Gläser mit überteuerten alkoholfreien Getränken in den Händen und taten so, als bemerkten sie einander nicht. Ein winziges, flachbrüstiges Mädchen hatte die Bühne ganz für sich. Sie war brünett, hatte große Augen und sah nicht älter aus als ein Kind. Ihre Hüftknochen waren so spitz, dass schon der Anblick fast wehtat. Sie trug nur einen silbernen Stringtanga und bewegte ihre dürren Glieder mit einer langsamen, benommenen Anmut, als tanze sie unter Wasser. Aus den billigen Lautsprechern rauschte und knisterte »Little Dreamer« von Van Halen.

»Ja?«, sagte der Geschäftsführer, der plötzlich an meinem Ellenbogen auftauchte. »Suchst du 'nen Job?«

Er war die typische Rollenbesetzung für den bulligen Biker. Vollbart, Pferdeschwanz, Bierbauch, Tätowierungen. Er sah aus wie einer der ersten drei Typen, die der Held in jedem Computerspiel besiegen muss, bevor er auf den Oberbösewicht trifft.

»Ich weiß, es ist schon spät«, sagte ich mit einem unterwürfigen, hilfsbedürftigen Ton in der Stimme. »Aber ich dachte, dass ich vielleicht heute Abend noch vortanzen könnte, und wenn ich Ihnen dann gefalle ...« Ich lächelte schüchtern und drehte eine Strähne meiner roten Haare zwischen den Fingern. »Vielleicht können Sie mir ein paar Auftritte für dieses Wochenende geben.«

»Kein Problem, Süße«, sagte er mit einem Grinsen, bei dem seine Zahnlücken deutlich sichtbar wurden. »Bist gleich als Nächste dran. String auf der Bühne, aber in die Champagner-Lounge gehst du ganz nackt. Weitere Extras liegen an dir.« Er zwinkerte mir zu und zeigte auf das Mischpult des DJs. »Sag Lenny, wie du heißt und zu welchem Song du tanzen willst.«

Ich ging hinüber zum DJ, und auf dem Weg dorthin entdeckte ich Ridgeway, der ganz rechts am Bühnenrand saß. Neben ihm saßen der Schläger mit der modischen Wuschelfrisur, der mich in das Verlies getragen hatte, und ein dritter Typ, den ich noch nie gesehen hatte. Sein Kopf war kahl rasiert, er hatte einen Ziegenbart und schlecht gestochene Tattoos. Die beiden waren mir egal. Ich hatte nur Augen für Ridgeway.

Mit einem kalten Schauder fühlte ich wieder dieses nervöse, schmetterlingshafte Gefühl im Bauch. Für einen Moment wäre ich am liebsten sofort abgehauen. Vielleicht war ich total verrückt, dass ich annahm, ich könnte das wirklich durchziehen. Aber ich musste es wenigstens versuchen, sonst konnte ich mir nie wieder in die Augen blicken. Ich starrte auf Ridgeways Hinterkopf, als ob mein Hass allein ihn schon umbringen könnte. Er bemerkte mich gar nicht.

»Hallo«, sagte eine Stimme. »Wie geht's denn so, schöne Frau?«

Ich drehte mich um. Der DJ war, wie ein bizarrer Zufall es wollte, der schlaksige Typ mit den Indianerzöpfen, der Thick Vic dabei hatte helfen sollen, Roxette aus Taylors rosa Badezimmer zu schaffen. Ich fragte mich, ob Roxette inzwischen zu Hause war oder immer noch mit der verdammten Zahnbürste in ihrem Bein herumstocherte. Offensichtlich erkannte der Typ mich nicht.

»Äh, hallo.« Ich nestelte an dem Gürtel des Trenchcoats herum.

»Wie heißt du, Schwester?«, fragte er.

Ich sah hinüber zu Ridgeways Hinterkopf. Er legte der Tänzerin auf der Bühne einen Schein vor die Füße, und seine Leute machten es ihm schnell nach. Sie lächelte unbestimmt, wie eine Kartenabreißerin im Kino.

»Vendetta«, sagte ich. »Ich heiße Vendetta.«

»Na schön, Vendetta«, sagte der DJ grinsend. »Was ist dein Lieblingssong? Ich hab beide Sorten Musik, Rock *und* Roll.«

Er reichte mir ein CD-Album, und ich blätterte es durch, bis ich »Highway to Hell« von AC/DC entdeckte. Ich zeigte ihm den Song, zu dem ich tanzen wollte, und ging hinüber an die Bühne.

Das winzige Mädchen beendete ihre Nummer mit einem ungelenken Spagat und sammelte dann die schweißfeuchten, zusammengeknüllten Geldscheine und ein paar verstreute Lycrafetzen ein.

»Und ein Applaus für Missy!«, sagte der DJ über die knisternde Lautsprecheranlage. »Zeigt Missy mal, wie gern ihr sie habt, Jungs.«

Die wenigen Gäste klatschten lahm, und ein paar warfen noch ein oder zwei Scheine auf die Bühne.

»Und wenn ihr Missy ein bisschen näher kennenlernen

wollt, dann könnt ihr die schöne Lady in eine unserer privaten Champagner-Lounges einladen zu einem unvergesslichen Privattanz. Und denkt dran: Nur für Bares gibt es Wahres.«

Ein ungepflegter älterer Mann mit schuppigem Haar schnappte sich Missy sofort und schleppte sie in Richtung der Hinterzimmer. Anscheinend gab es vier Lounges im rückwärtigen Teil des Etablissements. Den offenen Vorhängen nach waren zwei zurzeit unbesetzt.

»Und jetzt, Jungs«, verkündete der DJ, »bevor wir hier Schluss machen, hab ich noch ein echtes Highlight für euch, eine heiße Kanone, die echt abgeht. Heute Abend haben wir hier im *Sneaky Pete's* eine scharfe neue Tänzerin. Meine Herren, hier kommt die heißblütige, wollüstige *VENDETTA*!«

Mein Song fing an, und ich holte ein paarmal tief Luft, damit mein wild klopfendes Herz sich etwas beruhigte. Dann stieg ich auf die Bühne.

Seltsam, dass man alte Gewohnheiten nie vergisst. Es ist wie Fahrradfahren. Ich schnappte mir die Rolle Küchenpapier und das antibakterielle Spray, das die Geschäftsleitung freundlicherweise zur Verfügung stellte, und wischte schnell die Messingstange ab. Dann begann ich mit der Show.

Begleitet vom vertrauten Gejohle und Gepfeife männlicher Wertschätzung glitt ich langsam aus Vukasins Ledertrenchcoat. Ich legte den Mantel vorsichtig auf den Boden, damit die Pistole in der rechten Tasche nicht laut aufschlug. Während ich die Hüften nach vorn stieß und mich gegen die Stange presste, als hätte ich nie etwas anderes getan, stellte ich fest, dass Angel Dare doch nicht tot war. Sie war am Leben, ihr ging es gut, und sie war stinksauer.

Ich streifte das Kleid ab und schob meinen kreisenden Arsch den begeisterten Gesichtern um mich herum entgegen. Dabei arbeitete ich mich langsam in Richtung Ridgeway vor. Die Kerle fraßen mir förmlich aus der Hand.

»Wenn du Blut sehen willst«, dröhnte Bon Scotts unverwechselbares Heulen wie rostiges Türangelquietschen aus den billigen Lautsprechern, »dann kriegst du es!«

Als ich an der Ecke der Bühne angelangt war, an der Ridgeway und seine Kumpels saßen, trug ich nur noch den String. Mit den klobigen Plastiksandalen schob ich mich durch eine grüne Schneewehe aus Ein- und Fünfdollarscheinen.

Ich ging auf Hände und Knie, bog mein Rückgrat durch und ließ meinen Arsch wenige Zentimeter vor der Nase des Scheißkerls auf und ab wogen. In dem Spiegel an der Bühnenrückseite konnte ich ihn beobachten. Er starrte gebannt zwischen meine Arschbacken, als könne er, wenn er nur intensiv genug starrte, durch das Leopardenlycra hindurch das Objekt seiner Begierde sehen. Nach allem, was er mir angetan hatte, und nach allem, was ich durchgemacht hatte, um hierherzukommen, kam es mir fast absurd vor, dass der große böse Boss auch nur ein Mann wie alle anderen war. Ich hatte befürchtet, dass er mich erkennen würde, aber er beachtete den Teil oberhalb meiner Titten überhaupt nicht. Seine beiden Schläger waren ähnlich fasziniert, doch sie zählten nicht. Ridgeway und ich waren in diesem Moment völlig allein, es gab außer uns niemanden sonst auf der Welt. Noch nie hatte ich für jemanden eine solch intensive Leidenschaft empfunden. Nicht einmal für Jesse.

Ich warf mich auf den Rücken, öffnete die Beine zu einem breiten V, dann wölbte ich den Rücken und drückte mich nach oben, sodass ich genau zum Schluss des Songs wieder stand. Wenn dieses Oberarschloch Blut sehen wollte, sollte er es kriegen.

Ich sammelte die Geldscheine und meine Klamotten ein, ohne mich von Ridgeway wegzudrehen. Sein Blick blieb starr auf meine Möse gerichtet. Sein Gesicht hatte vor Geilheit einen recht dümmlichen Ausdruck angenommen. Ich hatte ihn.

Ich warf mir den Trenchcoat über den String, wich mehreren liebeshungrigen Verehrern aus und ging geradewegs zu Ridgeway.

»Willst du mich ein bisschen näher kennenlernen, Süßer?«, fragte ich mit einer tiefen, rauchig-erotischen Stimme und schob mich wie eine Katze an ihn heran.

Die beiden Schläger sahen, dass ihr Boss beschäftigt war, und verschafften ihm etwas Privatsphäre. Der Wuschelkopf drängte der müde aussehenden Kellnerin ein Gespräch auf, während der Kahle pinkeln ging. Wie gefährlich konnte so eine halbe Portion wie ich ihrem Boss schon werden?

»Würde ich ja gern«, antwortete Ridgeway und strich mit einer schweißnassen Hand über meinen Schenkel. »Aber ich fürchte, ich bin schon anderweitig verabredet.«

»Du hast noch nicht mal zehn Minuten Zeit?«, fragte ich und drückte meine nackten Titten an seine Brust. »Das werden die besten zehn Minuten deines Leben. Dafür sorg ich schon.«

»Ich steh nicht auf aggressive Frauen.« Seine Lippen waren schmal, und sein Ton klang plötzlich frostig.

»Auf mich stehst du«, sagte ich, schob den Arm um seine Taille und drückte ihm durch die Manteltasche hindurch die Mündung der Knarre in den Bauch. »Was sagst du dazu?«

Er sagte gar nichts, aber seine angespannte Körperhaltung verriet mir, dass er mich endlich erkannt hatte. Der Wuschelkopf hatte uns den Rücken zugedreht. Der Kahle war noch auf der Toilette. Ich konnte Ridgeways Puls an der weichen Stelle unter dem Ohr zucken sehen. Von einem Moment zum anderen entschied sich hier und jetzt, ob ich mit der Nummer durchkam oder nicht.

»Na gut«, sagte er schließlich und stand langsam auf.

Er ließ sich von mir zu einem der beiden freien Hinterzimmer führen.

Trotz der pompösen Bezeichnung war die Champagner-Lounge in Wirklichkeit nur eine armselige Kabine mit einem billigen Futon auf einem klappbaren Metallrost, der wahrscheinlich vom Sperrmüll eines Studentenwohnheims stammte. Ich wollte gar nicht näher darüber nachdenken, was für Körperflüssigkeiten im Laufe jeder Schicht in den Futon sickerten. Glücklicherweise war für uns heute Abend kein Tanz auf der Matte angesagt.

»Zieh den Vorhang zu«, befahl ich Ridgeway.

Er gehorchte wortlos, wobei seine Haltung nicht feindseliger hätte sein können. Aus der Nachbarkabine war dumpf und eintönig ein rhythmisches Stoßen und Stöhnen zu hören.

»Damit kommst du nicht durch«, sagte er.

»Wirklich witzig«, antwortete ich. »Genau dasselbe hat dein Neffe auch gesagt, bevor ich ihn umgelegt habe.« Ich warf ihm die Handschellen zu. »Setz dich und mach dich am Bett fest.« Ich zeigte auf eins der röhrenförmigen Metallbeine des Futonrahmens.

Er fing die Handschellen vor seiner Brust auf und legte sie um ein Handgelenk, ohne den Blick von mir zu wenden.

»Lebend kommst du hier nicht raus«, sagte er und ließ sich langsam auf den Futon sinken. »Wenn du mich erschießt, hören das alle hier.«

»Und die andere Hand auch«, befahl ich. »Schieb den Ring durch die Ecke des Rahmens ... Nein, dahinter. Genau so. Jetzt die andere Hand.«

Er gehorchte mit zusammengekniffenen Augen. Schließlich saß er vornübergebeugt, zwischen den Knien die gefesselten Hände, die eng an den Futonrahmen geschnallt waren. So schnell würde er hier nicht mehr wegkommen.

»Warum tust du das, Angel?«, fragte er. »Warum bist du nicht einfach mit dem Geld abgehauen?«

»Du willst das einfach nicht kapieren, was?«, sagte ich. »Hier geht es nicht nur um mich. Hier geht es um Didi. Um Malloy. Um Sam.«

»Sam?« Er schüttelte den Kopf. »Bitte, Angel, Sam hat dich verraten. Er hat dich in die Sache reingezogen, um seinen eigenen Arsch zu retten. Du kannst froh sein, dass er tot ist.«

Ridgeway verarschte mich nur, wollte mich provozieren, damit ich einen Fehler machte.

»Quatsch«, sagte ich. »Er hat gesagt, dass du Georgie entführt hast.«

Aber dann fiel mir ein, wie ich Georgie mit den Cops in den Nachrichten gesehen hatte. Ich hatte mich gewundert, was eigentlich wirklich passiert war, und jetzt regten sich erneut Zweifel in mir. Stimmte es? Hatte Sam mich reingelegt?

»Die Leute sagen alles Mögliche«, sagte Ridgeway. »Ich wette, Malloy hat dir die große Liebe versprochen, stimmt's? Und dann ist er einfach mit dem Geld abgehauen. Na ja, zumindest wollte er abhauen.«

Malloy hatte mir nie irgendetwas versprochen. Ridgeway griff nach jedem Strohhalm, der sich ihm bot, suchte verzweifelt nach etwas, um an mich ranzukommen, und griff doch dauernd daneben.

»Du kennst Malloy überhaupt nicht«, sagte ich zu ihm. »Oder mich.«

»Vielleicht nicht«, sagte Ridgeway vollkommen gelassen, als wäre gar keine Waffe auf sein Gesicht gerichtet. »Aber Sam kenne ich ganz gut. Ich weiß, dass er Mädchen mit dicken Titten toll fand. Ich weiß auch, dass er viel Geld für sie ausgegeben hat. Sehr viel Geld. Er hat ihnen hübsche Sachen gekauft, alle ihre Rechnungen bezahlt. Sam war bis über beide Ohren verschuldet, da habe ich ihm einen Gefallen getan. Und er hat sich bei mir revanchiert. Das war nichts Persönliches, Angel.«

Natürlich gefiel es mir nicht, dass seine Geschichte in allen Details absolut plausibel klang. Es verletzte mich tief, dass jemand, den ich für einen Freund gehalten hatte, mich in die Pfanne gehauen hatte. Dass ich schon wieder verraten worden war. Und das für Geld. Immer nur für Geld.

Aber Ridgeway verstand nicht, dass ich in letzter Zeit so oft verletzt worden war, dass ich in diesem einen Augenblick gar nichts mehr fühlte. Später, wenn alles vorbei war und ich Zeit hatte, alles immer wieder zu durchdenken, würde Sams Verrat mir unheimlich wehtun. Auch Malloy, alles. Aber im Moment fühlte ich mich schwerelos und eiskalt. Ich hatte nichts mehr zu verlieren. Schließlich war ich doch der Racheengel geworden, der ich die ganze Zeit hatte sein wollen.

»Alan«, sagte ich. »Halt die Klappe.«

Ich legte die Knarre beiseite und nahm das Isolierband.

Als ich ein paar Lagen glänzendes schwarzes Klebeband um seinen Kopf gewickelt hatte, vom Kinn bis zur Oberlippe, hielt ich inne. Irgendwie war mir die Farbe seiner Augen vorher nie aufgefallen. Sie waren blau, so wie die von Jesse. Und genau wie Jesses Augen starrten auch sie mich voller Angst an. Mit dem Daumen strich ich das Klebeband über seinem Mund glatt und wickelte weiter.

Als ich seine Nasenlöcher zuklebte, fing er auf dem Futon an zu strampeln, er krümmte und wand sich, versuchte sich aus den Handschellen zu befreien oder die Handschellen vom Rahmen loszureißen. Nebenan nahmen die Stöße an Tempo zu, und das Stöhnen wurde lauter; unsere Nachbarn kamen wohl in diesem Moment auf die Zielgerade. Die Geräusche von Ridgeways verzweifelten Befreiungsversuchen klangen nicht wesentlich anders.

Ich trat zurück und beobachtete, wie Hass, Wut, Verzweiflung, Schmerz und Todesangst in seinen weit aufgerissenen Augen zu sehen war. Und dann war da nur noch starrende Leere. Die Show war vorbei.

32

Ridgeway war schon fast eine volle Minute tot, als der Beischlaf nebenan seinen lautstarken Höhepunkt erreichte. Ich warf ihm einen letzten Blick zu, wie er gefesselt und zusammengesunken auf dem Futon lag, das Gesicht purpurfarben unter dem Isolierband angelaufen. Dann zwängte ich mich wieder in das Lackkleid und machte, dass ich wegkam.

Als ich aus der Champagner-Lounge herauskam, lungerten Ridgeways Begleiter wieder am Bühnenrand herum. Sie wandten den Blick nicht von der Stripperin, die gerade auftrat. Niemand bemerkte, wie ich durch eine Seitentür verschwand.

Die rote Perücke warf ich in einen Eimer, der wohl für Kippen gedacht war, aber selten benutzt wurde. Um ihn herum lagen etliche Stummel auf dem Boden. Die kühle Nachtluft fühlte sich gut an auf meiner verschwitzten Kopfhaut.

Durch den Maschendrahtzaun konnte ich die benachbarte Lagerhalle sehen. Auf dem Hof stand ein Lieferwagen. Er hatte getönte Scheiben, aber es war leicht zu erraten, dass die Mädchen darin waren, die von Ridgeway verbraucht worden waren und die er wie unerwünschte Welpen loswerden wollte, weil sie nicht mehr niedlich waren. Die Mädchen, die ›ausgetauscht‹ werden sollten.

Ich dachte wieder an Lia. Sie war gestorben, um zu verhindern, dass ihre kleine Schwester das Gleiche durchleiden musste wie sie selbst. Lias kleine Schwester war vermutlich jetzt in dem Gebäude nebenan und wartete darauf, wie Vieh verkauft zu werden. Selbst wenn Ridgeway jetzt nicht auftauchte, würden die Männer, die Ana und fünf weitere Mädchen ins Land geschmuggelt hatten, schnell einen anderen Käufer finden.

Doch das war nicht mein Problem. Ich war fertig hier. Ich hatte mich gerächt, und Malloy hatte unrecht gehabt. Rache war kein leeres Gefühl. Es war seltsam und erschreckend, aber trotzdem süß, genau wie ich mir das erträumt hatte. Ich hatte keine Ahnung, was ich jetzt mit meinem Leben anfangen sollte, und offen gesagt, es war mir auch egal. Es spielte keine Rolle. Ich hatte gewonnen. Niemand hatte geglaubt, dass ich es schaffen konnte, selbst ich nicht. Allerdings hatte ich es geschafft. Ich hatte den Scheißkerl besiegt und ihn für das bezahlen lassen, was er mir angetan hatte. Ich war frei. Ich hatte hundertachtzigtausend Dollar im Kofferraum von Vukasins Wagen. Warum musste ich dann dauernd an Lia denken?

Tut es mir heute leid, dass ich mich so entschieden habe? Frage ich mich manchmal, wie mein Leben ausgesehen hätte, wenn ich mit dem Geld irgendwohin verschwunden wäre? Ja, manchmal schon. Ich meine, manchmal denke ich darüber nach. An irgendetwas muss ich ja schließlich denken, um mir die Zeit zu vertreiben.

Aber ich konnte nicht einfach abhauen und die Mädchen im Stich lassen. Wahrscheinlich bin ich im Grunde doch ein Weichei und viel zu gutmütig, aber es ließ mir einfach keine Ruhe. Ich hatte Ridgeway erledigen müssen, und genauso musste ich mich jetzt um die Mädchen kümmern. Ich ging zu Vukasins Auto und nahm meinen Beutel aus dem Kofferraum.

In der Lagerhalle nebenan hatte sich offenbar eine Firma eingemietet, die tropische Fische aus aller Welt importierte. Als ich durch die offene Tür hineinging, überwältigte mich dieser eigenartige, starke Geruch nach Salzwasser, Fisch und

Chlor. Drinnen wartete ein Typ mit einer Maschinenpistole auf mich. Er erinnerte mich an einen harten, gefühllosen Hai in einem guten Anzug.

»Mister Ridgeway schickt mich«, sagte ich und hielt ihm die Umhängetasche hin wie eine Opfergabe.

Der Wachmann zog den Reißverschluss auf und sah flüchtig hinein. Dann nickte er, öffnete meinen Trenchcoat und strich mit den Händen grob meinen Körper entlang. Ich brauchte einen Moment, um mir klarzumachen, dass er nichts von mir wollte, sondern mich nur nach Waffen abtastete. Er fand Vukasins Knarre sofort und nahm sie mir ab.

»Geh rein.« Er sprach mit einem starken Akzent, der wie Lias klang.

Ich hatte keine Ahnung, wohin genau ich gehen sollte, wollte aber auch nicht nachfragen. Ich ging eine kaum beleuchtete Reihe kleiner Plexiglaswürfel entlang und entdeckte, dass in jedem Würfel ein trauriger und wunderschöner Gefangener aus dem Meer schwamm. Sie beobachteten mich stumm und glubschäugig. Ich glaube, sogar sie merkten, dass ich absolut keinen Plan hatte. Ich ging auf die einzige möblierte Zone in der riesigen Halle zu: In einer Ecke standen ein paar billige Klappstühle und ein Tischchen mit einer Kaffeekanne und Plastiklöffeln.

Dahinter führte eine Tür in eine Art Büroraum mit Teppichboden, in dem Licht brannte. Ich wusste nicht, was ich sonst tun sollte, also ging ich hinein.

Im Büro waren sechs Mädchen und ein Mann. Die Mädchen saßen dicht aneinandergedrängt wie verschreckte Kaninchen auf einem langen Sofa. Sie trugen billige Kleider und hatten alle eine Dusche und Schlaf dringend nötig. Der Mann, der mit unbewegter Miene vor ihnen stand, war älter, groß und kahl. In seinen ausdruckslosen grauen Augen stand die Erinnerung an schreckliche Kriegsverbrechen. Ob er sie verbrochen oder erlitten hatte, konnte ich nicht sagen. Er sah aus wie ein Mensch, mit zwei Armen und zwei Beinen und der restlichen Standardausstattung, aber an ihm war nichts Menschliches.

Ich hatte das Gefühl, dass dieser Typ nicht mit der Wimper zucken würde, egal, ob ein Mädchen vor ihm strippte oder verreckte. Mit weiblichen Listen war dieser Mann nicht zu beeindrucken. Ich hatte nur die Chance: ihm das Geld geben und auf einen fairen Deal hoffen.

Also reichte ich ihm die Tasche. Der Mann zählte das Geld schneller als eine Kasinomaschine und nickte knapp.

»Schlüssel«, sagte er dann und streckte die Hand aus.

Ich erstarrte. Was für Schlüssel? Sollte ich irgendwelche Schlüssel haben? Hektisch suchte ich nach der Antwort, die mir das Leben retten konnte. Dann dachte ich an den Lieferwagen. Den Lieferwagen voller Mädchen, die ausgetauscht werden sollten. Das war doch der Handel, oder? Hundertachtzigtausend Dollar plus sechs verbrauchte Mädchen gegen die sechs frischen. Offenbar wollte er die Schlüssel für den Lieferwagen. Doch die hatte ich nicht.

Mein Plan, oder was davon existiert hatte, war gescheitert. Diesen Typen konnte ich nicht austricksen. Auf die Schnelle konnte ich keine Lüge zusammenschustern, die erklärte, warum ich die Schlüssel für den Lieferwagen nicht hatte. Ich schüttelte nur den Kopf, sah zu Boden und wartete darauf, dass er mich abknallte.

Erstaunlicherweise tat er es nicht. Statt mir zwischen die Augen zu ballern, nickte der Mann nur, packte eins der Mädchen am Arm, zerrte sie vom Sofa hoch und ging mit ihr hinaus.

Ich starrte eine Weile lang die fünf übrigen Mädchen nur an. Die Entwicklung verblüffte mich, bis ich begriff, dass ich gerade miterlebt hatte, wie eiskalt beim Handel mit Sexarbeiterinnen kalkuliert wurde. Da er keine sechs verbrauchten Mädchen erhielt, hatte er einfach eins der neuen zurückgezogen. Ein frisches Mädchen war sechs verbrauchte wert. Es war unglaublich. Ich konnte nur hoffen, dass diejenige, die er zurückgenommen hatte, nicht Lias Schwester war.

»Ana?«, sagte ich und suchte in den schmalen, verhärmten Gesichtern nach einer Familienähnlichkeit. »Ana Albu?«

Eine Brünette in der Mitte sagte etwas, das ich nicht verstand. Sie konnte nicht älter sein als fünfzehn und sah überhaupt nicht wie Lia aus.

»Ana?«, fragte ich noch einmal und zeigte auf ihre kaum entwickelte Brust.

Sie nickte. »Ana«, sagte sie und deutete auf sich selbst.

In der Ferne hörte ich Sirenengeheul. Und ich hatte immer noch keinen blassen Schimmer, wie es jetzt weitergehen sollte.

33

Wahrscheinlich hätte ich fliehen können, aber wohin hätte ich gehen sollen? Was hätte ich getan, wenn ich den Typen davongekommen wäre? Ich hatte kein Geld mehr. Es hatte nie einen schlauen Plan gegeben. Alle Menschen, die mir etwas bedeutet hatten, waren tot. Ich war todmüde und stand kurz vor dem totalen körperlichen Zusammenbruch. Ich hatte getan, was getan werden musste, und jetzt war mir niemand und nichts mehr geblieben.

Ich winkte den Mädchen, mir zu folgen. Der Wachmann vorne in der Halle war verschwunden. Außer uns war niemand in dem riesigen, hallenden Lager, nur die langen Reihen wunderschöner, exotischer Meerestiere, die darauf warteten, verkauft zu werden ... wie die Mädchen.

Auf dem Hof stand immer noch der Lieferwagen, in dem die verbrauchten Mädchen saßen. Rund um das *Sneaky Pete's* wimmelte es von Streifenwagen mit kreisenden roten und blauen Lichtern. Ich bekam wohl langsam Übung im Fenstereinschlagen, denn gleich beim ersten Schlag mit der lederumwickelten Faust ging das Beifahrerfenster zu Bruch.

Ich wischte mir die Splitter des Sicherheitsglases vom Mantel, ließ die Türriegel aufschnappen und öffnete die Schiebetür. Die Mädchen im Inneren bewegten sich nicht.

Die sechs sahen furchtbar aus, sie waren blass und dürr, ihre Haut war übersät von Einstichstellen und Geschwüren. Ihre leblosen Augen nahmen meine Anwesenheit kaum wahr. Sie trugen alle identische Jogginghosen, T-Shirts aus dem 99-Cent-Shop und Plastikflipflops.

»Kommt mit«, sagte ich. »Wir gehen.«

Beim Klang meiner Stimme drehten ein, zwei den Kopf. Die anderen reagierten überhaupt nicht. Keine stand auf oder machte auch nur eine Bewegung zur Tür hin.

»Nun macht schon, beeilt euch«, sagte ich. Ich wollte den verschorften Arm des Mädchens direkt neben der Tür ergreifen, aber dann verließ mich der Mut.

Ich wich von dem Lieferwagen zurück. Die neuen Mädchen hinter mir sahen mich alle verwirrt und unsicher an.

»Also gut«, sagte ich. »Alle, die mitkommen wollen ...«

Ich ließ die Tür des Lieferwagens offen und ging hinüber zu *Sneaky Pete's*. Die neuen Mädchen kamen mir nach, aber die im Lieferwagen blieben einfach sitzen.

Eine Gruppe Cops stand vor dem *Sneaky Pete's* und sprach mit dem Geschäftsführer.

»Das ist sie!«, sagte der Biker und zeigte auf mich.

»Ma'am«, sagte ein junger schwarzer Bulle und trat vorsichtig näher, während mehrere seiner Kollegen ihre Waffen und ihre stählernen Blicke auf mich richteten. »Ich muss Sie bitten mitzukommen.«

»Gerne«, sagte ich. »Haben Sie in Ihrem Einsatzwagen genug Platz für alle meine Freundinnen?«

Er musterte die nervösen Mädchen, während er Handschellen aus seinem Gürtel zog.

»Und wo Sie schon dabei sind«, sagte ich zu ihm, während er mir die Hände auf dem Rücken fesselte, »wäre ein Dolmetscher für Rumänisch wahrscheinlich eine große Hilfe. Und ein Arzt. Da sind noch sechs junge Frauen in einem Lieferwagen nebenan und fünfzehn weitere draußen im Valley.«

Jetzt, wo es endlich vorbei war, spürte ich nur noch dumpfe Erleichterung. Ich hatte keine Kraft mehr, mir über meine

Zukunft Gedanken zu machen. Über das Verfahren und eine mögliche Gefängnisstrafe und den Medienzirkus und all den Wahnsinn, der mich zweifellos erwartete. Ich war auf eine seltsame Art froh, dass ich nicht abgehauen war. Ich freute mich darauf, wieder ganz ich selbst sein zu dürfen. Viel zu lange hatte ich verschiedene Rollen spielen müssen, von denen keine wirklich zu mir gepasst hatte. Bald konnte ich wieder Angel Dare sein.

Eine Verurteilung wegen Jesse und Ridgeway konnte ich akzeptieren, aber Ridgeways abgekartetes Spiel mit den Kinderpornos ließ ich mir auf keinen Fall anhängen, und wenn es mir das Genick brach. Vielleicht konnte ich danach nie wieder in die Branche zurück, aber was soll's? Vielleicht wurde ich ja noch berühmter, wenn das alles vorbei war. Vielleicht stiege ich auf von »War die nicht mal ...?« zu »Das ist sie, das ist Angel Dare«. Vielleicht war es nicht ganz die Art von Ruhm, die ich immer gewollt hatte, aber wie heißt es so schön: Nur keine Publicity ist schlechte Publicity, stimmt's?

Der Cop, der mich gefesselt hatte, las mir meine Rechte vor und fragte, ob ich alles verstanden hatte. Ich bestätigte das und sagte, dass ich mit Detective Erlichman sprechen wollte.

»Wieso wollen Sie denn mit Erlichman reden?«, fragte er und schob mich nicht sehr sanft in Richtung eines wartenden Streifenwagens.

»Er will bestimmt mit mir reden«, sagte ich.

»Und warum?«, fragte er, legte mir die Hand auf den kurz geschorenen Schädel und drückte mich hinunter auf den Rücksitz des Wagens.

Ich sah zu ihm hoch, blickte hinüber zu den Cops, den Reportern, den Bikern und den Schaulustigen, die sich versammelt hatten, um zu sehen, worum es bei all der Aufregung ging.

»Ich bin Angel Dare«, sagte ich.

Ich kann eigentlich nicht sagen, dass der Gesichtsausdruck des Cops das alles wert gewesen war, aber immerhin brachte er mich zum Lächeln.

THE END

HARD CASE CRIME
ROTBUCH KRIMI
»Eine beachtliche Serie mit subversivem Potenzial.« Die Welt
»Wahrhaft satanisches Lesevergnügen!« Penthouse
NEU!
NEU!
NEU!
NEU!
Hardcore Angel
CHRISTA FAUST
Tod einer Stripperin
Richard Aleas
DONALD E. WESTLAKE
Mafiatod
Mickey Spillane
Das Ende der Straße
Besuchen Sie die HCC-Homepage:
www.hardcasecrime.de